凰归
锦月

月华洒蓉 著

河北出版传媒集团

花山文艺出版社

图书在版编目（CIP）数据

凰归锦月 / 月华洒蓉著．—石家庄：花山文艺出
版社，2016.6
　　ISBN 978-7-5511-2866-7

　　Ⅰ．①凰… Ⅱ．①月… Ⅲ．①言情小说－中国－
当代 Ⅳ．① I247.5

中国版本图书馆 CIP 数据核字（2016）第 135457 号

书　　名：**凰归锦月**
著　　者：月华洒蓉

责任编辑：李　爽
责任校对：李　伟
美术编辑：胡彤亮
出版发行：花山文艺出版社　（邮政编码：050061）
　　　　　（河北省石家庄市友谊北大街号）033
销售热线：0311-88643221/29/31/32/26
传　　真：0311-88643225
印　　刷：北京慧美印刷有限公司
经　　销：新华书店
开　　本：787×1092　1/16
印　　张：13
字　　数：190 千字
版　　次：2016 年 9 月第 1 版
　　　　　2016 年 9 月第 1 次印刷
书　　号：ISBN 978-7-5511-2866-7
定　　价：36.80 元

【目 录】

第一卷

凰途未远，未雨绸缪

他们周遭是狼藉一片，桌椅倒地，瓷器破碎，帷幔撕破，斜置于地。

此时，日已西落，残阳红光，凄惨地照进大殿门廊，为这样一场宫变渲染了些诡秘怖色。

东岳王闻言，笑意再次浮在脸上，如同一枝浸入血中的桃花，妖媚、诡异、血腥。

第一章 /逃离皇宫/

清晨，推开沉重的宫门，玄武国太后盛雪又一次屏退宫人，独自一人走进先皇病逝的养和殿内。

及地的明黄绣凤披风在她轻移的步伐下，缓缓地在殿内的绒毯上向前移动。

盛雪环顾着四周，眼里略带着笑意。养和殿依旧和先帝临终前一样豪华大气，可此时却多了几分萧索。

从前，这里总是满满地站着一屋子的人，朝稳坐在殿内龙椅上的先帝行礼问安。如今，除了一张龙椅孤零零地摆放在正厅处，别无他人。后宫的一众嫔妃，在先帝生前，都被尽数处死，而唯独留下她。不是因为他爱她，而是因为她长得像他最爱的女人，并需要她护着他们唯一的皇子，当朝幼帝夏云雍。

也因此，盛雪代替了她的二姐、也就是先帝最爱的女子，被封为皇太后，辅佐年幼的侄子，坐稳皇位。

转眼五年已过，她也从二八少女变成了双十妇人。她以为自己会一直这样老死在皇宫里，一辈子不能逃出这个牢笼，却没想到有些人，似乎并不打算让她这么做。

"太后，叛军快到了，您该走了！"殿外，传来一个男人焦急的催促声。

闻言，她收回环视养和殿的目光，微微转身离开。随后，养和殿的殿门被紧紧关上。在关上殿门的那一刻，她再次看了一眼殿内的景象，心里满是不舍之情。

傍晚时分，皇宫凤栖殿内，跪满了衣着残破、蓬头垢面的宫人们。

上方紫檀凤座上，坐着一位丰神俊朗、不怒自威的男人。他身穿金色铠甲，右手搭在腰间鱼肠软剑上，左手捏着凤座扶手，狭长的凤目里，投出阴狠的目光来回扫视着跪在地上的宫人们，嘴角渐渐露出一抹邪笑。

"太后呢？"清冽的声音如同一颗石子投进溪水中，发出悦耳的声响。

可是，跪地的宫人们听见了，都惧怕着将身子颤抖得更加厉害，无人敢回答他。因为，谁也不愿做那出头之鸟。

"本王问你们太后呢？"再次开口问道，那人俊朗白皙的脸上已经收走了邪笑，取而代之的是狰狞的怒意。

"启禀……东岳王，太后在您攻进宫之前，就已经离开了。"一个小太监，终于忍不住他可怕的气势，抹了抹额头的汗水，颤音道。

话毕，众宫人都伏在地上称是。

他们周遭是狼藉一片，桌椅倒地，瓷器破碎，帷幔撕破，斜置于地。

此时，日已西落，残阳红光，凄惨地照进大殿门廊，为这样一场宫变渲染了些诡秘怖色。

东岳王闻言，笑意再次浮在脸上，如同一枝浸入血中的桃花，妖媚、诡异、血腥。

他身后的属下见状，知道他们的主子是怒极了。

果然，下一刻，东岳王就伸手抽出鱼肠软剑，劈向凤座边放置的鹤形香炉。顿时，清脆的铜器落地声，回荡在大殿中央。

宫人们更是屏住呼吸，噤若寒蝉。

"好得很！本王还真是小瞧了你！"看着滚落掉地的鹤头，东岳王长眉深皱，紧捏剑柄的手，关节泛白。

她跑了，凤印和玉玺也都被她带走。那么他这番兴师动众地攻进宫来岂不是一场空？

东岳王想到自己为了这场宫变韬光养晦、卧薪尝胆的这几年，怒气就怎么也掩不住。

"将凤栖殿的宫人拉到外面凌迟！本王要让他们的哀号声，响遍整个皇宫！"

他朝殿内站成两排身穿铠甲的士兵挥手一落，凤栖殿的宫人们就响起了恐惧的求饶声。

"不要啊，东岳王殿下！"

"饶命！"

伴着求饶声的还有宫人们头磕地面的响声，片刻后，他们就被东岳王的士兵一一拉下去凌迟处死了。

听到外面的哀号，以及屋内的求饶声，东岳王这才心情好了些。

随后，只见他松开紧蹙的长眉，猛地起身，又朝身后站着的两名黑衣人吩咐道："流云、惊鸿，你们立刻给本王去寻太后，相信她还没有出京都！"

"是！"那两名黑衣人相顾一眼，抱拳领命，随后退着离开大殿。

两人刚出去，几名士兵便押着一位身穿龙袍的清秀少年走进殿来。

东岳王看着那名少年，平静的脸上又重拾邪笑，踩着沉稳的步伐，一步一步朝他走去。他身上厚重的铠甲，也发出细细碎碎的响声，在空旷的殿内显得尤为刺耳。

"皇上，我们又见面了。"

"哼，东岳王你谋朝篡位，天理难容！"少年皇帝气愤地冲他吼道。一缕发丝正从他歪斜的龙冠上散落下来，挡在眼前。

东岳王闻言，假装疼惜地伸手将他那凌乱的发丝掖到耳后，睐着桃花凤目看向他，苦口婆心般地劝道："皇上误会本王了。本王只是来辅佐您稳住江山的。"

"少来惺惺作态！辅佐朕？是来挟天子以令诸侯还差不多！"少年皇帝别过头，厌恶地躲开他的手，冷言道。

他只希望此时，母后已安全地逃出京都。这样她便可以拿着玉玺和凤印去找国丈派兵援救。

想到自己慈爱的母后，他的心又忍不住发酸、发痛。若不是他一时心软，没有听她的劝，放东岳王进都城祭拜父皇，又怎会被他挟持？

"哈哈，皇侄还是不会隐藏自己的情绪啊！"东岳王仰头大笑片刻后，一挥手，屏退了所有人。

待大殿只剩下他二人后，东岳王一皱眉，猛地沉下脸道："皇上看来真的长大了，变得聪慧多了。这恐怕要感谢你的母后吧？她对您可真的是疼爱有加啊！不惜篡改遗诏，将属于本王的帝位给了你。这真不知到底是谁篡谁的位！"

狭长俊目中的怨恨怒火已经溢了出来，灼得少年帝王连连退步："你胡说！母后绝不会做这样的事情！"

"为了权力，她可以做任何事，满宫殿的先帝嫔妃，可都是她杀的！而且，若不是她将我们这些藩王赶出京都，下令永远不得进京，本王也不会兵行险招，来京逼宫。从某些角度来说，本王也算是在替天行道！"东岳王猛地抓住少年帝王的胳膊，紧捏那上面的团龙刺绣，咬牙切齿地道，"别以为她能逃出本王的手心。暂时没有玉玺和凤印没关系，本王照样可以拿你牵制朝堂。现下，朝堂上还没有人知道本王攻进皇宫的事。所以，你若想活着，就必须听本王的话！"

"你！"少年帝王本来想说"你休想"三个字的，可刚说了一个字，便想起母后临走前对他说的话，便忍住了后面的两个字，深吸一口气，保持镇定道，"好，朕配合你。"

母后，你说忍，朕做到了。

"很识时务！本王越来越喜欢皇上了。"东岳王松开手，拍了拍被自己捏皱的团龙图案，满意地上扬薄唇。

夜色一层一层地罩了下来。

一辆普通的马车，正狂奔在漆黑的山间小道上，马车上悬挂的灯笼因颠簸而狠命摇摆。灯光忽明忽暗地照在赶马车的男人身上。此时，他正一脸焦急，浓密的眉毛已然皱到一起，嘴中不断地低喝着赶马声。

忽地，马儿在颠簸的路面上嘶鸣一声，打断了夜的寂静。接着，是马车倾翻压在石头上的断裂声。

"主子，主子您有没有事？"马车翻倒之后，就传来了男人焦急的呼喊声。

此时，马车已经倾斜在地，一侧的辖辘不堪重创滚落在一旁。只见那赶马车的男人，控制好受惊的马儿后，焦急地掀帘进入马车内。

"我没事。"温柔的声音落下后，那赶马车的男人，已经扶着一个娇弱的女人下了马车。

夜色下，女人的相貌看不清晰，但是，她身上散发的冷傲贵气却不胫而走。

站在马车边，扫一眼损坏的马车，那女子轻声朝他问道："少都尉，只有这一条路可以逃出京都吗？"

"是的。"赶马车的男子抱拳恭敬地答道。

"那若是没有马车，我们走几日能出京都？"淡漠的话语却不失半点温柔，听着让人如沐春风。

"三日左右。"看一眼身旁的柔弱人儿，男人有些失落地答道。

跟随主子十多年，他深知主子的脾气。现下她一定很焦急，只是面上却装得很淡定而已。他的主子就是这样，不管遇到多危机的事情，她都坦然自若，冷静处之。

她看了一眼山下星星点点的火光，捏了捏手中的帕子道："若是你一人骑马去呢？"

没想到，东岳王的人马这么快便追来了。

"主子，属下誓死保护您，绝不弃您而去！"男子听出她话中的意思，赶忙单膝跪地抱拳道。

从她四岁时，他就跟着她了，从未离开半步。他的人生任务就是保护她，誓死保护她！所以，就算死他也不会离开她半步！

"少林，你哪里都好，就是太过固执，不知变通！"

蓦然转首，那张沉静的容颜沐浴在微弱的灯火下，变得越发神秘起来。

那位叫少林的男人盯着那张看似平静的面容，沉默无语。或许，自己真的有些固执，但这也是作为一名暗影要具备的性格不是吗？若是不固执和不会变通，当初，他就不会陪她进宫，而是带她远走高飞！

"与其两个人一起死，不如赌一把！"她伸出玉手，搭在他厚实的肩膀上，语气不容置辩，"你先带走哀家的凤印，去蜀城找国丈，让其派兵来援救皇上！"

她不是不放心将玉玺交给少林，而是怕自己的父亲禁不住诱惑自立为帝，毕竟他有兵权，也有野心。

这样让少林带走凤印，就算自己被东岳王捉住，他没有凤印授位是不能称帝的。

当她柔软的手搭在他肩膀上时，他的眼神微微一怔，心似乎停止了跳动。从她衣袖内传出的幽香，让他如痴如醉。多少年，她没有像现在这样毫无避讳地拍他的肩膀了？

自从她进宫那日开始，她就成了玄武国的贵妃，必须处处表现出庄重威仪，即使那时她才十四岁。她的苦只有他懂。所以，作为属下，他能做的就是更卖力地为她效命。而此时，他真的不想服从她的命令。

"属下不会离开您。"一咬牙，他第一次违抗她的命令。

"大胆少林！哀家命令你带着凤印去请国丈前来救援，若你敢不从，哀家即刻削你职位，永不录用！"

盛雪收回玉手，从宽袖间取出凤印丢到他的脚边，眼神凌厉。她是在用太后之位压他，这句话摆明告诉他如若不去，便不要再跟着她。

抬起头，少林心痛地看着她坚定的模样，半晌说不出话来。

僵持了片刻，少林只得妥协，话音带颤道："属下遵命，但请让属下引开下面的追兵！"

少林知道她认定的事绝不会改变。他也知道，以她的聪明才智，一定能将自己保护好。所以，便忍痛接受命令。

他伸手拿起凤印，紧紧捏在手心。

"好。"她岂会不知少林的忠心，深吸一口气，看着他闻言骑上马。

她知道，自己如果不答应让他引开追兵，他一定不会安心离开。对于他的武功，她还是有信心的，以一敌百，不是问题。

"主子，记住，一定要等着属下。"

话毕，他不舍地从她身上收回目光，一夹马腹，朝山下狂奔而去。

"保重，少林哥。"看着他渐行渐远的背影，盛雪轻启朱唇道。话落时，之前强忍住的泪水才溢出眼眶。

片刻后，她悄然转身，提脚踩灭了灯笼微弱的火光，朝山上摸索着行去。

她没走多远，山下便传来嘈杂的追赶之声。盛雪回首，看着山下，只见那星星点点的火把之光，朝一个方向快速移动。她知道，少林成功地引开了追兵，更知道他像以往一样，将危险留给了他自己。她坚信他能脱离危险，因为他的武功举世无双。这也是父亲选他做她暗影的原因。

抽出手绢，盛雪擦掉眼泪后，脸上浮现出坚定的神色。她一定要安然地等待少林的援兵来救！

抬脚准备再次行路，却忽而听到背后有动静，就赶紧转过步伐，朝路边树林中躲去。

没一会儿，几名头戴斗笠的黑衣人，就来到了损毁的马车前站住。

"这里有辆马车。看来，惊鸿队长说得没错，那黑衣男子是在调虎离山。"

"嗯。相信她一个妇人，也跑不了多远。"

"追！"

看着这几名头戴斗笠的黑衣人走后，盛雪才从树丛深处走了出来。脸上毫无惧色，仿佛刚才那帮人不是来找她的，而是一群不相干的路人。

听刚才他们的对话，她不禁暗嘲他们真的是一群庸辈。越危险的地方反而越安全，故她要逃回都城。

第二章 ／错嫁华府／

晨曦刚刚洒满京都郊外的官道上，一列浩浩荡荡的婚嫁队伍就从远方行了过来。

唢呐声回荡在宽阔的官道之上。队伍中间的红色花轿，格外夺目。花轿顶边的流苏随着轿夫们的步伐而左右摇摆。

忽然，花轿的帘子被一双手撩开，里面传来了惊人的吼声："我要大解！大解！"

在轿边守候的红衣丫鬟闻言，赶忙四下扫了一眼，发现迎亲的众人都诧异地看向这边，便脸颊一红，小声朝轿子里的人儿劝道："小姐，您忍一忍不行吗？这荒郊野外的哪里有茅厕呢？"

"这怎么能忍得住，要去华府怎么也得半日时间，你想憋死我啊！"不管丫鬟的阻挠，一身大红喜袍的新娘子，已是掀开轿帘，朝轿夫喊道，"停轿！本小姐要大解！"

轿夫们诧异之余，已是稳稳停下了轿子，现在正朝头戴着盖头的新娘子望去。

"哎，这新娘子还未拜堂是不可以脚着地的呀！"

站在轿前的喜婆见新娘子不管不顾地就要从轿子中出来，赶忙扭着水蛇腰过来阻止。

"我才不管呢！"

新娘子一把推开堵住轿门的喜婆，自顾自地提着裙子，朝山下的一片树林跑去。

那模样，怎么看怎么粗鲁。喜婆被她推得一个踉跄不稳，差点摔倒，幸亏红衣丫鬟扶得及时。

"难怪你们家小姐年方二十才嫁出去。"

喜婆站稳身子后，拍了拍自己的胸口，心有余悸地朝闪进树林中的红影嗤笑道。

丫鬟见喜婆站稳后，松开扶她的手，朝小姐前去的树林追去，之后想起什么，扭头吩咐道："大伙先休息片刻，我们一会儿就来。"

她一走，在场的众人这才放声笑了起来。他们送亲这么多年来，还是第一次见到行为如此粗鲁的新娘。

在山中艰难地穿梭了一夜，盛雪累得气喘吁吁，好不容易扶住一棵大松树稳住身形，就发现树丛前方有急迫的脚步声传来。这让她警觉地退到大树后面，目光警惕地看着前方。

只见一个身穿大红喜袍的女人，一进树丛深处，便将盖头扔到地上，一边脱衣服，一边大声地骂道："叫我去华府受罪，我才不干呢！无情无义的老爹，是你先不仁的别怪我不义！"

骂够了，那女子的婚袍和凤冠也脱掉丢在了满是枯叶的地上。她里面穿的是一套浅紫色锦衣，如此看来是早就做好逃婚的打算了。脱完喜袍，她转过头看一眼身后，听到丫鬟追来的脚步声后，那女人不做耽搁，急速地奔进树丛深处，片刻便不见人影。

看一眼地上的喜袍和凤冠，盛雪灵机一动，如果她换上这套衣服，或许能躲过东岳王的追捕。

就在她捡起凤冠犹豫戴不戴时，山上响起了急迫的脚步声，听动静，人数颇多。盛雪知道这是东岳王的手下在山顶没发现她，转而来到山下继续搜寻她了。

秀眉一蹙，她此时别无选择。

"小姐……"

怎么一转眼的工夫，小姐就不见踪影了？刚才明明看见她跑进这片树林里了呀。

小丫鬟翠红站在树林中央，环顾四处，并未发现自家小姐的身影，不禁焦急地大声呼喊起来："小姐，您在哪儿啊？可千万别误了吉时啊！"

可回答她的只有风吹树叶发出的沙沙声。

她这下真的发现事态的严重性了，难不成小姐逃婚了？

"小姐，您别闹了。老爷好不容易将您嫁出去，您怎么可以逃婚呢？您要是逃了，翠红可怎么办啊！"

以老爷的暴脾气，他若是发现小姐逃婚了，一定会活活打死她这个可怜的丫鬟。现在，她连呼喊小姐的话语也带起颤来。

又呼喊了几声不见人影后，翠红索性蹲在地上大哭起来："完了，完了，老爷一定会打死我的，小姐，你为什么早不逃婚晚不逃婚，偏偏在这个节骨眼儿上逃婚啊！呜呜……"

从蜀城到京都足足十五日的路程，偏在这个当口逃婚为什么？难不成之前都是在让众人放松警惕吗？就在她近乎绝望之时，一抹红影突然出现在她眼前。

小丫鬟怔怔地看着眼下的鸳鸯绣花鞋，止住哭泣。

"小姐……呜呜……我就知道您不会抛下翠红的……"片刻回神后，翠红一把抱住新娘子的腿，哭得更加声嘶力竭。

新娘子伸出手，屈身，轻轻扶起她来，指着婚轿方向。

"小姐我这就带您回轿子。"小丫鬟明白了小姐的意思，赶忙反过来挽着她的胳膊，走出树林。

待来到轿子边后，丫鬟突然觉得有些不对劲，便下意识地打量了一眼头戴盖头的小姐。依旧是大红喜袍加身，依旧是大红盖头遮面，只是小姐的动作好像温柔了些，身躯也单薄了些。

"快些上轿吧！"喜婆早就等得不耐烦了，便掀开轿帘，让新娘子坐进去。

见新娘子进轿后，众人才一扫先前的慵懒模样，整整齐齐地站起，开始继续向前走去。

轿夫们一抬轿子，都是一怔，下意识地互相对望了一眼。这新娘子大解完了之后，竟变得轻了。

翠红挠挠头，看不出个所以然来，便一扫疑惑，整了整衣角，跟着花轿行了起来。心里在嘀咕，肯定是自己多虑了。

辗转半日，正午时分，送亲队伍终于到了目的地——华府。

华府位于都城郊外的护城河边，是一座华丽的豪宅。门口两尊石狮张牙舞爪，栩栩如生，写着"华府"二字的漆金匾额正在阳光的照射下泛着刺眼的光芒。

送亲队伍刚到门口停下，一个守候多时的老管家便从朱红色的大门内走出，急忙道："哎哟我的祖宗们，怎么才来啊！"

说话间，他已经张罗着随同的几个家丁带着众人绕到后门去。

翠红见状，满脸疑惑地看着胡子拉碴的老管家，问道："这是怎么一回事，怎么着急成这样啊？"难不成，那传言病秧子的华府大爷快要呜呼哀哉了？

那老管家闻言，满脸愁容地转过身，朝花轿作了个揖，悲伤道："快别多说了，大爷病情加重了，老夫人急等着新娘子入府冲喜呢！"

"什么！那可不行，我们家小姐怎么说也是正经人家的姑娘，怎么可以当作是冲喜新娘呢……"翠红闻言，气得不轻，站在轿子前面不让走。

老管家见状，拿眼横了眼喜婆。

喜婆立马会意，不耐烦地走过来，拉着翠红的手就一边往前走，一边数落道："哟，之前可是和你家老爷说好的，大爷身子弱，这次纳妾算是冲喜的，怎么你一个小丫鬟还想阻挠不成？快些进门要紧，要不误了吉时，你可担待不起。"

喜婆可是想赶紧完事走人的。

搬出老爷来，翠红确实不敢再多说什么，转头看一眼身后的轿子，见小姐也没发话，这才深叹了口气，让开了。

随后一行人，在老管家的带领下，急急忙忙地进了府。

轿子里的盛雪听着翠红刚才与他们的对话，手紧紧捏住了袖口，有些懊恼自己不谨慎，竟替人嫁给了一个病秧子，还是妾！日后若是被人知晓，堂堂太后嫁人为妾，多么荒唐，也定失国体！

可随后想想现在的处境，如果不躲进婚轿，如何能躲过一劫？和江山社稷比起来，她这点坎坷可就微不足道了。

如此想着，她也就静下心来。

"新娘，到！"随着一个家丁洪亮的声音响起，大厅里的宾客们这才止住话语，静静地等待着新娘子进来。

大厅院外的大理石过道处也顿时响起了鞭炮声，候在两边的乐师们也吹起唢呐，一时间热闹非凡。

当身着大红喜袍的新娘一出现在宾客中间的红毯上时，众人脸上都浮现出一样的神色，那就是嘲讽。

盈盈地走了几步，翠红扶着盛雪上了几个台阶，就进入了正厅里面，光线顿时暗了一些，并且，她好似还听到一个喘息不均的声音。难不成病秧子华大爷居然强撑不适的身子来成亲了？

"快，快将大爷扶好与新娘子拜堂。"一直焦急坐在主座上，穿着华缎锦服的老夫人，一见新娘子跨进大厅，就唤着她身后跟来的喜婆道。

她话音一落，大爷就被两个家丁扶着走了出来。与其说是走出来，还不如说是抬着出来的。

他一出现，众人皆停止呼吸，只因他那张俊逸无双的脸。众宾客心中不免替他可惜，若是个身强体壮的人，又有这么多的财富，势必会成就一番大业，可惜啊可惜！

"娘，娘，咳咳……"

大爷一上来就朝对他目露关心的老夫人行礼作揖，可一句话还未说完，就咳个不停，一时又站不稳，家丁急忙伸手扶着他。

"快别多礼，先和新娘子拜堂冲喜要紧。"头发花白的老夫人见儿子咳嗽，吓得脸色煞白，猛地站起身子朝喜婆吼道，"你们还在这里愣着做什么？快快让新人拜堂。"

喜婆闻言朝老夫人匆匆行了礼，赶忙走到新人前面，清了清嗓子，高声道："新郎、新娘行三礼！"

她话音一落，大爷就被扶到新娘子跟前站好。只是，家丁一松手，大爷摇摇欲坠的身体就要倒下，家丁只得赶忙上前，想接着扶他。却不承想，一双葱白玉手比他还快地扶在大爷的胳膊上，众人皆是一惊，就连一直惊恐状的老夫人也露出一丝诧异。

"你没事吧？"温柔如水的声音一吐出，大爷就僵住了身子，惊讶地看着身旁扶他的新娘子，显然他只看到了艳红色的盖头，俊颜上随即展露出一丝失落，虚弱地轻声道："咳咳……无碍……"

"一拜天地！"喜婆见是新娘子扶住了新郎官，赶紧扯着嗓子喊二人行礼，生怕新娘子时间久了扶不住，让新郎官倒地出洋相。

盛雪扶着身旁的男人，其实不是出于好意，而是想试探一下他的脉搏，这会子她听出来了，新郎官是血虚，若说大病还真不是。但这血虚不好调理，所以他才会虚弱了这么多年。

盛雪一扶，两个人就一拜了天地。

"二拜高堂！"

二人又转过身，给老夫人拜了一礼，老夫人目露欣喜地点点头。

"夫妻对拜！"

盛雪先起身，然后去拉新郎官，却不承想，新郎官突然昏厥过去，顿时现场乱成一锅粥。

随后，盛雪就被两个丫鬟领进了新房。直到深夜，才有人通知她，大爷昏迷不醒，让她先沐浴休息。

至此，早站得腿软的喜婆才朝新娘行礼告退了。

屋内的两个丫鬟也退下一个去打水，让新娘子沐浴，另一个去厨房给新娘子寻饭菜。此时，屋内只剩下陪嫁丫鬟翠红了。

翠红走近，小心翼翼地说道："小姐，要不先帮您把盖头取下吧？"

盛雪听这丫鬟说完，脑子里想好了对付她的法子。毕竟现在只有她知道她家小姐的原貌了。如果，此时掀开盖头，她一定会发现新娘子不是她家小姐的。

"我不是你们家小姐！"猛地，盛雪主动掀开了自己的盖头，一脸正色地盯着面前呆若木鸡的丫鬟。

这个丫鬟长得清秀可爱，一身红色对襟裙衫，梳了两个丫髻，丫髻上都插着红色的绢花，显得很是喜庆。

"你……"翠红惊愕了半晌，才发出这一个字来。

"你们家小姐逃婚了，我是她花钱买来的替嫁新娘，等时机成熟，我就要溜出华府的。"清清冷冷地说完这句话，声音却好听得如同春风拂面。

"啊？"翠红闻言，惊愕地喊了一声后，赶忙捂住嘴巴。此时，翠红心中也在暗自计较，如果眼前人的身份被揭穿，她这个贴身丫鬟第一个脱不了干系。

看着眼前之人纤瘦的身躯，翠红才恍然大悟，难怪小姐的动作、性格看起来不一样了，抬头环视了装饰奢华的新房，眼里浮上笑意来。毕竟，华府这么富足，随便拿点什么都够她一辈子生活的了。再说，眼前女子竟傻到为了银两替小姐嫁到华府来受罪，定是个没脑子的。

看着翠红脸上丰富的表情，心思细腻的盛雪岂会不知她的想法，微微冷淡一笑："姑娘要是乐意，你可以和我一起逃走。"

盛雪在宫里什么大风大浪没见过？对付丫鬟简直易如反掌。她猛地转过身，看着满脸兴奋的翠红，知道她是上套了。

说着，盛雪便走到梳妆台前，一边取下重重的凤冠，一边说道："现下我们要做的是，积攒银两，等攒够了能花下半辈子的银两后，我们就逃走，翠红姑娘你意下如何？"

翠红没想到对方和自己想到了一处，便惊喜地咽了下口水，可随后还是假装为难，道："这不妥吧？"她是想自己掌握主动权，不能被眼前女子压下去。

盛雪看了一眼铜镜中的翠红，见她一脸激动却硬是要装作镇定的样子，知道这个丫鬟心思不够成熟，讨价还价都不会掩藏点情绪。

"如果被人识破，我大不了被华府给赶出去。而你恐怕就没那么幸运了，要么被华府送回本府被你家老爷因失职打死，要么留在华府被府中之人发泄对你家小姐逃婚的恨意，百般折磨……怎样你都不会有好下场的。"盛雪连头都没回，就这样一边散发梳头，一边漫不经心地说道。

翠红闻言，诧异地盯着前方坐在紫檀梳妆台前，梳着一头乌黑秀发的女子背影，有些慌神，惊道："你这是什么意思？"

"没什么意思，只是要提醒一下姑娘！"盛雪霍然转过头，目露几分凌厉地盯着身后的翠红。

第二章 / 警告下人 /

只一瞬间，翠红就发现眼前女子身上有种不容置辩的傲气，让你没有勇气敢直视她。这种感觉，是她在刁蛮的小姐身上都体会不到的，仿佛眼前人的眼睛可以透视她的内心一样。

"那你想怎样？"被对方盯着半刻后，翠红全然落败，缴械投降，只差没下跪，全然慌了手脚。

盛雪闻言，嘴角绽出一抹冷淡至极的笑容："不想怎样，只是想让姑娘在我们逃出之前，守住我的身份。这样对你对我都是有益无害的好事。若姑娘你非要表现对你家老爷忠心的话，我也不阻拦。毕竟，你们家小姐给我的银两，也够我挥霍了。"

弦外之音，不就是说她就算被赶出去，还是有收获的，而翠红的话，后果可就不堪设想了。

盛雪话音刚落，翠红就信誓旦旦地道："我定配合姑娘，还请姑娘事成之后，莫要丢掉翠红！"

"翠红姑娘就放心吧，咱们可是一条船上的人了，我怎么会丢下你呢？只希望，翠红姑娘你日后当我是自己人，不要生嫌隙就好。"盛雪见翠红已经妥协，便缓和了脸色，走到她跟前，拍了拍她的肩膀，柔声警告她道。

被盛雪绝美容颜怔得有些眩晕的翠红直点头："有姑娘这句话，翠红就放心了，也会誓死保守这个秘密。"

"三姨娘，饭菜已经端上来了，您先用膳吧！"就在这时，两个华府丫鬟推开门走了进来。

"好。"盛雪闻言，收回搭在翠红肩膀上的手，朝她使了个眼色。

好在翠红是个机灵的丫头，立马会意，谦卑地道："三姨娘，奴婢伺候您用膳。"

"嗯。"盛雪这才在翠红的搀扶下走到红木八仙桌边，拿起筷子，优雅地用起膳来。

两个华府丫鬟，当见到新娘子的相貌，都惊艳地睁大双眼看向她。她们长这么大，还是第一次见过这样美的女人。细细的柳叶眉下面，是一双恍若秋水的美眸，长睫如蝶般轻轻地颤动着，鼻子高挺，唇如鲜嫩欲滴的蜜桃，这样的相貌，在大红绣鸳鸯喜服的映照下，更是多了几分妖娆。并且，她举手投足间，更是散发着一种与生俱来的优雅贵气。

盛雪用眼角的余光瞟了两个丫鬟一眼,随后放下筷子,问道:"你们两个叫什么名字?"

两个丫鬟没想到新姨娘用膳时,会突然对她们说话,二人先是一怔,随后,那个白嫩胖嘟嘟的丫鬟,先跪地回道:"奴婢叫豆儿。"

另一个见豆儿跪地,赶忙也跪下,清脆脆地回道:"奴婢叫娟儿。"

盛雪闻言,嘴角浮上一抹冷笑:"你们两个故意气我是吧?"

两个丫鬟闻言,不解地抬起头,见姨娘绝美的脸上露着冷笑,顿时齐声道:"奴婢们不敢。"

"不敢?那就是你们蠢笨?我问你们名字,你们就只回答名字吗?难道不知道我连你们是什么职务,从前侍奉在谁身边都不知道吗?如此不往深处理解我的话,日后遇事,你们如何能谨慎?"

盛雪在皇宫多年,深知手下之人如果蠢笨有异心的话,有多么危险。所以,这是震慑眼前婢女,也是在警告她们做事要谨慎。

豆儿和娟儿闻言,均是一脸恍然大悟的表情。

盛雪看着她们的表情,知道她们只是单纯,经事少而已。果不其然,两人的回答就说明了这一点。只听豆儿惶恐道:"请三姨娘恕罪,奴婢是上个月刚进府,现在是四等婢女的位份。"

娟儿在豆儿说完,也是惊恐地开口道:"奴婢也是。"

看着她们惶恐的模样,翠红立刻对眼前这个冒充小姐的女子感到佩服。居然只说了一句话,就弄清楚了两个婢女的底细。

"起来吧,既然你们是新来的,那么犹可恕!"盛雪又重新拿起筷子用起膳来,仿佛刚才什么也没发生。

"谢三姨娘!"

豆儿和娟儿相继起身后,退到一边,站得更加恭敬,心境也是与刚才有了天壤之别。之前只是个局外人看眼前人的,现在却是当自己主人一样畏惧地看着她了。

第四章 /误入禁地/

在盛雪用完膳之后，老夫人居然过来了。

她一进来，伸手屏退了房间里的下人们，朝恭敬地向她行礼的盛雪道："薛玉婷，本夫人知道你名声不好，我让韵风娶你进府，本打算让你来冲喜。谁知，你冲喜不成，反而差点害死韵风。可见，你连这点用处都没有了。今后，你就留在这所院落里面，不要出去讨嫌。我们华府，也会养活你，给你锦衣玉食地供着。你若不听我的话，在府内乱闯，就别怪我下手狠毒责罚你。到时候，你死在这里，我回你娘家一句话，就说你病死在此，你也就了此一生了！懂我意思吗？"

盛雪抬起头看向她，嫣红的嘴角一扯："老夫人的意思是让我在这别院里守活寡是吗？"

"看来，你并非传言那么蠢笨。不错，就是这个意思。"老夫人再次打量了盛雪一眼，看她的眼神也不似刚才那么轻蔑，"话已至此，怎么做你自己看着办。"

"你们华家娶妾，原来只是为了让人家守活寡的呀！"盛雪说话间，窥着老夫人的脸色。

果然，见她听到这句话时，老夫人脸色一冷，皱纹密布的脸上闪过一丝警惕。

"薛玉婷，我儿子的身体你也看到了，男女之事，恐有不便。这一点，你父亲也是知晓的，我们华家付了一大笔的彩礼，才娶回你来。自然不可能放你回家。所以，你父亲自然是明白其中的道理，我劝你，不要心存不平。到时候，害了自己的性命，可就得不偿失了！"

老夫人丢下这句话，就起身匆匆离开了。

看着老夫人被婢女们簇拥着出了院子，盛雪嘴角的笑意更深了。

病秧子娶大将军的千金，只为冲喜？这华韵风的派头还真是不小！她倒要看看，华韵风娶薛玉婷是不是真的这么简单！

休养了几天，盛雪成功地让老夫人派来的眼线放松警惕。她们晚上值夜时，渐渐开始松懈。

这几天，盛雪让翠红收集了几味香料，做成了迷香放在了小厅里的蜡烛中，将守夜的豆儿迷晕。

盛雪蒙着面，从卧房后窗翻过去，想要去打探一下华府的地形。

出了院子，她走了几条僻静小道，看见了一扇隐藏在紫薇花树丛里的朱色圆门，这应该就是翠红说过的府上禁地了。

盛雪觉得这禁地里有玄机，所以暗自靠近打探。

就在她刚凑近去查看时，圆门突然打开，她赶忙躲到一边。

这时，一个身材肥胖的老仆妇，提着灯笼从圆门里走出来，顺便将挡在门口的紫薇花枝拨到一边，让出一条缝隙来。随后，一位披着披风的老妇人从圆门里走了出来。

刚开始，盛雪没看清那老妇人的相貌，可等她走近时才看清，原来是老夫人！

见着她们边走边说，两人渐渐走远，躲在一棵榆树后面的盛雪才走了出来，蒙面帕子下的唇瓣一扬，目光落在刚才她们出来的圆门处，看着圆门虚掩着，一定是刚才她们出来的时候，没关严实。

拉了拉遮面的帕子，小心翼翼地走过去，从虚掩的门缝往里面看过去，里面是个小院子。院子里只有长廊顶端挂着一盏灯笼，灯笼正在迎着夜风飘荡，光线忽明忽暗，看起来骇人至极。

盛雪见里面没有什么人守着，就推开了圆门走进去。

夜风瑟瑟，寒气逼人，盛雪下意识地抱了抱胳膊，走在汉白玉砌成的小道上，不远处是汉白玉做的石桌和石椅，紫檀雕刻的长廊、长凳，以及院内种植的各类花花草草。

说来盛雪也很是走运，方才随便选的一条小径，居然一个人也没遇到。

盛雪走到了一座长满花草的小院处，小院的建筑与别处不同，墙体是白玉所砌，只有屋顶是木头所做。小院门上挂着一块篆体字牌匾，清晰地刻着"水凌阁"三个字。

盛雪听到里面传来悦耳的琴音，她侧耳倾听，有一男一女的声音合着琴音散出。

"紫玉，时隔五年，你还是一点没变。只是，琴艺增进了不少。"男子清醇如溪水的声音，让盛雪有些耳熟。难道这个男人就是华府的主人，或许他会是个熟人？

"主人此番叫奴家来府，只是为了听曲？"女子的声音清脆婉转，话音还带着一丝委屈与娇怨。

男子许久未答，女子的琴音便有些乱了，随即又道："主人，您总不会真的是为了听曲吧？玉儿在怡情院里，日盼夜盼地期待您派人过来找奴家，可……"

"我找你来当然不是为了听你奏曲，我只是要命令你去服侍一个少年，依你的本事，我相信你能掌控他，为我所用！"

"您高估奴家了，奴家没这本事。要不然，您岂会只宠幸奴家一次？"琴声戛然而止，女子话音提高，并带了几分的怒意。

"我不是在和你商量，而是命令！"男人道。

"主人！"

"你别废话，只说愿不愿意便可！"

"那奴家若说不愿呢？"女子带着绝望的哭腔道。

"死！"对于她绝望的哭泣，男子充耳不闻，只冷冰冰地飘来一个字。

院内就陷入了压抑的寂静中。

盛雪扶住院门的手，紧紧捏住门框，心中深为这女子抱不平。

"奴家同意，但奴家只有一个心愿，那就是再服侍您一次可好？"少顷，那女人的声音又传了出来，里面浮上淡淡的忧伤之情。

"不行。"男人却依然无情。

"那只服侍您沐浴总可以吧？"

那男子沉默半晌，才不屑道："那还不快点替我宽衣！"

"谢主人！"女人高兴的声音。

听到这里，盛雪无语地摇了摇头。这女人真的是贱了些！

正当她想要离开之时，里面却突然响起了打斗声，还有女子绝望的笑声："主人，我这五年不只琴艺增进，别的本事可也增进了不少，你以为你还能困得住我吗？"

"刺啦！"像是刀割肉时的声音传来，之后是女子惊叫道："啊，你居然还能站起来！你休想逃！"

里面的打斗声络绎不绝地响起，突然一道黑影打开门，闪进夜色中，很快消失得无影无踪。

难道男人跑了？

一阵夜风突起，院内的屋门被风吹得噼啪作响，盛雪这时才回过神来，朝凉亭对面的水凌阁走去。

"有人吗？"盛雪拉了拉蒙面的帕子，将自己的相貌包裹严实。

其实，她明知里面有个受伤的女人，可还是出于礼貌朝里面呼喊了一句。然而，回答她的是风吹树叶的沙沙声。

见没人回答她，她便有些担忧了。估计里面的女人受伤很重，已经无力开口了。

想到这一点，她一脚便跨进了水凌阁。一进去，就看见屋内狼藉一片，桌椅倒地，桌上的茶盏被摔得细碎，旁边还有一把上好的琴，琴身洒了不少茶水。

盛雪在外厅没见到人，便提着裙子，抬脚绕过那些瓷器碎末，走向内卧。掀开内卧的帷幔，她就被里面的画面给惊住了，一时间顿住了动作。

原来里面不是内卧，而是浴池！

此时，一个身穿紫色外袍的女子，正深喘着气，靠在浴池边上的玉石长凳上，手中拿了一把很薄的软剑。软剑上正有血液顺着雨花石地面的缝隙一层层晕开，像是盛开在地狱的彼岸花。她的长发在背上部分是干爽的，腰下的半尺长发则散落在雨花石的地面上，被残留在缝隙中的水浸湿。

盛雪盯着她失神了许久，直到她圆睁的美目朝盛雪投来恼怒的目光，这才让盛雪回过神，恢复了以往的淡然，几步走上前去，半蹲在她身边，不由分说地拿起她的手，准备把脉。可拿起她的手盛雪才发现，她的手修长白皙，掌心满是剑茧，由此推算，她是一个剑法卓越的女子。

"姑娘，我是医者，不会伤害你的，现在我要替你把下脉。"简单地说明自己的来意，盛雪就见她的目光从恼怒转换成了诧异。

盛雪拿起她的手腕把完脉，抬眸看向她那张美艳魅惑的脸蛋儿道："姑娘，你中了软筋散和失声丹。估计，两个时辰后会自行恢复，并无大碍。"

说话时，盛雪又在她身上扫了一下，见她并没有什么伤口，松了口气。

重新看向这个女人时，见她目露疑惑，盛雪就好心劝道："姑娘，刚才那位男子从你手中逃脱。估计他一会儿折回来后会伤你性命，我们先找一处暂避一下。"

话末，也不管这个女人愿不愿意，盛雪就拉起她的胳膊，欲将她扶起来。哪知，这个女人看似瘦弱，身子却很沉。盛雪费了好大的劲儿，都没能将她扶起，倒是发现她的个头要比寻常女子高出许多。

眼见自己使尽全力也没能将她带走一步，盛雪无奈地叹了口气看向她。看着她的脸上有几分的玩味之色浮上来，倒让盛雪有些诧异。这个女人怎么感觉有些邪魅的气息呢？

"主人，方才奴婢们听到水凌阁有打斗声，不知您有没有事？"

就在盛雪打量她时，屋外响起了其他女子焦急却不失谦卑的声音。

闻言，盛雪骤然一惊，吓得一把抓住女子的胳膊，轻声道："有人来了，我们先躲起来！"

第五章 / 神秘之人 /

盛雪先没入池中，然后，缓缓拉着女子的胳膊，将她也拖进池里。好在池水并不深，她们的头都可以浮出水面。

盛雪看了眼这个女子，见她表情不悦，不知是怎么了，便没好气地轻声道："若不是我师傅说过不要见死不救，我才不愿多管闲事地救你呢。告诉你，一会儿你要是想活命，就和我一起躲进池底。如果我们走运的话，估计是能够躲过一劫。"

也不知是不是盛雪看花了眼，在她说到"师傅"这两个字时，这女子的目光有些异样。

"主人？"屋外的人又开始说话了，在得不到回应的情况下，婢女又道，"若是您再不回答，奴婢就违令闯进去了！"

盛雪闻言，拉住一旁女人的胳膊，想将她的头也拉进池内，哪知她却并不配合，反而想挣脱她的手。这女人中了软筋散还这样有力气，盛雪真是服了！只是，她要是不配合躲进池中，被外面的女婢发现，盛雪定会受牵连，她可不想因救人而死。

想到这一点，盛雪情急之下，伸出另一只手，按住她的头，死命地往池里按去。

果然，人还是粗暴一点好！

池底，盛雪通过池面花瓣的缝隙，看到了屋内琉璃灯盏的光线，她敢确定，池边的婢女们发现不了她们。

"主人？"

"主人，您在吗？"

"白斩姐，你快来，这里有血迹！"两个婢女找了一圈后，其中一个婢女的声音带着惊慌，穿过水面，传到了盛雪的耳朵里，她下意识地将身旁不怎么安分的女人往更深的地方拉了拉。

"嗯，是血迹！看来，一定是有人伤了主人！"

池底，盛雪只感觉自己憋得好难受，恐怕这两个婢女再不走，她就要憋死了。心里更是埋怨起旁边的女人做事不谨慎，杀人都不知道计划得周密些。

想到这里，她才发现身旁的女人居然一点动静也没有了，难道……

难道她被憋死了！

盛雪忙小心翼翼地摸到那女子的脸庞，发现她的眼睛真的是紧闭的，心下一惊，急忙将自己脸上的遮面帕子撩起来，自己的嘴贴到她的唇边，将口中残留的一点空气输进了她的口中。

那女人许是感受到有气息传入口中，顿时贪婪加粗鲁地吸吮着她口中的一切。

盛雪当下一惊，在水中睁大美目，狠狠地瞪着她，心想，这女人也真贪婪！要不是看在她同是女人的分儿上，她早就一脚踹开她，任凭她自己死去了。

只是她睁开眼的同时，对方也睁开了眼，正在这一刻，与她的眼对视。

近在咫尺的一双美目，明明是在水中，又是晚上，灯盏光线不明亮，盛雪却清楚地感受到了那眸中的灼热。这双眸，似曾相识！

就在盛雪好不容易挣脱出女子贪婪的嘴时，自己竟一着急呛了一口水，差点儿咳出来，还好及时伸手捂住了自己的嘴巴。

上面这时又传来了婢女的声音："走，兹事体大，我们去禀报管家寻主人！"

"白斩姐，可是这池子里我们还并未看过。"

"我们进来这么长时间了，就算有人，也早就憋死了。"

随后，响起了两个人离开的脚步声。

她们一出去，盛雪就猛地拱出水面，拉好遮面帕子，咳个不停。一边咳，一边还不忘将那女人拉上来。

那女人出了水面比盛雪可优雅多了，不但没有咳嗽，还目露异样地睨着盛雪，模样像是在笑。可仔细看来，又不觉得她脸上有笑容，真是诡异得很！

"咳咳，姑娘，估摸着她们来不了了。就算来了，你再躲进池里也能暂避一时，等你药效过去，你就可以轻易逃脱了。"

话末，盛雪便爬上了岸，留下她一人站在池中，目光不解地看向盛雪。

"你别这样看着我，我自身难保，只能救你到这种程度了。"

盛雪话音刚落，就见她张嘴朝她说着什么。盛雪仔细盯着她轮廓分明的薄唇，一张一合了好几下，一句话重复了好几次，她才看清对方说的是什么。

想了半晌，她才问道："姑娘，你是在问我为什么救你吗？"

只见对方傲然地点了点头。

盛雪回道："那是因为我师傅说过三不要的原因，还有就是我看不惯男人利用女人而已。姑娘，这样无耻的男人你不必留念，像你这样倾国倾城的相貌，还怕找不到优秀的男人吗？"

也不管对方什么反应，盛雪自顾自地拧了拧头发和衣裙上的水后，就朝她摆摆手："后会有期，保重！"

随即离开了这个名叫水凌阁的浴房，独留池内的人，一脸玩味。

当盛雪蹑手蹑脚地出来时，她才发现这座宅院里已经是灯火通明到亮如白昼的境地了！

并且，刚准备跨出院门，就见远处小径有几个人影随着灯笼的光线晃动，若她推测得没错的话，正是有人朝这院内走来。此时，她就是想逃也不能逃了。

没办法，她最终只得再折回来。

一掀开帘，她又被惊到！那女人居然没躲在池中，反倒是姿势优雅地躺在池边的玉石凳上小憩，真是好不知死活啊！

此时，她墨发全湿地搭在红玉石枕上，一只手正撑着脸颊，侧首看向闯进来的蒙面女盛雪，当看清是她时，她竟朝盛雪邪邪地一笑，那邪笑浮在她美艳绝伦的脸上，真是诡异邪魅。

"你……你还笑得出来，真是蠢不可及，难怪会爱上那个无耻的男人了！"盛雪三步并作两步地走过来，拉起她的胳膊好一通埋怨，"你知不知道现在他的手下又来此处了？我们快些逃吧，看你能爬到榻上躺着，我猜你也该能走几步了。快起来，走！"

那女人被盛雪一拉撑脸的胳膊，脑袋很配合地　滑，下巴直接磕在了玉石枕头上，顿时有鲜血流出来，将她白皙的下巴沾染了几条诡异的鲜红。

盛雪见状，条件反射地放下正拉扯她胳膊的手："对……对不起啊！我……"

盛雪真是替自己感到奇怪，平日里，她也是个聪明的人儿，什么时候做事这样毛手毛脚起来了？莫不是因为正被人追着的缘故？可这也说不过去，想当初她被东岳王的人马追杀时，她可比现在冷静多了。

她觉得一定是眼前的女人太过貌美的缘故，否则怎会害她一而再再而三地魂不守舍呢？

那女人因不备她突然放掉她的胳膊，一时间，从榻上跌了下来，与雨花石地面来了个亲密接触。

"啊！"盛雪见状，惊呼一声，忙道歉，"对不住啊，意外之失，纯粹的意外之失！"

半晌，那个女人才从地上撑起一只胳膊，扭过头，恶狠狠地瞪着盛雪，胸口剧烈地起伏。

看着她身着的紫衣锦袍上的蝙蝠图案，正随着她深呼吸而上下起伏，盛雪知道她是怒了。

于是，盛雪拉她起来道："我真不是有意的，本欲拉你到池子里暂避的，哪知你这番娇弱，连这点力气都没了？"

那女人气呼呼地白了盛雪一眼。

"快别愣着，赶紧跳到池里，我听到他们的脚步声进院子了！"盛雪见她还愣在原处瞪着自己，催促道。

那女人闻言，深蹙浓密的秀眉，终于将目光移向池面，半晌才朝盛雪摇摇头，意思很明确，她不打算再藏进去。

盛雪见状，又急了："你真是蠢不可及！"

跌在地上的人，一脸无语问青天的表情，张开嘴欲反驳，却只是动唇而已，根本发不出声音来。

盛雪不和她多耽搁，打算还用方才的强制手段。于是，隔着湿乎乎的衣袍，盛雪打算推她下池。

可就在这时，她赶忙伸手拍了拍盛雪的胳膊，见她停下动作看她，她无奈地指了指池边一处铜架上的琉璃灯盏，唇一张一合对盛雪说话。

"你是说那灯盏后面有密道？"盛雪看懂了她的唇形，惊喜地问道。

总算不太笨！那人朝她翻了翻桃花眼，无奈至极地点点头。

"姑娘，有密道你怎么不早说呢！"盛雪想到自己刚才差点在池水中憋死的情景，不禁埋怨地白了她一眼。

那女人闻言，索性闭上眼，呼吸又开始不匀了，估计又是生气了。

对于这样一个外貌妖艳、性格怪异的女子，盛雪只觉有趣得很。随即，扶起她，朝琉璃灯盏那边走去。

盛雪在女子的指引下，来回转动了几下琉璃灯盏，便见墙壁闪出一条一人高半尺宽的缝隙来，若不是身材苗条，盛雪估计自己和旁边这个女人根本钻不进去。

等盛雪和那女子一一钻进这间密室后，密室的门又合上了。在最后一刻，她仿佛听到了不少脚步声已经走进来。

看来，时间刚刚好，再晚一会儿，她们估计就被捉住了。

进了漆黑的密室，盛雪扶着身旁人儿的胳膊，轻声道："姑娘，我们暂时安全了。"

那女子却软弱无力地推开她的手，双手在四处摸索着什么。

突然，眼前一亮，盛雪诧异极了，不禁看向亮光最耀眼之处，发现居然是身旁女子手中的夜明珠发出来的："你怎么会有这么大的夜明珠？别告诉我你会变戏法！"

通过夜明珠的光亮，盛雪发现，这里原来不是密室，而是密室的密道而已。看着密道的长短，大约推算出，密室一定不小，否则哪来这么长的密道？没想到华府禁院，还有密道暗藏！

那女子再次鄙夷地白了她一眼，将身子靠在密室的墙壁上，一步又一步地向前挪去，显然一副不屑用盛雪来扶的架势。

盛雪看不惯这个女人不识好歹的样子，随后，就大步上前，打算甩一个傲然的背影给这个女人。可盛雪刚越过她，准备自顾自地向前迈步时，身后的衣襟被她抓住，只见她恼怒加不耐烦地朝她摇摇头，然后，张开唇用唇形对她说："跟着我走，有暗器！"

盛雪看明白她的唇形后，猛然一惊，顿时冷静不少，朝她严肃地问道："姑娘，你为何对此处如此熟悉？"

那女人面色一滞，桃花美目渐渐浮上玩味，却并不打算启唇。半晌过后，她将鸡蛋大小的夜明珠递给盛雪，接着双手扶墙向前走着。

盛雪看着她艰难向前挪步的修长背影，一瞬间有些恍然，仿佛她像个男子一般。

这引得那女子回过头带着询问的眼神看向她，盛雪见状，快走一步，重新扶起她的胳膊道："姑娘，你叫紫玉对吧？真是人如其名，紫衫加身，肤如白玉，美貌异常，这样的女子何必对自己太苛刻，不必在意不喜欢你的男子，要向前看。有些事能倔强，有些事则不能。"

盛雪在劝她也是在劝自己。

闻言，那女子竟再次欲挣开她的手，却反被盛雪捉得更紧："别再坚持了，我知道你体力有限。一会儿扶你走到安全的地方，我们便休息，直到你药效过了，我们再想办法逃离这里。"

也许知道和她从此之后再无交集，又也许见她倔强的模样有几分像自己，盛雪对她充满了怜惜之情。

那女子闻言，再次居高临下地睨着她，随即转过头，没再挣脱盛雪的手，而是借着她的力度继续向前走去。

两个人走了半盏茶的时间，才走到一处摆放了石桌和石凳的密室里。进来后，盛雪扶着女子坐下，将夜明珠放在桌上的茶杯盖子中间，四处打量了一下这个密室。

这个密室的建筑工艺居然和皇宫地下密室如出一辙。四周的玉石架子上摆放着各类书简和名贵玉雕。地上还有几只黑木箱子，箱子上均有锁，可见，这里面定是贵重的东西。

如果这地方是仿皇宫密室建造的话，那么书架后方，定是另一扇隐藏的门、门后有另外的密室。这里总共有三个石架，盛雪猜测此处总共有三扇门、三间密室。

这个女人究竟是怎么知道这里的？为何这里的建筑会如此像皇宫密室？看来，华府真的不简单！

想到这一点，盛雪暗自捏了捏湿衣袖，心中隐隐浮上不安。

第六章 / 密室中人 /

　　盛雪猛地回过头逼视着正坐在石凳上，手撑着带着血迹下巴的女子，问道："紫玉，刚才你喊主人的男子究竟是谁？为何……"话说到一半，她感觉到紫玉看向她的眼神越来越冷，盛雪忙留了一个心眼儿，话锋一转，"为何有这么多的名贵瓷器和玉雕摆件？那男人果真富可敌国啊，难怪你对他上心！不过，这不是华府吗？难不成，华府除了华韵风这个病秧子是主人，还有其他主人？"

　　紫玉闻言，目中寒意渐散，无趣地合上美目，竟然小憩起来。

　　这嚣张的模样，却并未引起盛雪的恼怒，反倒是让她冷静下来。再次打量了周围一圈，觉得自己必须打探一下，看看这里其他三间密室有什么？

　　于是，她假装无趣地走到石架前，拿起陈旧的竹简翻看了几下，显得没什么兴致，又将目光移向竹简架上的几个玉雕摆件，当看到有一个白菜翡翠玉雕上并无多少灰尘后，由此推算出这便是进入的机关，于是，眼角余光扫了眼右后方的女子，见她并无多少动作，眼眸微微一眯，得逞地一笑，随即，嘴里发出好奇的话语道："哇，这翡翠白菜真是雕刻得好精致啊！"

　　说话间，她一把捉住翡翠白菜，用力一掰，果然眼前的书架动了起来，沉闷的石门移动声便响了起来。

　　闭眼的女子闻声，赶忙睁开眼，见盛雪抱着翡翠玉雕，面露诧异地看着打开的石门，不禁皱起秀眉，双手撑在石桌上，借力站起身子，准备跨步走过去制止她。哪知，刚从石桌上挪开手，她就脚下一软，跌倒在地，模样很是狼狈。

　　盛雪明明知道她跌倒在地了，却故意伴装被石门后面的场景吸引住目光，惊呼一声道："呀，紫玉姑娘，这里居然还有密室哎！好神奇，我要去看一下，你等着我！"

话末，大摇大摆地走进了那间密室。

看着那抹纤瘦的身影消失在石门中后，地上的人，紧皱秀眉，眸中泛出阵阵寒意。

盛雪前脚刚跨进密室，密室的石门很快就自动合上了。

黑暗中，她闻到了血腥味，耳边更是听到前方不远处有微弱的呼吸声。可以断定一点，这间密室内似乎关了一个人！是谁被关在这么隐秘的地方？

她一步步地向前摸索地走着，差点踩到自己的裙角被绊倒，赶忙伸手摸到了墙壁。说也巧，墙壁处弹出一个小格子形状的东西，顿时，密室内一片敞亮。

盛雪大喜，连忙从小格子里取出夜明珠，想到方才紫玉不是会变戏法，而是知道密室用来照明的夜明珠所放的位置。

拿起夜明珠，盛雪往前伸了伸手，想看清到底是谁被关在这间密室里。

慢慢地，她顺着夜明珠所散发出来的光芒，看清了密室中的一切。

密室前方，一个衣衫残破、伤痕累累的男子正双手被铁链拴住，半吊在密室中。他无力地低垂着头，沾着干涸鲜血的头发挡住了他的脸，一时间看不清他的相貌。估计刚才微弱的呼吸声就是他发出来的。他的身后两个铜架上，摆放着各类刑具，看得人胆战心惊。看来，这间密室是这华府的刑房！

这个受刑的男子究竟是什么人，怎会遭到华府如此暴虐的对待？

"你是谁，怎么会被关在此处？"

盛雪身为一个医者，顾不得这个人身上散发出来的腥臭味，她举起手，按了按他脖子处的脉门。由于他双手被吊起，而盛雪个头又没他高，只能踮起脚费力地替他这样把脉了。

男子也不知是昏迷了，还是没力气回答盛雪，半晌，他都丝毫没有动静，仿佛就是个死尸。

得不到他的回答，盛雪蹙了蹙眉，开始认真把脉。

这个男子的脉搏很弱，大概是因为失血过多的原因。再看看那些被皮鞭抽过时留下的伤口，已经开始溃烂。如果不及时救治，这个男子估计活不过三日了。

盛雪深叹一口气，想到了师傅说的三不要，便打算救这个可怜的男子。

于是，她掀开男子黏糊糊、脏兮兮的头发，打算试试他额头的温度。可就在他的头发被掀开，露出他的相貌时，盛雪忍不住惊叫了一声："少林！"

手忍不住发起颤来，盛雪不可思议地盯着这张消瘦到如同骷髅的脸，看着他眉尖长长的一条刀疤，顿时心一揪，痛得她呼吸困难。

难怪这么多天，她丝毫没有接到蜀城的消息。原来如此。

究竟是谁捉住他的？是东岳王的人吗？如果是，那少林怎么会被关在此处，难道，华府和东岳王之间有什么联系？

就在盛雪惊呼过后，少林似乎被惊醒了，深陷的双眼微微转动了几下，干得开裂的嘴唇轻启，发出了细微而又沙哑的声音："太……太后？真的是你吗？"

"少林，是我。你受苦了，我这就救你出去！"盛雪看着他艰难地想要睁开眼，可却努力了好几次，都只是隔着眼皮动了几下眼珠而已。盛雪再也忍不住悲切之情，泪水滚滚而下，话音也发了颤。

"太后，属下无用，没能完成交代的任务，害得凤印被夺走，属下该死！"断断续续地说完这句话，少林就呼吸困难了。

话落时，盛雪掀他发的手指，感觉到了一滴滚烫的液体滴到指尖，她的心再一次揪痛："少林，这不怪你。是我不该答应你，让你去引开追兵的，东岳王的人马，岂是那么容易对付的！现在你什么都不要说了，我要救你出去……坚持住！"

"不是东岳王的人马……太后，我是摆脱了东岳王的人马追捕后，被一个……个面具男子所伤，是他令了凤印，将我关进此处……"

"面具男子？"这世界上，除了她的师傅以外，还有人喜欢戴面具吗？

"是……黄金面具……呃……"少林话还没说完，就体力不支昏了过去。

"少林！少林！"盛雪焦急地呼喊着他。

从八岁那年，第一次见到少林开始，她就没见过少林落泪。他在她心目中一直是个铁人般的存在，如今，看着他虚弱至此、悲切至此，她难过极了。

放开他的头发，她拿起夜明珠，在密室各处翻找铁链上的钥匙。而少林在这期间，呼吸的声音也越来越弱。

"钥匙究竟在哪？"密室里任何能藏钥匙的地方，盛雪都找过了，可惜一无所获。她急得泪如雨下。

又找了一圈未果后，盛雪绝望地走到少林身边，掀开他的头发，看着紧闭双眼的他，唤道："少林哥，少林哥，你醒醒，不要睡，你等着我，我一定会找到钥匙救你出去的！"

少林似乎听到了她的声音，睫毛微微颤抖了一下，似乎想要睁开，可惜终究没有力气。

盛雪见状，将自己的额头抵在他胸前，埋头哭道："你一定要等我，不能死，我还需要你保护呢……千万不能死……"

话末，收了脸上的悲色，伸手擦了擦眼泪，再次担忧地看了眼少林后，果断地转过身，走到密室门边，按了一下里边的机关，便打开了门，神色淡然地走了出去。

等盛雪出去时，她发现紫玉正靠在石桌旁，阴狠地盯着她看。她的紫色衣袍，半湿地铺在地上，湿发散在衣袍上，如一朵盛开的紫色牡丹般妖艳。在清冷的夜明珠光线沾染下，越发显得她娇媚撩人。

"紫玉姑娘，你怎么坐在地上？"盛雪明知她刚才是想阻止她进密室而摔倒在地的，这会儿却装出一脸无辜的表情，担忧地问道。

说话间，盛雪快步走过去，拉着她的胳膊，打算扶她起来。

哪知紫玉在她靠近时，猛地将腰间的银白色束带一扯，一把柔韧的软剑就架在了盛雪的脖子上。

脖间冰凉的触感，让盛雪身子一僵，不可思议地看向她。这个紫玉居然不知道什么时候将软剑藏在了腰间。她一直以为那只是一条银白色的束带！

这把剑，一看就是她之前手中的那一把。估计，她也是用这把剑，出其不意地将她的主人伤了逃走的。

"紫玉姑娘，你做什么？"

紫玉眺了眺眸，用唇形问盛雪："你究竟是谁？"

盛雪见状，突然觉得有些不对劲，为什么这个紫玉要突然对她刀剑相向？还会突然询问她的身份。难道，她是在忌讳她进了密室，看到了少林？

"紫玉姑娘，你见过哪个盗贼愿意透露姓名的？其实，我是谁并不重要，因为，我们从此再不会相见，我救你只是尽医者的本分而已。当然，我也谢谢你让我找到了这么多的宝物！所以说，我们盗界传言，入得华府，盗走一宝，能富三世的传言一点不假啊！我看这一颗夜明珠，就够我荣华富贵一辈子了。"

盛雪僵硬着扶她的动作，任凭她将剑架在自己的脖子上，目光坦诚地看向她又道："那个男人已经不爱你，你何须替他多想？这密室我进来也只想带走一两件宝贝换钱花花，你行个方便吧！"

紫玉闻言，眸中嗜血的光芒渐渐消散，软剑却始终没有离开盛雪白皙的脖颈。反倒是另一手举上来，想要解开她的蒙面帕子！

然而，盛雪手缩进袖中一转，朝她淡然一笑："果然，有些人救不得！"

随即，紫玉眉头一蹙，诧异地看向她，身子软软滑落跌地，架在盛雪脖子上的剑也哐啷一声，从她手中脱落掉地。

"紫玉"倒下去的那一刻，在心中暗骂：果然，有些人也饶不得。

盛雪看着紫玉带着愤恨懊恼的表情倒在地上，渐渐闭上双眼，她笑道："紫玉姑娘，下次不要恩将仇报，得罪了。"

说话间，她收回夹在手指间的银针，站起身子，傲然地瞥了眼昏睡过去的紫玉后，便在这间外厅形式的密室内开始翻找，希望能够找到钥匙。

一盏茶的时限过后，盛雪终于在一个翡翠笔筒内寻到了一串钥匙，也不管能不能解开少林手腕上的锁链，就急忙地打开了密室的门。

盛雪还是个很走运的人，这把钥匙居然真的打开了少林手腕上的锁链。看着解锁后，少林的身子如同没了生命般地跌倒在地，她眼泪再次不争气地流了出来。

"少林哥！"赶忙跪在地上，拿起他被勒得发紫的手腕，半晌才找到脉搏，为他诊了一番。感觉到他的脉搏越来越微弱，盛雪又焦又急。

最后呼喊了好几声，也不见少林醒过来。盛雪只得将他的胳膊架在她的肩膀上，艰难地站起身子，拖着他艰难地走出密室。

来到密室外厅后，盛雪看着密道又犯了难，显然她不可能从这条密道出去，否则只会落入华府那些人的手中，这无疑是自投罗网。

可是如果不从这里出去，她还能从哪出去呢？

突然，她灵光一闪，想起了密室还有二道门没打开。如果这里真是仿造皇宫地下密室建造的话，那么，另外二间密室中会有一个是出口。

想到这一点，她放下少林，又将另外二间密室都打开了。第一间密室居然是一个鳄鱼潭，盛雪若不是手中拿着夜明珠照明，恐怕就一脚踩空掉下去了。第二间是装满财宝的宝库，里面并没有出口。看着这堆积如山的财宝，盛雪微微愣神，若不是要着急救少林，盛雪必定想法毁了这些珠宝的。现在，她只得看着这些珠宝无奈地叹了口气。

随即又折回鳄鱼潭那间密室，仔仔细细地检查了一遍，终于在鳄鱼潭的后方发现了一道机关，轻轻一拧，便有石门打开，石门后便是一条长长的过道。

盛雪大喜过望，急忙折回，拖着少林走进了鳄鱼潭这间密室。方才自己一个人走的时候，还没觉得难。这会儿带着少林走，盛雪着实吓得一头冷汗。特别是每每看到鳄鱼朝她露出贪婪目光的时候。鳄鱼潭边的道，本就又窄又滑，好几次，盛雪都差点带着少林掉下去。好在她手脚灵活，总是在关键时刻稳住了身形。

等他们走出鳄鱼潭密室后，盛雪感觉整个人都虚脱了。也不知是不是少林身子太热，还是她太过惧怕的缘故，身上汗如雨下。

站在过道内，看着密室的门缓缓合上，盛雪深深嘘了口气，暗自祈祷一会儿过道尽头，不要有什么危险。

盛雪总是好运气的，过道尽头，居然就是华府的荒宅位置。

第七章 /巧用妙计/

当盛雪好不容易将少林拖回自己的屋时，早已经是筋疲力尽。

将少林放躺在床上后，盛雪低下头，摘了蒙面的帕子，看了眼昏迷不醒的少林，伸手捏住袖口，将他脸上的血污擦了擦，又将手停在他额头处，感觉他烧的比之前还要厉害了。

心下一紧，泪水再也控制不住夺眶而出，颗颗滴落到眼下男子饱满的额头上，让他微微蹙起了远山眉。看着他紧闭的双眼，她第一次感到了绝望。

越是绝望，脑海里越是不断涌出以往的画面：繁华的蜀城街道上，她看着一个小乞丐，被一群壮汉殴打，可他即使被打得额头渗血，却依旧将偷来的馒头拼命地往嘴里塞去。

这时，她忍不住挣脱母亲的怀抱，跳下马车，叉着腰对那些壮汉吼道："你们不许欺负他，他是我们国丈府的侍卫。"

彼时，那小乞丐听到她稚嫩的声音时，停下了啃咬馒头的动作，不可思议地看向她。

从此，国丈府内便有了最小的侍卫。这侍卫从来只跟着国丈府的三小姐，保护她拜师学医，上树掏鸟窝，放火烧妓院，进宫为妃。

她的记忆中，除了师父，便是眼下这个男子留下的印记最深刻了。

她知道，除了死亡，这个男子是永远不可能离开她的。而她，却没有对他做过任何一件事，哪怕是一句嘘寒问暖，她都没有给过他。

"少林，你一定不要死……你死了，我就坚持不住了。"

"怎么办？少林哥，除去太后身份，我其实什么都不是……本以为自己带走了凤印和玉玺，就能救出雍儿，打败东岳王这逆臣；然而看眼下这情形，一切都是我在妄想而已。如今，我真不知该怎么办了？"

"你让我等你，我愿意等。但是，我不愿等到你的尸体！"擦了擦眼泪，盛雪朝他怒道，"林都尉，哀家令你速速醒来，否则，哀家再不理你！"

"你快醒来啊……"

越说盛雪越激动，现在使劲地摇晃起少林的胳膊来。如果少林再不醒来，恐怕就要永远睡下去了。她不想少林死，真的不想！

"少林！"

"太后……"就在盛雪快要真的绝望时，少林终于攒足力气张开唇，开口唤道。说话间，更是艰难地睁开了沉重的眼皮，瞳光黯淡，看样子，他一时间还没能恢复视线。

"少林你总算醒了。"盛雪高兴得大哭起来，"你要是再不醒来，我可要去阴曹地府抓你了。"

"属下无用。"

他刚要再说话，盛雪就伸出指头贴在他干涸的嘴巴上，命令道："林都尉，哀家命令你不许再睡着，要一直这样醒着；你只要醒着，哀家便有了勇气救你。"

少林闻言，半睁着的眼，微微眨了眨，意思是领命。盛雪见状，欣慰地一笑。

她的笑容在少林眼中有些模糊，可他却清楚地知道她笑了，而且笑得是如此的美。从她叉着腰，第一次傲然地出现在他眼前时，他才知道，除了馒头，原来还有令他感到温暖的东西。

她就是那样的令人感到温暖，不管她是淘气的国丈府三小姐，还是深宫后院冷漠傲然的太后，他都能感觉到她身上散发的那种温暖的气息。

这温暖的感觉，让他感受了一次之后，就再也舍不得放手。

盛雪给他盖好被，端来一杯水喂他喝下，正打算出去寻一点药。

可她刚打开房门，就听到院外传来嘈杂的脚步声，还有人说话的声音，"仔细找找，边边角角，哪里都不要放过！"

闻言，盛雪忙将门"砰"一声关上，然后走到床边，对少林道："少林，他们估计在搜你，所以，先委屈你躲在床底，我出去周旋一下。"

将少林扶到了床底下，放好帐帘，隐藏妥当，她才换上寝服，又将湿衣服藏起来后，便朝外面喊道："豆儿？外面什么事这么吵？你速去看看！"

外面的豆儿本中了盛雪下的迷香，算算时间，该是她药效过去的时候，所以，盛雪这会儿喊她，她该是醒过来的。

果然，盛雪的声音落了片刻，外面的偏厅就传来了豆儿迷迷糊糊的声音，"三姨娘，您说什么？"

"我说，外面怎么吵吵嚷嚷的，你赶紧去看看。"盛雪假装恼怒地抱怨道，"你们这些个奴婢，说是给主子守夜，结果睡得比主子还沉，商贾之户的奴婢就是没个规矩。"

外面的豆儿听这话，气得拍了拍昏沉的脑袋，瞪了内卧一眼，很小声地往地上吐了口口水："呸，一个和人私奔没人要的老姑娘，只能给病秧子冲喜的货，还敢说我没规矩。"

"豆儿，还不快去瞅瞅，难不成要本姨娘亲自下榻去外面看看？"盛雪假装不耐烦地朝外面喊道。

豆儿极其不情愿地道："是，奴婢这就去瞅瞅。"

话末，就听到她开门出去的声音。

不一会儿，听到她在院子里喊："这么晚了，吵嚷什么呢？平白扰了三姨娘的清梦。"

这句话里满是嘲讽，盛雪听了，嘴角一扯淡淡笑了，心想，这个丫鬟真当她是没脑子的薛玉婷了。

她一声喊过后，院里渐渐亮了起来，随即，还有好多的脚步声走近："豆儿姑娘，听老夫人方才说府内进了盗贼，这会儿，我们正到处找人呢！你可看到有人进你们院子？"

听到这句话，盛雪紧张了一下，下意识地看向床底方向，希望这个豆儿能如她所料，怕自己贪睡被罚，谎说她没看见。

"这……"

"豆儿姑娘怎么了？"

"哦，我一直在三姨娘屋内守夜，不曾看到有人进屋。这院子里倒是不曾注意，要不，你们在院子里搜搜，别放跑了贼人。"豆儿果然如盛雪所料，怕贪睡被罚，如此说着。

"可是老夫人吩咐了，屋内也得搜，反正都是搜，不如……"一个家丁的声音。

盛雪闻言，立马起身，拉开卧房的门，故意将屋内展现给搜寻的家丁们看。见家丁们果然朝她屋内看了一圈，才将目光落在她身上。她便假装害怕道："呀，这府上还经常出盗贼吗？这也太不安生了吧？所以说，这商贾之户的守卫就是不如我们官宦之家，更不如我娘家大将军府了。"

说话间，还故意露出炫耀的神色来，看得那些举着灯笼的家丁一个个面露鄙夷。

"三姨娘，您怎么出来了？穿这样薄的寝服，也不怕着凉吗？"豆儿面上装作关心盛雪，实际上，就是在嘲讽她不检点，穿件寝服就在家丁面前晃荡。

她这话一出，正和盛雪心意，只见她一把捂住胸口："哎呀，你们这些个不长眼的，快低头，真是的，这华府真没个规矩，家丁没事就往女主子的院里跑。"

家丁们一听这话，一个个气得不行，领头的老管家，实在是气不过回了句："三姨娘，府内进盗贼，咱们也是情急之下才进入您的院落里搜查，目的不就是怕您被盗贼伤了吗？"

"啊呀，那你们快搜搜……别我刚过来，就被盗贼给伤了啊！回头，你们留下两个家丁给我守着门啊！"说话间，盛雪忙假装害怕的样子，将屋子的门给重重关上了。

关上之后，耳朵却贴在门上，听着外面的动静。

只听老管家道："都别愣着，赶紧搜搜这院子！"

"那三姨娘的屋子？"

"瞧她那贪生怕死的样，也不敢窝藏盗贼；再说了，豆儿姑娘守着的，盗贼不可能进得去。"老管家轻声说道。

"是。"家丁们这才得令搜起外面的院子。

盛雪这才放松地舒了口气，伸手拍了拍胸口。看样子，少林和她都躲过了一劫。

老管家带着家丁在盛雪的院子里没搜到人后，也就匆匆离开赶往别处搜去了。至此，盛雪彻底地放下心来。

豆儿随后也回到偏厅，刚坐稳，盛雪就假装颤颤巍巍地走过去，紧张地问她："老管家可曾留下家丁给我守门？"

豆儿闻言，胖鼓鼓的脸上露出淡淡的鄙夷："三姨娘，你说什么笑呢，老管家搜盗贼人手本就不够，哪还能给您留下人守院门？"

"什么？没留人！"盛雪闻言，假装害怕地哭丧着脸，"这怎么成呢？万一要是盗贼进我院子里害我性命怎么成？"

"怎么会呢？刚才管家大人不是来找了吗？没找到贼人进咱院子，三姨娘，您就放心睡吧！"豆儿更鄙夷了。

"不成，没人守着院门，我怎么睡安生？"盛雪霍然想起了什么，看了眼豆儿，"你，你给我守院门去，有个风吹草动的，你就喊管家去。"

"这夜黑风高的，您让我去守院门？"豆儿这下气得嘟起嘴了。

"你这奴婢，还敢抗主子的命令不成？"盛雪叉着腰，装出薛玉婷刁蛮的模样来。

豆儿还想说什么，她一个眼神瞪过去，豆儿只得忍气吞声地道："好好，奴婢给您守着去。"

话末，豆儿气愤地转过身出了门。

盛雪迫不及待地关门落闩了，嘴里还喊着："这华府真不安全，改明儿个换个大点的门。"

豆儿闻言，在院内长廊处又呸了一口，轻声道："胆小鼠辈，还大将军的千金呢，我呸！"

说话间，她就走到院门口守着去了。

盛雪从门缝里看到豆儿已经走远了，深深地吸了口气。这下总算支走了这个奴婢了。

赶忙去内卧，从床下拉出少林，给他清理了伤口，因为这里是婚房，所以，屋内有酒。盛雪在没有药材的情况下，就用酒代替了。

少林是个铮铮铁骨的男儿，这么烈的酒刺激他的伤口处，他都紧咬牙关，没吭一声，这反倒是让盛雪看得心疼不已，掉了不少的眼泪。

包扎完，少林就再也支持不住，昏厥过去。

盛雪搬来一个梨木凳，坐在床边守着他。

次日天刚亮，盛雪就感觉背后传来一阵温暖，随即，条件反射地睁开眼："少林？"

"咳咳，太后，属下在！"

盛雪一睁开眼，就见床上没人，反倒是她身后传来少林压抑的声音。

她忙往后看去，只见少林颤颤巍巍地站在她身后，脸色苍白，发丝凌乱，目光却担忧地看向她。

看到他这目光，她就心痛了："林都尉你好大的胆子，哀家命令你养伤，你怎能下榻？不知道这有碍你伤口复原吗？"

"属下……属下知错。"少林见她怒了，忙要下跪。

盛雪伸手一把扶住他胳膊，拦住他："不许给我下跪，赶紧给我躺榻上去！"

就在盛雪伸手时，她身上原本披着的披风就这样滑落掉地。她扫了一眼，就知道少林刚才下榻是为了替她披披风，怕她着凉。

这样忠心的护卫，她怎么能不心疼他？

少林在盛雪的搀扶下，躺回床上，只是脸上有点惶恐之色，一双手很紧地捏着被面，也不怕牵扯伤口发痛。

盛雪见他安稳下来，便躬身捡起披风，走到门口处，打开门往院门处看去，果然见豆儿坐在院门口的门槛上靠墙打盹儿。于是，她又关上门，折到床边，对少林道："天快亮，婢女们一会儿定要进屋服侍我，所以，少林哥，我要委屈你躺在床底了。"

"属下遵听太后懿旨。"少林立马就要起身。

盛雪拦住他："我先在床下铺上被褥，你稍待片刻。"

少林有点受宠若惊，可盛雪却不以为意。不消片刻，就在床底下铺好被褥，扶着少林躺下了。

也巧，她刚将少林藏好，豆儿就来敲门："三姨娘，今儿个您得早起给老夫人请安。"

盛雪假装慵懒的声音说道："不必了，老夫人在我新婚夜，都说了我这辈子都出不了这个院子了，哪儿还用去给她请安啊！"

"可是，刚才老夫人身边的俞妈妈来通传，今儿个不但您要去，就连大夫人和二姨娘都要去。"豆儿不耐烦地说道。

一听这话，盛雪美目一转，思索了片刻："那好吧，你去端水给我洗漱。"

她话音一落，豆儿就离开了。她一离开，盛雪就打开了屋门，然后，自己坐到了梳妆台边，等她回来。

少顷，豆儿就端着水过来了，身后还跟着翠红和打哈欠的娟儿。

她们进来，又和这几天一样，伺候她梳洗，梳洗完毕就是娟儿和豆儿去膳房端来早膳。

她们去端早膳期间，翠红就拉着盛雪的胳膊道："姑娘，昨晚你是不是去我说的那个禁地偷盗去了？可曾盗到宝物？"

"哎，别提了。昨夜豆儿守在门口，我哪儿还能出去啊！"盛雪之前就是利用这个方法，让翠红替她打探华府各处的，因此，得知府上的禁地让她误打误撞地救出了少林。

"那，昨夜盗贼之事……"翠红有些不信。

"真与我无关，否则，我要是存心丢下你，昨夜我就跑了。"盛雪打消她的顾虑，见她闻言，眼中不再闪烁怀疑之色，她忙反捏着翠红的手，认真道，"今儿个老夫人喊我们去请安，说不准就和盗贼的事情有关，所以，我们万不能露出马脚，让他们看出我是冒名顶替的，否则，咱俩都得死！"

"我知道！"

第八章　/ 正主显身 /

交代了翠红，盛雪也就放心了。只要这个丫头不出差错，老夫人和病秧子华韵风，她还是能应付过去的。

老夫人的院子在东苑，顾名思义，就是在华府的东角。她屋子的大门自然是朝着东方建立的，因此，清晨阳光普照，就将她的屋沿前廊照得明晃晃的。

然而，她一过去，率先看到的不是老夫人，而是一袭白衣的俊美男子。此时，他迎着日光站在屋前台阶之上，朝进来的盛雪居高临下地看过去。

"你就是薛玉婷？"

男人的声音清冽好听，让盛雪觉得有点熟悉，不禁再次看向他的面貌。眼前这个男人，俊美无伦，一双斜长凤目，正半眯着看向她，目光深邃，嘴角处却带着淡淡的笑意。

"我是薛玉婷，你是何人？竟敢这样堂而皇之地站在老夫人门口。"

还不等这白衣男子开口回答，老夫人不知从哪儿冒出来，站在他身后，呵斥盛雪道："薛玉婷不得无礼，他是你夫君！还不给你夫君行礼？"

"夫君？"

"当然，他就是你的夫君，华府的男主子华韵风。"

盛雪一脸愕然，一时不知该说什么好。她的夫君不是病秧子吗？

"怎么可能，我嫁的人，明明就是你那个病秧子儿子啊？那天拜堂还晕倒了的。"

"病秧子？薛玉婷，你就这么称呼你的夫君吗？！我华韵风是病了，但，咳咳，还轮不到你一个小妾来鄙夷……"

盛雪见他一激动就咳嗽起来，看样子确实是那天她把过脉的病秧子，看他因为她说他身子不好就气成这样，可见，他是个自尊心极强的人。

"妾身不敢，妾身方才见大爷您高大威猛地站在门前，以为您并非身体有恙之人，所以还望大爷原谅妾身失言之过。"

言下之意，不就是恭维华韵风看起来很健壮吗？盛雪可是在为了满足他的自尊心。

"脑子转得到挺快，虽然知道你说的不是真话，咳咳，但听着倒也舒坦。"

只见华韵风双手背后，一步一步从台阶上走到她面前，朝她仔仔细细地看了数遍不止，最后，睨着她邪邪一笑。随即，华韵风微微躬身，伸手摸了摸她的脸颊，那嫩滑的触感，又让他更为满意地眯了眯凤目："嗯，还是个美人坯子。今日，我身子比新婚那日强些，不如，今晚我们就圆房吧？"

圆房？说什么笑呢？！

盛雪被这两个字刺激得身子发颤了，她堂堂的一国太后怎么可能与别的男人圆房？

华韵风抚摸她脸颊的手，微微一顿："怎么了？不愿圆房？"

盛雪将头垂得更低，因为一时间想不到好的借口推托，所以，只能沉默。

而在华韵风的眼里，她这是默认，他触摸她脸颊的手，就变成了狠捏。

"妾身觉得，您身体有恙，还是不要勉强行周公之礼的好。"盛雪被他捏得脸颊很痛，让她忍不住低吟出声，"再说，我自小倾心于表哥，曾与他私奔，只是迫于无奈被爹爹捉回去。现下，您让我圆房，我自然也有些不愿意。"

盛雪这句话说得毫无漏处，并且，成功让华韵风收回手，嫌弃地朝跪地的一排人中喊道："柳月，帕子。"

果然，男人都是受不了自己的女人不洁的。

被唤柳月的就是华韵风的大夫人，这会儿从跪地的人群中起身，拿出一个洁白的丝帕奉上给他。

华韵风接过帕子使劲地擦拭着刚才抚摸盛雪脸颊的手指，擦完，便将帕子扔到盛雪的身上，一脸嫌弃地道："咳咳……从今往后，你离我一丈距离说话！"

"遵命。"盛雪强忍住屈辱，低头领命。

"还有，你不得踏出北苑半步。"北苑就是盛雪现在居住的院子。

"是。"

"还有你以后，不许穿紫衣。"

盛雪看了看她身上穿的浅紫纱裙，点点头："是。"

"还有……咳咳……"

华韵风最后一个"还有"拖了好长时间，都没有说出下文，盛雪忍不住抬起头，看向他。

正巧，华韵风也在看她，顿时，四目相接，盛雪率先移开目光。

华韵风凤目眯了眯，目光犀利地看着她良久，才开口："还有，你以后在我面前只能自称奴婢！"

盛雪紧紧捏住裙角，屈辱得好半天说不出一个字来。心想着，将来有一天，她一定要把今日所受之辱，双倍奉还给他。

"你听到没有？"

"奴婢遵命！"四个字，如有千斤重，让她费尽力气，才得以吐出口。

华韵风这才罢休，拂袖走进老夫人的屋子里。随即，华府的一个老管家很慌张地走到华韵风的身边小声说着什么。只听华韵风压抑着嗓音道："就是掘地三尺，也要找到偷盗老夫人宝物的盗贼！"

偷盗老夫人宝物的盗贼？是真有盗贼，还是老夫人故意说的？为的就是找她和少林？如果是，她可要小心老夫人了，她连自己的儿子都欺骗，看模样，禁院的那个主人是华韵风不知晓的，这老夫人可不简单啊！

看样子，得找机会探探她的底了！

随后，盛雪回到了自己的北苑。

一进屋，翠红就拉着盛雪去了她的内卧，慌张道："姑娘，怎么办？要是被大爷知道我们的真实身份，我们……"

翠红有些焦急地问着，今天她是被那场面吓住了。

"嘘。"盛雪忙打断她的话，朝外面指了指。

翠红忙扭过头往她所指的地方一看，只见窗户那边，有人影晃动，顿时，知道有人在偷听。

昨夜是豆儿值夜，那么现在偷听的只会是娟儿。

"隔墙有耳。"盛雪贴到翠红耳边轻声道，"翠红姑娘，你要是信我，听我安排，这些日子你只管该吃吃，该睡睡，我保证你性命无虞，还能安全离开华府。"

"真的？"翠红轻声道。

盛雪看着她睁大表示惊喜的眸子，点点头。

"好，我信你！"翠红认真地道。

盛雪笑了，只是走到紫檀雕花桌边，拿起茶壶茶杯倒水喝，喝完，故意将杯子往地上一掷，随即杯子碎了，她蹲身捡起之时，故意划伤手指……

"呀，三姨娘，杯子碎了奴婢捡便是，您瞅瞅，您手指都划破了。"翠红听到杯碎声，回过神去看的时候，只见盛雪在捡杯子，手指不小心被划破了，她忙担忧地走过来，捧起她受伤的手，朝外喊道，"娟儿，快拿金疮药，三姨娘手受伤了。"

盛雪要的就是金疮药。

这会儿只见屋门被推开，娟儿看了看盛雪滴血的手指，还有地上的碎杯子，忙回话："等着，我这就去药房拿。翠红，你先给三姨娘捂着点伤口，止血要紧。"

话末，娟儿像是一阵风似的跑了出去。

看着她消失处，盛雪眯了眯眼，她那步伐，看模样是有武功底子的。

这小小的丫鬟都会武功，这华府真是藏龙卧虎，不简单啊！

一盏茶的工夫，娟儿就拿着一瓶金疮药过来了，亲手给盛雪上药，并且还打算将药带走的架势。

可盛雪何等精明，岂能让自己白受皮肉之苦？于是，不等娟儿端走金疮药，就一把拿起瓶了把玩了起来："要是没什么事，你就先卜去吧，我也有些累了，要休息。"

娟儿看着她拿着金疮药不撒手，也不好意思去要，毕竟她是主，她是仆，最后只得无奈地走了。

时光荏苒，过了十几日，少林的伤势基本恢复，他只是夜间才能从床底出来活动活动筋骨。

这日夜里，盛雪迷晕了守夜的娟儿后，让少林用了些点心，问道："少林哥，你恢复得如何了？"

"差不多了！"少林恭敬地答道。

"好，今夜让你避开华府的耳目，外出送信给柳丞相，可妥？"盛雪认真地看着他，昏黄的烛光下，也掩藏不了他之前因失血过多，和久未见阳光而留下的苍白之色。

"属下定能完成任务！"少林点点头。但他不敢去看太后的脸，他怕自己被她看穿对她的爱慕之心。

听到他这句话，盛雪便从袖中拿出一封书信递给他道："记住，速去速回！"

"您不需要属下直接离开京都去往蜀城，通知国丈来援救皇上吗？"少林听到速去速回这几个字有点疑惑。

盛雪却道："据我推测现在京都已经被东岳王守卫严密，别说是人，估计连苍蝇都别想离开京都！再说，凤印一丢，你拿什么去给国丈让他用什么号召其他藩王对抗东岳王？！当务之急，是找到凤印！哀家相信，你既然被关在华府密室，那么，凤印自然也在华府！我怀疑，捉你的那个面具男子，应该就隐藏在华府！"

"那么太后您的意思是？"

"卧薪尝胆，伺机而发！"

少林一听，忙一掀前袍，单膝跪地："属下一切听从太后之命！"

"嗯，送完信后，你拿着夜明珠去京都黑市卖掉，换些银钱，招些乞丐扮作商贩，隐藏身份！伺机而发！"

"是！"少林抬起头，目光复杂地看着眼前美艳绝伦的人儿，心中满满的都是暖意。

深夜，丞相府屋顶处，一个矫健的黑影上蹿下跳。最后，他落到相府书房处，鬼祟地将相府书房门打开，走进去将怀中的一封书信端正地放在书案上后，轻手轻脚地又离开了。

次日，柳政昀用完早膳，去书房准备取写好的奏折，却不承想，在书案上看到了一封信。这让他有些疑惑，随即招来府内管家，询问一番才知，他们也不知这封信是何时放的。疑惑重重地打开了信件，当看到信件上太后的笔迹，以及玉玺盖的印章之后，他吓得面白如宣纸。

再次将信件的内容看了，他那皱纹密布的老眼眯了眯，不禁嘴角上扬，扯出一抹阴笑："看来，妖妇果然如东岳王所料，还没有出京都……哼，让我派人去蜀城通知国丈幼帝被挟持了，喊国丈来援？真是天真，太后啊太后，你难道不知什么叫大势所趋吗？"

"管家！"

折好书信，柳政昀喊来老管家，将手里的信封递给他道："秘密送进华府给老夫人！"

"是！"老管家得令，接过信，就匆匆离开了。

"妖妇，你是斗不过东岳王殿下的！"

自从少林昨夜秘密送信到丞相府后，盛雪这一整天都在紧张地等待着，不知道柳丞相会不会派人去蜀城！就算派不了人，通知京都其他大臣，也好一同给东岳王施压，到时候，东岳王秘密逼宫之事，就会不胫而走，蜀城那边，也多少能收到点信息。

她的父亲也就会联系其他藩王解救幼帝了！

可是，信送去这么久，京城之内，为什么反倒是异常安静呢？

就在盛雪躺在贵妃榻上，烦躁地拿着团扇，有一下没一下地扇着风时，豆儿一手抱着好几卷上好的云丝绸走进屋来。

进来后，豆儿对盛雪盈盈地笑道："三姨娘，今儿个可真是个好日子！"

盛雪懒洋洋地坐正身子，瞥了她一眼："什么好日子？"

"您瞧，这是老夫人赏赐给各房主子的绸缎，说是特地庆贺柳丞相上奏幼帝，封东岳王为九千岁，保护帝都的事情呢！"

"你说什么？柳丞相上奏幼帝，封东岳王为九千岁？"听到豆儿这句话，盛雪气得将她手中的扇柄都折断了。

"三姨娘，您没事吧？"刚才兴奋地朝盛雪说出这件好事的豆儿，听到她手中传来木头折断的"嘎吱"声，忙疑惑地看向她。

盛雪强挤出一抹讪笑道："没事，我只是觉得好奇。东岳王被封为九千岁，老夫人乐什么乐？"

"哎呀，这您就有所不知了吧！咱老夫人一向敬重东岳王殿下的，说他是什么神将，没有他护着玄武国，玄武国早就被周边列国瓜分了……所以，东岳王这次被封为九千岁，她跟着高兴呢！这不，她一高兴，就给各房发来赏赐啦！"

盛雪一听这话，就知道柳政昀和东岳王根本就是一伙的！而她，居然还打算找他帮忙！

"三姨娘，您看，这些绸缎多好啊，绝对配您！"豆儿这会儿将绸缎放在软榻的小几上，朝盛雪讨好地笑着说道。

盛雪是玄武国太后，什么样的好料子没见过？这会儿心思根本不在布料上，而是在想柳政昀和东岳王联合成一派，她该如何反击。

"三姨娘，请速去正院，大爷有请！"就在盛雪失神时，老管家不知什么时候来到了屋内，朝盛雪微微躬了躬身子，算是行礼。

"请我？所谓何事？"盛雪记得华韵风不是很讨厌她吗？还下令她不许踏出北苑一步的。

"说是今儿个他心情好，特意请各房主子前去和他吟诗作画、弹琴唱曲。"老管家恭敬地回答道。

盛雪闻言，却气得蹙了蹙黛眉，心想，这华韵风也这么好雅兴啊！

第九章 /惩治恶奴/

等盛雪来到正院时，一袭白衣的华韵风却独自坐在院内的白玉石桌边，自斟自饮地喝着茶。大夫人柳月和二姨娘宋茜正在一旁书写着什么，看起来一派和睦。

茶香伴着墨香四散在空气中，让盛雪闻到后，舒展了眉头，盈盈走过去，离华韵风一丈距离的位置，朝他行了个礼："奴婢拜见大爷！"

盛雪可记得，他前几天说，离他一丈开外说话，和自称"奴婢"的事情。这会儿，正遵循他的吩咐做事。

华韵风笑了，只是笑得意味深长："玉婷啊，你来得正好，月儿和茜儿正在写我方才吟的诗，你也过来抄一份吧！咳咳。"

一听要让她写字，盛雪心中隐隐浮上不安，抬眸扫了他一眼，当目光与他相对时，总觉得他的目光中有种穿透人心的感觉。

"来人，给三姨娘准备纸墨！"

就在她与华韵风四目相对的时候，华韵风伸手招来一个女婢，吩咐道。

这让盛雪回过神，低下头，眉头深蹙，手里的帕子也被她捏得变了形。他要让她写字，真的只是为了抄诗？

等婢女摆好纸墨在石桌空位上，盛雪不等华韵风催促她走过去，先开口道："大爷，您不是下令，让奴婢以后与您保持一丈距离吗？奴婢不敢贸然靠近您，违背您的命令！"

"你倒真是听话！"华韵风拿起桌上的折扇，"啪嗒"一声打开，优哉游哉地扇着风道，"今天大爷我心情好，允许你靠近我一丈以内！"

他这话一出，盛雪就更觉得他让她抄诗，是别有用心了。

奈何他话说到这份儿上，如果她再不听从，只能说明她心里有鬼！想到这里，她便提裙，轻移莲步走到桌边坐下，伸出玉手，执笔蘸墨。然后，她看向华韵风那张俊美的脸庞，问道："大爷，您让奴婢抄写何诗？"

华韵风浓眉一挑，睨了她一眼："杜甫《江村》中的几句，自去自来梁上燕，相亲相近水中鸥。老妻画纸为棋局，稚子敲针作钓钩。"

盛雪闻言，笑道："好诗！"

她随即提笔，逐字逐句地写下来。

写完之后，等风吹干墨迹，递给华韵风道："大爷请看，奴婢可曾写错？"

盛雪既然为一朝太后，自然有些过人之处，其中，她的医术和模仿笔迹的本事堪称一流，这会儿她就刻意模仿先皇的笔迹来进行书写！

华韵风接过她递来的诗，浅浅地用目光扫了一遍，随即，将这张纸撕掉："甚是难看！"然后，捂住胸口咳嗽了几下。

柳月和宋茜见状，忙担忧地看向他。最后，大夫人柳月开口关怀道："夫君，您这几天不是好些了吗，怎么又咳了？"

"是啊！您可仔细点身子啊！"宋茜附和道。

华韵风轻咳着，朝她们摆摆手："咳咳，无碍，估计是我昨夜受了一点风寒。所以，今天才犯了旧疾，不碍事。你们先回去吧，玉婷，你扶我进屋！"

他这话一出，柳月和宋茜都朝盛雪嫉妒地看过去。

而盛雪则诧异地看向华韵风，心想他不是嫌弃她非处子之身吗？这会儿怎么还要她扶他进屋了？

可疑惑归疑惑，还是得从命。她起身过去，搀扶他，走进了堂屋。

进去后，华韵风指了指一旁的紫檀雕花椅子示意盛雪扶他坐到那里。

盛雪想想她一国太后，居然服侍这个病秧子，心中一半落寞，一半凄楚，但脸色上，却并无半点波澜地将他扶到椅子边坐下。

"咳咳。玉婷，屋内无外人，我有一事要提醒你！"

听着华韵风的话，盛雪微微有些诧异："提醒？"

"你模仿的可是先皇的字迹？"华韵风勉强忍住咳嗽，认真说道。

盛雪下意识地看向他乌黑深邃的俊眸，只见里面闪烁着一点坦诚之色，不过却让她更加疑惑了："大爷，您怎么知道那是奴婢模仿先皇笔迹？再说，您不是不喜欢奴婢吗，为何还要提醒奴婢？"

"这些你不用管，我只想说这府里并不像你想得那样简单！"

"此话怎讲？"

"你只要记住我的话就好，在这里你要小心谨慎一些，以防被别人盯上。"

华韵风微眯着眼，在盛雪身上细细打量起来，却让盛雪有些不自在。

"我凭什么信你？"盛雪警惕地看向他。

"古人言，路遥知马力，日久见人心。我相信时间久了，你自然就知道我是不是值得你信！咳咳。现在，我实在身子不适，你就先行回去吧！"

既然华韵风下了逐客令，盛雪也不好多待，于是行了礼，她就带着满心的疑惑离开了。

她一离开，华韵风的嘴角处就浮上一丝诡异的笑容，自言自语地说道："梅花林中，你怕是忘记了当初的誓言了吧？你不信我，又能信谁？我不信你，又能信谁！"

盛雪刚回到北苑没多久，老夫人身边的俞妈妈就凶神恶煞般地闯进她的院子。

豆儿见状，忙放下手里的活计，走过去询问："怎么了，俞妈妈？"

豆儿话还没落音，一记巴掌声就响了起来。随后，响起了豆儿吃痛的声音和委屈的询问声："俞妈妈你这是何意？好歹我也是三姨娘的大丫鬟！"

俞妈妈闻言嗤笑道："哼，打你怎么了？你们三姨娘就是个灾星！老夫人本指望她给大爷冲喜，可谁知她刚过门，大爷就病情加重，害他当天昏厥就算了！结果，刚才她从大爷院子里出来不到一炷香的时间，大爷就昏死过去了。大夫说，过不了明日！我这是奉老夫人的命，将她赶进荒宅住去，免得她再害人！"

俞妈妈这话的意思，明摆着她连三姨娘都不怕，还在乎你这个三姨娘的下人吗？

果然，她这句话一出，豆儿就没有敢再开口。

屋内，盛雪听到这话，气得眯了眼，好个狗仗人势的奴才，好个心狠手辣的老夫人！简直欺人太甚！

她本来还秉着"人不犯我，我不犯人"的原则，既然，她们不让她安稳，那么她也定不会放过她们！

想至此，盛雪快步走到门口，等着俞妈妈推门而入。果然片刻后，房门被人粗鲁地推开。

盛雪怒目瞪着推门而入的胖妇人道："这华府虽不是官宦之家，好歹也是大户，怎么连最基本的主仆规矩都不分？仆人就是仆人，不管她是谁的仆人，也不可不经过允许就擅闯主人的屋子！"

俞妈妈见屋内突然站着个冷艳绝美的女人，先是吃惊地僵住动作，后听到她说了这些话，刚想开口反驳，却又被这个女人抢先堵住她的嘴。

"俞妈妈，你知道你现在这种作为，在皇宫被称作什么吗？"

盛雪乘机伏在俞妈妈耳边说着，样子却是有些亲昵，仿佛二人是相识多年的亲人一样。

"什么？"俞妈妈居然被她这举动弄得一怔，有些不自然，嘴里便下意识地顺着问道，问完后悔异常。

"这叫逼宫！"

盛雪猛地收回刚才亲近的动作，冷着脸，鄙视着俞妈妈那张胖脸道。

俞妈妈听了，脸上的横肉跳动了一下，沉默半晌才道："可这不是皇宫！"

话末，转身朝身后候着的几个粗使婆子挥了挥手，几个婆子立马上前围住屋内冷艳绝美的人儿。

见她被围住，俞妈妈嗤笑："皇宫老奴不知，这华府老奴可是知道的，在这里一切都是老夫人说了算！"

本以为屋内的新姨娘听了她的话该吓得面色发白、跪地求饶了，却没想到，对方居然冷冷地笑出声："哼，俞妈妈呀，你年纪也不小了，怎么还如此蠢笨？华府是老夫人说了算不假，可也由不得你个奴才逾越身份吧？我倒想要看看，你这个老奴逼死主子后，还如何在华府立足，如何在玄武国立足！"

话末，盛雪举起手，顿时众人一惊，看到她手里捏着把剪刀，并且剪刀就对准自己的脖子。

俞妈妈顿时吓了一跳，口齿都开始不清："你，你别以为这样就能吓唬得住谁！"

"你们华府用个莫须有的罪名安在我身上，不但老夫人不亲自来与我说话，还派了个老奴羞辱我，又要赶我进荒宅，我如何服气？还不如现在我就死了的好，到时候，我看你们如何和我父亲交代，如何和大将军交代！"

盛雪话说得很激动，剪刀也离脖子近了些。她这么做，无非是不想进荒宅。虽然没有去过华府的荒宅，但也知道那里不是好地方，一定和皇宫的冷宫一样。一个妃子要是进了冷宫，可就猪狗不如、生不如死了。

俞妈妈咽了咽惊惧的口水，佯装镇定地看着新姨娘的表情，见她真的是一副视死如归的样子，她想着新姨娘方才说的话，有些后怕。如果新姨娘真的在这一刻自杀了，华府为了逃脱责任，肯定在第一时间，拉她这个奴仆顶罪，到时候，大将军追究起来，她死万次都不够！

想至此，俞妈妈缓和了语气，朝新姨娘道："三姨娘，有话好好说嘛，您先放下剪刀。奴婢这也是没办法，老夫人下的令，我们做奴才的哪敢违背呢？"

盛雪闻言，心里笑了，这个老奴，还真是油嘴滑舌。老夫人下令估计不假，可她乘机侮辱姨娘就更不假，现在居然都将责任推给老夫人。

"老夫人是让你擅闯我的院子，是叫你这样对我出言不逊，还是任你逼死我？我倒要看看，这个华府还有没有王法！"

说完，她拿着剪刀对准脖子，一步一步朝门外走去。

俞妈妈被她这句话吓得脸色煞白，赶忙在后面追来道："三姨娘，真的是老夫人下的令，让奴婢们请您去荒宅的，说您与大爷命格不和，怕您与大爷犯冲！"

这番话倒是比刚才和豆儿说得含蓄多了，可见她是有些怕了，而躲在柱子后面的豆儿闻言，鄙视地瞪着俞妈妈的背影。

几个粗使婆子倒是颇为欣赏地看着这位三姨娘，这还是她们第一次见狐假虎威的俞妈妈向人示弱妥协呢。

"命格不和？那当初做什么要去我府上提亲？一派胡言！"盛雪猛地回头，瞪着俞妈妈。

俞妈妈知道自己胡诌的话被新姨娘戳破，立马脸色又白了一层，刚想再解释，却一时想不到好的借口，只急得后背都出汗了。这绝对是她第一次办事这样棘手。来的时候，本也没将这件事当作一回事。不就是将一个人绑进荒宅吗？怎么现在的局势变得自己这样被动？

"今日，我不见到老夫人，就誓死不会去荒宅！"盛雪见时机到了，立马开口说出自己的主要目的。

俞妈妈闻言，立马眼珠一转，觉得这么做可行。如果新姨娘死在老夫人那里，可就和她没有半文钱的关系了！

想到这儿，俞妈妈勉为其难地点点头："既然三姨娘以死相逼，老奴也没办法阻止你去见老夫人了。"

话外之音不是她不阻拦新姨娘去见老夫人，而是阻止不了。

盛雪见状，心里得胜地一笑：不管你是何目的要赶我去荒宅，我都不可能让你得逞！

第十章 / 医者仁心 /

因为大夫说华韵风熬不过明日了，所以，府内众主仆都没有休息，而是聚在华韵风所居住的正院陪伴。说是陪伴，实则等他咽气罢了。

盛雪要见老夫人，固然也是到了这里。当然，俞妈妈既然答应带她过来了，她也没必要再用剪刀对准脖子吓唬人。所以，她过来的时候，相比俞妈妈来说，更加自然随意，仿佛刚才那个拿剪刀要自杀的人不是她。

"三姨娘，这是大爷的院子，您先避避。我这就去禀报老夫人一声。"当一干人来到正院的院门前时，俞妈妈转身阻止盛雪进去。

盛雪闻言，冷冷地盯着俞妈妈的胖脸看，直看到对方皱眉后，她才道："我不是你们大爷三书六礼娶进来的吗？难道连看一眼病重的丈夫都不成了？还要避一避？这叫什么话！"

俞妈妈没想到老夫人还在大爷的院里，所以，才会答应带盛雪过去见老夫人的。老夫人的院子在大爷院子的后面，所以，进老夫人的院子就必须要经过大爷这里，刚才她也没想这么多，只想着带新姨娘去老夫人院子里就行了。谁知，老夫人还在此处，而且，眼尖的三姨娘居然非要往这边走，认定了老夫人在此，非要进大爷的院子。

"您和大爷犯冲不是吗？若是这样进去，大爷有什么闪失，您岂不是更加脱不了干系了吗？"俞妈妈一副为盛雪着想的样子，看得盛雪心里一阵恶心。

盛雪冷哼，明明就是她怕担责任，还来装作好人！她在宫中混了六年，岂能连她这点小心思都看不出来！

不过盛雪现在可不想和她闹僵，所以，看向俞妈妈，假装听劝道："是，俞妈妈说得对。"

然后，盛雪就退了一步。俞妈妈见状，这才满意地眯了眯眼，转身走进正院。

眼见着俞妈妈前脚刚进去，盛雪就赶忙跟着进去了，速度快得让后面的粗使婆子都没反应过来。她们也只能眼睁睁地看着新姨娘那红色的身影，进入大爷那富丽堂皇的屋子了。

俞妈妈刚进屋给守在大爷榻边的老夫人磕头禀报，话还没说完，屋外就传来大爷身边丫鬟紫儿的疑惑声："你是？"

"我是新姨娘，特来看望夫君。"不等紫儿再说话，就传来新姨娘匆匆的脚步声。

至此，屋内众主仆都诧异地看向内卧与外厅阻碍的一道珠帘。

老夫人瞪了眼俞妈妈："怎么回事，不是说先送她去荒宅吗？"

俞妈妈有些惊愕地抬头道："老奴没让她进来啊！"

大夫人柳月淡淡地扫了一眼老夫人和俞妈妈后，嘴角上扬，眼里闪过一丝诡异。

只一会儿工夫，门帘就被一双玉手掀开，一位绝美佳人落入众人眼中，只见她走上前，朝老夫人行礼道："玉婷见过老夫人。"

盛雪在行礼的时候，见一旁穿着华丽、姿势端庄、坐在榻边八角凳上的少妇看向自己时，一脸的傲然，盛雪就想起她来，于是，又很有分寸地朝她点头一笑："见过大夫人。"

柳月见她向自己行礼，也装得大方和蔼，朝她礼貌地一笑。

"你来做什么？"老夫人在她行礼之后，回过神，冷冷地朝她斥责道，

"不知道你差点克死了韵风吗？"

这一上来就给她扣上了莫须有的大罪，还真是把不少人给怔住了。

"三姨娘，你还是躲着些吧，大爷身子真的经不起折腾了。"

站在老夫人身后的正是二姨娘宋茜，衣着粉色连襟长裙，长相一般。可从她附和着老夫人说话和站在老夫人身后的位置来看，她定是很讨老夫人欢心的。

"老夫人和二姨娘的意思是我克了大爷不成？"盛雪装出一副委屈模样，眼中似乎还泛着水光。

她美丽的容颜，加上这样委屈的表情，还真是有些让人不忍。若是男人看到，估计更会忍不住要上前怜惜的。

"难道不是吗？行三礼时，韵风早不犯病，晚不犯病，可就偏偏在和你夫妻对拜时就晕倒了。今日，柳月、宋茜与他待了一上午都不曾有事，独独见你还不到一炷香的时间，就昏死过去！这还不能说明你克他吗？"

老夫人看着她欲掉泪的模样，还真有些诧异。不是传言眼前人是个粗鲁无礼的老姑娘吗，可眼前人怎么和传言的相差万里呢？

"老夫人，如果你不是看好我的八字，又如何不顾及我恶名昭彰的名声，千里迢迢地去蜀州提亲呢？"

盛雪不急不躁、不卑不亢地看着老夫人，语调平稳而有力，仿佛她只是在和老夫人轻轻地谈着心，而不是在与她顶嘴。

老夫人闻言，愣了一下，显然没想到眼前人会这样直白，而且将事情看得如此透彻。这一点又和传闻不一样了。

盛雪见老夫人怔住，赶忙又说道："想必，老夫人在去我府上提亲的时候，不但知道我的八字与大爷不相克，而且还有旺夫之命！所以，您才会选中我来替大爷冲喜的！"

随后，见老夫人一时哑口无言。她知道，对方也正在思考她的话。

于是，她趁机走到榻边，扫了一眼昏迷中的华韵风。顿时心下一惊。只见，华韵风俊颜煞白，嘴唇发紫，几乎可以肯定，他好像不是仅仅患了血虚之症！

盛雪记得在拜堂时，她是趁机给他把过脉的。从他的脉象中只看出他有血虚之症而已，那么现在究竟是怎么回事？难道她走了之后，有人给他下了毒？难道有人要蓄意谋害他？

"不错，之前老夫人是算过你和大爷的八字最合，可谁知你居然没有起到旺夫的作用呢？我估摸着，你的八字一定有误。"

二姨娘见老夫人许久不语，以为她被眼前这个美得不像话的新姨娘给堵住了话头儿，便替她解围起来。

"八字有误？"

"难道不是吗？"

盛雪淡淡一笑，冷眼看着二姨娘，直看到对方不自在地别过目光。

"二妹妹快别说了！一个人的八字是上天给的，是什么时辰就是什么时辰；而且三妹妹的八字是我们千挑万选地找出来的，她事先并不知道和大爷相合，是不可能作假的，又怎么会有误呢？"

一直沉默不语的柳月突然出言打断宋茜的话。

话语中没有嘲讽却让宋茜红了脸，气呼呼地瞪着她："大夫人什么意思，是说我有意冤枉三姨娘？"

"我只是就事说事。"

柳月不屑地别过头，不去对视宋茜愤恨的目光。

"你！"宋茜见她这样，还想说什么，却被老夫人冷声打断："够了！还嫌韵风病得不够重？"

老夫人凌厉的话一出，众人都不说话了。

她深叹一口气，扫了眼盛雪："你不必狡辩！你一过来就害得韵风晕倒，这是事实。你还是先搬到荒宅去，离韵风远点好！"

盛雪闻言，没说话，而是扫了眼众人的表情。柳月淡漠地看着她，宋茜一脸幸灾乐祸地盯着她，站在两旁的丫鬟、仆妇们则嘲笑地看着她，而俞妈妈更是出口气的模样瞥着她。这些，盛雪都默默收进眼底。

"俞妈妈，送三姨娘出去！"老夫人见盛雪半晌没说话，便不再耽搁，瞪了眼俞妈妈道。

俞妈妈得令，上前拉着盛雪的胳膊，语气不冷不热地道："请吧，三姨娘。"

明是拉着她，实则是用指甲狠狠地掐进盛雪的肉里，盛雪只吃痛地蹙了蹙眉，瞪了眼俞妈妈："我自己有脚，用不着俞妈妈来拉！"

俞妈妈闻言，不自然地松开手。

盛雪心里想，等会儿有你们求我的时候！

于是，她浮上笑容，朝老夫人行了个礼道："玉婷希望老夫人能在我走之后，替大爷治好血虚之症，更能替大爷解毒。"

话末，盛雪抬起头看到老夫人一脸惊讶后，利落地转身就往外走去。

一步，二步，三步……盛雪在等老夫人的反应程度有多快，如果，她是真心疼爱华韵风的话，就会在十步内喊住她！

走到第八步，终于老夫人喊住了她！

"慢！"

只一个字，盛雪就听到了两种情绪，一种焦急，一种激动。

盛雪慢慢地转身，舒了口气，看着老夫人不语。

她眼中含着笑意，看来老夫人是真的心疼儿子的！

"你怎么知道韵风是血虚之症？"

老夫人皱纹密布的脸上闪出少有的震惊表情来。

"不知道老夫人有没有听说过神医梅夜？"

盛雪不答反问，现在她可一点都不着急。因为，主动权已经在她的手上了。她很喜欢牵着别人鼻子走的感觉。

"神医梅夜？那个行踪不定、妙手回春、起死回生的神医梅夜？"老夫人现在脸上的表情简直丰富到让人眩晕的地步了。

"是的。他是我师傅。"盛雪淡淡地说道。

她的话一出，所有人都怔住了。宋茜更是指着她不可置信地道："这怎么可能？传言你大字不识，怎会医术呢？"

"传言还说我粗鲁无比，还说我丑陋不堪呢！你看我粗鲁吗？丑吗？"盛雪露出一脸同情的模样看着宋茜，"二姨娘，一般有脑子的人都不信传言的！"

盛雪这句话一出，屋内几乎所有人都感觉不自在。因为她们之前都信了传言，以为新来的姨娘就是那么的不堪。

看着她们的表现，盛雪知道自己可以放心身份不会被怀疑了。

"我……"宋茜明明知道对方是在讽刺自己，想张开嘴反驳，却半天也说不出一个字来，只得瞪着她气得脸红脖子粗。

"玉婷啊，你真是神医的弟子？"老夫人见盛雪点点头，激动地站起身走过去拉着她的手，流出眼泪来，"刚才是我太过焦急对你冷淡了些，还望你不计前嫌替韵风好好诊治一下，可好？"

盛雪很温柔地朝老夫人笑了："老夫人说笑了，韵风也是我夫君啊！治疗他，本是我的分内之事。只希望，老夫人不要怀疑我才好。"

老夫人闻言，泪水真是忍不住滑落出眼眶，紧紧捏着她的手，喜极而泣道："我不会怀疑的，只要你能治好韵风，就是你要了老身的性命，老身都愿意！"

看着老夫人眼中的真诚，盛雪顿时心中一酸。母亲就是这样，就算对待别人有多坏、有多阴险，但对待孩子，她们都是最无私的。

看着她，盛雪仿佛看见了她的二姐临终时，将雍儿托付给她的时候一样，那眼中的期盼溢于言表。

第十一章 / 事出有因 /

"放心吧。"

盛雪知道老夫人此时信任她，只不过是心中还存有些死马当活马医的想法，但她并不在意。

"你真的可以？"

宋茜看着盛雪走到榻边坐下，脸上略带疑惑地看向她。

盛雪却没有理她，而是朝站在那儿还处于惊讶中的俞妈妈吩咐道："俞妈妈，将琉璃灯盏取一个过来。然后，想办法给我取几根银针来。"

显然，盛雪是在借机使唤俞妈妈，当然更是提醒她，让她记得主仆之分！

"啊？"俞妈妈显然刚回过神，没怎么听清她的话。

老夫人却不乐意了，怒斥道："还不快去拿！"

俞妈妈这才点点头，诚惶诚恐地取了一盏琉璃灯过来。盛雪扫了一眼宋茜，对俞妈妈又吩咐道："把灯盏给二姨娘拿着，你再去寻几根银针来。"

俞妈妈闻言，谦卑地点头，顺道将灯盏递给宋茜。宋茜一脸的不乐意，心想眼前这三姨娘就是借机使唤她！旁边那么多的丫鬟她都不用，非要她拿灯盏！

"二姨娘，你拿得离大爷近一些，我好将他的面色看得仔细些。"盛雪又不眼花，早就看清了华韵风的面色。

宋茜气愤地将灯盏往华韵风这边凑了凑，可看着榻上的夫君脸色比以往更白了，微微叹了口气。

不知不觉，老夫人也走了过来，坐在榻边的凳子上，看着正在为华韵风把脉、一直闭眼不语的盛雪道："怎么样？"

见盛雪蹙了蹙柳眉，没有说话。老夫人怕打扰她，不再发话。

没多久，连寻银针的俞妈妈都回来了，盛雪才睁开眼深深地叹了口气。然后，又翻了翻华韵风的眼睛，捏了捏他薄薄的嘴唇："银针取来了没有？"

"拿来了！"俞妈妈闻言，见大伙都看向她，她赶忙把从大夫那儿取来的银针盒子递给盛雪。

盛雪打开盒子，取出银针，刚准备扎进华韵风的手背上，却听见宋茜惊恐的倒抽气声，才扭头一看，这一看发现老夫人、宋茜、柳月都将目光落在她手里的银针上，并且表情都很紧张。

这让盛雪蹙眉，收回银针，冷冷发话："你们都聚在这里盯着我，让我如何安心给大爷施针？"

看她们紧张的表情，倒是不像对华韵风心怀不轨的样子。看来，这府内的事情很复杂！

一句话，让她们三个互相看了一眼。最后，老夫人将宋茜手里的灯盏接过来发话道："你们先出去候着吧。"

宋茜看着老夫人还想说什么，却被柳月拉走了："我们还是出去吧，人多了，三姨娘是会分心的。"

老夫人闻言，满意地看了眼柳月，觉得她很识大体。宋茜见状，不乐意地嘟了嘟嘴和柳月走出去，到大厅的圈椅上坐着等候了。

"您也走吧？"盛雪扫了眼老夫人，也给她下了逐客令。

老夫人愣了一下，显然没想到她会赶她走。

"老夫人，我知道您还是有些怀疑我，我不怪您。但您想想，大夫不是说大爷活不过明日吗？您可以放心赌一把，万一我保住他的性命，您不是赚了吗？"

盛雪小声地劝着眼前满眼担忧的老夫人。

老夫人思索了一会儿，深叹一口气："好，我就赌一把！输了的话，你……"

"我自愿去荒宅，不争一分家产！"

如此直白的话一出，老夫人褐色眼眸里闪过诧异，随后，起身将玻璃灯盏放到凳子上，然后在俞妈妈的搀扶下，领着屋子里候着的几名丫鬟和仆妇们离开了。

她们走后，盛雪就安稳了许多，用银针扎了华韵风的各大要穴。顿时，有暗黑色血液顺着华韵风的鼻孔流出。少顷，见到华韵风浓密的眉头蹙了蹙，眼珠隔着眼皮转动了一下。

此时，盛雪的额头也渗出汗来。盛雪拿出怀中的帕子，轻轻地收回针，为华韵风擦了擦鼻血，自言自语道："看样子，你比哀家还走运呢！"

这样细细端详，发现眼下的男子确实俊逸得很，浓眉长眼，鼻高嘴薄，就是皮肤太白，显得毫无生气，估计是久未见过日光之故吧。只是唯一缺陷就是太过瘦了。眼眶骨都看得见，着实影响美感。

这样想着，她就没多少欣赏的兴致了，便将紫色的鹅绒被拉起来，替他掖好。就在这时，她突然感觉他的手指动了一下，随后，耳边又传来带着轻咳的诧异声音："你，你怎么在这儿？我以为她们会借故送你去荒宅！咳咳……他们提前动手了，怕是中间出了什么岔子！"

听着声音虽然虚弱，但也不乏男子醇厚的磁音。

不等盛雪开口，屋外闻声而来的老夫人就走了进来，见儿子睁开眼，忘情地坐在榻边，拉着他纤细青白的手，老泪纵横："风儿，你可算醒了！为娘都快被你吓死了，你要是这样走了，为娘可怎么过活啊！"

柳月和宋茜也是随后跟了进来，因怕婢女和仆妇们身上带着异味，引起他咳嗽，所以，柳月让她们都候在门外了。

柳月来到盛雪身边时，对她目露几分困惑，随即归于平淡，盛雪则依旧一副冷淡的样子站在一旁。

"咳咳，娘，孩儿这不是醒了吗？"华韵风虽然虚弱地和老夫人说着话，眼神却艰难地瞟向榻边站立着的盛雪。

宋茜还算是个懂事的，在听到华韵风咳嗽时，就赶忙去桌上倒了杯水递到华韵风唇边道："大爷，妾身喂您喝些水吧。"

华韵风闻言，抬眸扫了她一眼，随即又垂下眸，张开嘴，任由宋茜喂他将一杯水喝了下去。

喝完，老夫人赶忙给他擦了擦嘴，心疼道："苦了我儿了！"

宋茜至此也附和道："是啊，大爷您这一昏倒，害得我和老夫人好个担心。"

她这句话一出，柳月就气愤地眯了眯眼，但却没发话，只是和盛雪一样站在离榻一步之遥的位置看着华韵风。盛雪则打量着柳月的表情。

知道她是在暗气宋茜只说她和老夫人担心华韵风，而刻意不提及她，显然是想自己在夫君面前留好印象。

"咳咳，害你们担忧了。"华韵风说完这句话，就闭上了眼，好像累极了。

"大爷现在不能多言，老夫人让他休息吧。"

盛雪其实折腾了一天，着实累了，见华韵风闭眼之时，赶忙开口为自己休息找了个借口。

华韵风闻言，动了眼皮好几下，似乎才攒住力气睁开眼，又看了眼盛雪。盛雪见他看向自己，也没做什么反应。反正她也不想和这病秧子有什么瓜葛。只要将他救醒，自己躲过一劫，就算是了结了。以后，她不打算再见他，这样也免得徒生枝节。

许是见对方面无表情实在没什么意思，华韵风随后也闭上了眼，不再发一言。

老夫人见状，立马拿帕子擦了擦眼泪："风儿，那你先休息，为娘去佛堂替你还愿去。"随后，拿手拍了拍华韵风，眼中之情甚是不舍。

听她这话，盛雪又忍不住在心里冷笑了，合计这老夫人认为是菩萨保佑的她儿子醒来？那她方才白忙活了？

"没想到你还真有本事。"宋茜起身放下茶杯后，朝盛雪有些嫉妒道。

盛雪懒得理她这酸溜溜的话，而是对老夫人指了指外面。

老夫人立马会意，起身走到她身边。这下柳月长了心眼儿，赶忙来扶老夫人的胳膊，却发现自己刚扶一边胳膊，另一边就被宋茜扶住了，顿时脸色一沉。

"月儿，你留在这儿守着韵风。"老夫人看了看柳月和宋茜，便出言吩咐道。

柳月闻言松开手，恭敬地答道："是，母亲大人。"

话末，走到华韵风榻边坐稳。

宋茜见状，眼里闪过一丝不满，可转瞬即逝，脸上片刻露出来的是扮乖的浅笑："老夫人，我扶您出去吧。"

盛雪见状，淡然一笑，让宋茜扶着老夫人先走了出去，随后也走了出来。

刚才进来的仓促，盛雪还没发现大厅这些紫檀架子上摆的各类奇珍异宝，现在坐到紫檀圈椅上，她便打量了厅中的宝贝，果然是不比皇宫差。富可敌国，大概说的就是华府了。

难怪，某人会觊觎了！这个某人究竟是谁呢？她好奇了！

"你们都退下，我和三姨娘有话说。"一坐稳，老夫人就下令道。

片刻，下人们都陆陆续续地退下了。

"你退下休息。"老夫人瞥了一眼身后不打算走的宋茜道。

"老夫人，我……"宋茜闻言，心有不甘地说道。

她话还没说完，就被老夫人凌厉的眼神扫了一下，立马识相地离开了。

临出门的时候，还不忘瞪盛雪一眼。

这让盛雪只感到好笑。

"玉婷，韵风的病到底如何？"人一走，老夫人就迫不及待地问道。

盛雪就知道老夫人留她谈话是为了这些，所以，不急不忙地为老夫人和自己各倒了一杯茶后，才道："老夫人，大爷的病，您比我清楚。其实不难治。可为什么这么多年来治不好，恐怕里面的玄机，您最明白。"

话末，盛雪端起紫砂杯，轻抿了一口茶水。

"你是说？"老夫人脸上浮出了怒色，拿佛珠的手都气得发颤。

"大爷的病，不是顽疾。治好不难，但难的是治疗的过程。其实，今日大爷发病，不是偶然，而是有人刻意为之，目的恐怕是想将罪过推给我。"

老夫人闻言，扫了一眼盛雪，眼中浮出内疚："今日，我错怪你了。"

"人非圣贤孰能无过？"盛雪淡淡地说道，"只是希望老夫人今后多些心眼儿便好。"

盛雪这好似教训口吻的话一出，老夫人的脸就冷了冷。

盛雪见状，知道自己刚才是"太后病"犯了，急忙道："玉婷说话直白，还望老夫人别生气。"

毕竟被自己的小辈说教，的确是很恼怒，可想到日后还要靠她治疗儿子，老夫人就忍下了这股不愉快的情绪："你也是替韵风着想，我不怪你。"

"谢老夫人。"盛雪放下茶杯，"老夫人，一会儿我先写一份药方交给您，希望您找一个信得过的人煎药给大爷喝。记住，千万不要再用府里煎药的药坛。"

"我也早怀疑过有人给韵风的药里做手脚，可煎药的都是心腹之人，没想到，还是着了人家的道！"老夫人气得咬牙切齿。

盛雪却在心里冷笑老夫人经事少。在宫里，她如果生病，可从来不让任何人动她的药，都是少林自己回府熬好了带来给她喝的。直接入口的东西最容易被动手脚，所以，盛雪向来万分小心。

随后，又和老夫人说了几句，盛雪就写下药方，回房准备歇着去了。

也许是累极了，盛雪一躺下就睡着了。

第二卷

凰归宅里，一见倾心

粉衣少女轻轻地转身，不忍再去看他深情的目光，她终究不能和他在一起。因为她有她的宿命，他亦有他的无奈。

接住一片雪花，看着它在手心融化成晶莹剔透的水滴，她的泪毫无预兆地落了下来：『今年是我最后一次来这里，师傅保重！』

第一章 /端倪展露/

夜黑风高，漫天飞舞的雪花飘落在倚梅而站的面具男子的墨发上、玄色的披风上，留下浅浅的白。

"你不是受伤了吗，怎么还是来了？"

他身前一步开外的粉衣少女，见到他后，又惊又喜。

他如潭水般清澈的双眸中，聚满深情的涟漪，微微泛白的薄唇轻启，吐出最令人心疼的话语："我知道你在等我！"

"可我以后不会等了。"

粉衣少女轻轻地转身，不忍再去看他深情的目光，她终究不能和他在一起。因为她有她的宿命，他亦有他的无奈。

接住一片雪花，看着它在手心融化成晶莹剔透的水滴，她的泪毫无预兆地落了下来："今年是我最后一次来这里，师傅保重！"

话末，提脚便走，她不想辜负这个对她关怀备至的师傅！

可世事难料，身为贵妃的二姐有疾缠身，她这张与二姐几乎一样的相貌成了接替二姐的砝码。不是爹爹的主意，而是皇帝的密旨！她违抗不得。

过几天，她会进宫代替二姐，成为一个十岁孩子的母亲，即使她不过十四岁而已，也不能有半点懈怠。盛家亦会传出她暴毙的消息，到那时，最痛苦的人只会是他——梅夜。

"雪儿，为什么？"

他似乎是没料到她会说出这句话，因为前几日，她才答应过要和他一起游历天下的。

"世事难料。"顿住了步伐，她艰难地说出这四个字后，被少林捉住手腕，一跃飞走。

"雪儿，别走！"

受了重伤的他，只得无奈地向前跑了几步伸出手却终究抓了个空，最后大声悲呼她的名字。

而她看着随风飘落下去的雪花以及越变越小的挺拔身影，轻声道："别了，师傅。"

只有她知道自己心中有多不舍，可家族上下几千口人命和他比起来，孰轻孰重显而易见。

慢慢地，梅夜的身影消失不见，代替他的是一片明黄画面。

一个身穿明黄色龙袍的中年男子，躺在偌大的龙榻上，看着一身华服的美丽少女，虚弱地道："雪儿，答应朕，好好辅佐雍儿，千万不要让皇权旁落……"

"臣妾怕！"少女低下头，不敢去看皇上祈求的目光。她真的不想挣扎在权力的旋涡中。

"怕什么？"皇上微微上扬泛白的薄唇，苦涩地笑了下，"朕知道你什么也不怕，只是不愿而已。可是你一个不愿会让整个玄武国动乱不堪，战火绵绵不绝，四大储王互争皇位。到那时，最受苦的是黎民百姓！孰轻孰重你好生掂量吧！"

少女依旧不语，可眼中已经闪烁出担忧和犹豫。

"盛雪，这就是你的宿命。保护玄武国百年安定的宿命！"皇帝见她如此，使出全力伸出大手，拉着她冰凉的柔荑接着道，"朕戎马一生，却在临终时，唯一佩服和唯一信任的人，只有你！你虽是一介女流，却敢作敢当，为了家族可以舍弃触手可及的情人，进宫与奸妃们斗智斗勇，过着步步为营的生活，这些朕都看在眼里。所以，为了玄武国的百年安宁，请你辅佐雍儿！"

"皇上，雪儿何德何能让您如此器重！"盛雪扶住皇上虚弱的身子，坚定地道，"为了玄武国的安宁，我定不辜负圣恩！好好辅佐雍儿。"

血，鲜红的血到处都是。她站在一群宫妃的尸首前，恐惧地看着龙榻上，气若游丝的皇帝，声嘶力竭地吼道："为什么要杀了她们？"

"因为朕必须在离世前，为你们清除障碍！"

"可我不想她们死，不想！"

"她们不死，便是你和雍儿死！"

"不，我不能让雍儿死，不能！"

"雍儿！"

泪水滑过脸颊，温热之后，又是一片冰凉。

在盛雪惊呼一声过后，房门被推开，随后传来翠红焦急的声音："怎么了三姨娘？"

盛雪慢慢深喘了一口气，她知道自己刚才是在做梦。她抬眼看向翠红，抚了一下胸口才平静下来："什么时辰了？"

"哦，现下刚到卯时。"

"都卯时了。"看来她这一觉睡得还挺长的，她伸手擦了擦额头的汗珠坐起身子，打算穿衣下榻。

"三姨娘，昨晚你睡得晚，不用这番着急起床。"翠红早上的时候已经听春子说了三姨娘昨晚救大爷的事，现下对她更是佩服不已。

"无碍。"

厅外候着的豆儿和娟儿见状，一个进来伺候她穿衣，另一个则去了厨房取早点了。

"三姨娘，听春子说您昨晚可厉害了，竟治好了大爷！"豆儿一边帮盛雪打开衣柜，替她取出一件淡红色纱裙出来给她穿上，一边乐呵呵地说着。

看着豆儿脸上的得意，就知道她也是听到了关于她昨晚救醒华韵风的事。盛雪本来就觉得这件事不大，所以也没当回事。听豆儿这么问，她也没开口。

见她没开口，在叠被子的翠红却替她开口了："那是，我家小姐可是大将军的千金，要知道，她平时接触的可都是顶尖的人物呢！"

翠红这句话说得可就是刻意抬高盛雪了。

盛雪淡然一笑，打断她们奉承的话语："好了，我只是凑巧救醒大爷而已。"

"豆儿，大爷现在的情形怎么样？"

盛雪穿好衣服，坐到梳妆柜前，由着豆儿给自己梳头，从镜中看了一眼豆儿问道。

"听正院的莲儿说，大爷还在睡。大夫人还在旁陪伴。"豆儿拿桃木梳子梳了梳盛雪的秀发，不禁忍不住赞叹道，"三姨娘，您的头发长得可真好。"

"我家小姐岂止头发长得好？"翠红见豆儿愣神，立马从她手里夺过梳子，亲自为盛雪梳起头来，"我家小姐的相貌用倾国倾城形容都不为过！"

翠红看着铜镜中那张美颜，怎么看怎么兴奋。如果，这个替嫁姑娘能够夺得大爷欢心的话，日后她肯定跟着沾光。所以，现在她一定要好好巴结眼前人。

当然她是这样想的，豆儿也自然是这样的想法，见梳子被翠红抢去，她胖嘟嘟的脸一沉不悦道："整天你家小姐你家小姐地叫，也不怕让有心之人听见！三姨娘可是嫁进了华府，就得按华府的辈分叫呢！"

豆儿虽然说的是句负气的话，可也说得有理。所以不等翠红再开口，盛雪就朝翠红道："豆儿说得没错。以后称呼可得改过来。否则，让有心人听见，该说我们不懂礼数了。"

"是。"翠红点着头应着，可是心理却不服，见着豆儿得意的笑容，心里越发有气。

不一会儿，娟儿就端着饭菜急匆匆地从外面跑进来。由于跑得急，托盘里的粥都溢了出来，洒了她一脚，而她却浑然不觉。

"娟儿，什么事你跑得这样急？"豆儿见一向小心谨慎的娟儿表现如此慌张，有些好奇地问道。

娟儿将托盘放到屋内的红木八仙桌上后，焦急地看着梳妆柜前坐着的人儿，还是惊魂未定地说不出话来。

"怎么了？"盛雪耳朵特别灵敏，所以，豆儿刚才的问话，以及娟儿喘息的声音，她都听得清晰，连头都没有回就问道，"是不是出了什么事？"

"是……老夫人去世了！"娟儿话说到最后，还是感觉不可思议。

屋内除了盛雪一脸无波以外，翠红和豆儿都吓白了脸。豆儿更是惊得将手中的茶杯弄掉，发出一声脆响："这……这怎么可能？老夫人身子一向硬朗啊！"

"是真的，前院都乱成一锅粥了。我一时不知何事，就抓住老夫人身边当差的兰儿询问，哪知兰儿一巴掌打在我的脸上，说都是我的主子三姨娘害的老夫人。说不知道您昨夜和老夫人说了什么，昨夜她居然亲自替大爷熬药，着实累坏了。等看着大爷喝完药躺下休息后，老夫人就回到了西苑歇息，今早就再也没起得来。"

娟儿带着焦急的眼神看向盛雪道："三姨娘，您还是快快逃出去吧，我刚才回来的时候，听见俞妈妈叫兰儿去喊粗使婆子。我估摸着，绝对是冲着您来的！"

"啊！"翠红闻言，一下慌了神，"这可怎么办？"

豆儿和娟儿见状，也慌了神，都将焦急的目光投在盛雪身上。而盛雪却不急不躁、不慌不忙地往刚盘好的发髻中插了一支珠钗，然后，淡漠地盯着镜中的自己，一言不发。

她这稳如泰山的样子，倒是让翠红急出了一额头的汗。她眼珠一转，对豆儿和娟儿道："你们先去门口看着，如果一会儿俞妈妈来了，你们就先将她拦下。"

娟儿和豆儿闻言，都为难地看向翠红，最后是豆儿道："肯定拦不住，那些个粗使婆子，力气大得和牛似的！"

"我让你们先去候着，就去候着！我和三姨娘有话说！"翠红一看就是急了，居然朝豆儿和娟儿吼出声来，吼完，眼泪都急得掉了出来。

豆儿和娟儿见状，有些动容，便豁出去般地走出去，守在院外圆门处。

她们一出去，翠红就赶紧将房门合上，走到盛雪身边急道："姑娘趁现在，咱们赶紧逃吧！"

翠红说完见盛雪还是盯着镜子不说话，以为她是吓坏了，又叹气道："你倒是快点啊，一会儿俞妈妈她们来了，我们想逃都逃不出去了！"

盛雪依旧没发话，只是手在紧紧捏着袖口，那里放着玉玺。

她刚才在娟儿说老夫人去世的那一瞬想过立马逃走，可随后想到江山社稷还有雍儿的生死，她不得不逼自己冷静下来。

如果她现在逃出华府，不用说，一定会被东岳王的人马捉住。到那时，不等父亲来救援，她和雍儿就身陷囹圄了。就算没有凤印授位，有了玉玺，她也照样可以牵制朝堂。

"哎。"翠红见盛雪还是无动于衷，便一甩手一咬牙、挽起袖子，就开始拿出一块布，从柜子里翻东西，准备开溜。

"我们去正院！"就在翠红拿起第三件物品准备放进布上时，肩膀突然被人拍了一下，随后耳边响起了一串温柔的声音。

翠红怔了一会儿，才转过身，看着眼前人的美颜道："你疯啦！去那儿岂不是送死？"

盛雪皱了皱柳眉，显然对她失礼的话感到不满，可还是耐心地解释道："如果我们不去那里，大爷就真的会死。而且，我们若是逃了，正好中了有心人的圈套，将所有罪责都推到我们的身上。到时候，不但是华府派人捉我们，就是官府也不会放过我们。"

盛雪要不是和翠红不熟悉，才不会费时间和她解释的。

她这话一出，翠红顿时吓软了身子，手上拿着的玉如意也就此掉到地。

听到玉如意掉地的响声后，翠红这才回过神，将玉如意捡起来看了一下，见无碍才松了口气朝盛雪道："姑娘，如果留在府上，我们不还是难逃一死吗？"

"不一定！"盛雪拉起翠红的手，让对方直视自己的眼睛，认真道，"翠红姑娘，请相信我，我会保证我们丢不了性命！"

翠红看着眼前女子长睫美目中散发出来的坚定目光，让她莫名地感到安心。顿时，也给她自己坚定了信心，她叹气道："也罢，反正逃不逃都要死，还不如相信你，赌一把！"

"嗯。"盛雪这才松了一口气，目光落在刚才翠红拾到的贵重物品上，不禁哭笑不得。这丫头，居然连琉璃灯盏和白玉痒耙子都当成宝贝装着了。

翠红见盛雪目光落在这些东西上，赶忙抱住，放回盛雪的衣柜里，然后一脸窘迫道："那些我会和姑娘分的。"

盛雪听完，无奈地摇摇头。

"我们赶紧去大爷那里吧。"见盛雪没有动身去正院的意思，翠红又着急起来。

"不急，俞妈妈不会这么早过来的。她得留足时间让我们逃跑不是？"

盛雪走到柜前，打开柜门，取出一套淡绿色连襟纱裙换下了身上的红色衣裙。在换衣过程中，她也是不急不忙的。

这让翠红好一个佩服她处事不惊的性格。

第二章　/故弄玄虚/

"叫豆儿和娟儿进来，我有事安排！"

换好衣服，盛雪朝翠红吩咐道。

翠红见她有条不紊的样子，也静下心来，打开门，将豆儿和娟儿唤进屋。

一进来，盛雪就走到娟儿身边，上下打量了她一眼，最后满意地一笑。这一笑弄得娟儿浑身不自在："三，三姨娘，你叫我们进来做什么？您怎么还不收拾东西逃呢？"

豆儿也是点点头："对啊，你们赶紧逃还来得及。"

"豆儿、娟儿，你们对我忠心吗？"突然，盛雪脸色一沉，冷冷地看向她们。

当盛雪凌厉的目光扫着她们，她们都不自觉地发起颤来，随后，齐齐跪地道："奴婢们对三姨娘忠心耿耿！"

"忠心可不是随便说说的！今日，我就要看看你们是不是真的对我忠心！"盛雪见状，朝翠红道，"把我刚脱下的衣服给娟儿换上。"

正院外边，大夫人柳月听完俞妈妈跪地禀报的话，不禁睁大凤目不可思议地道："你说什么？老夫人她……"

话说一半，她看了一眼身后的屋子，顾忌地止住话语，朝俞妈妈小声吩咐道："此事，千万不能让大爷知道！"

"是。"俞妈妈擦了擦胖脸上的眼泪，又为难地道，"现在西苑乱成了一锅粥，您说该怎么办？"

"这件事情，除了西苑的人知道以外，还有谁知道？"柳月憔悴的脸上闪过一丝不易察觉的精明问道。

想了想，俞妈妈才斩钉截铁地回答道："再没人知道了。"

"嗯，那你记住，千万别让二姨娘和三姨娘知道。我自有安排！"柳月说完这些话后，赶忙转过身朝院外走去，"现下，我们去西苑。乱成一锅粥怎么行！"

"是！"俞妈妈在柳月转身的时候，嘴角露出一抹得逞的笑意，随后，起身拍了拍膝盖上的灰，跟着柳月离开了。

等到院门口的时候，大爷的贴身丫鬟紫儿正巧端着燕窝粥过来了，看到柳月，赶忙微屈膝行礼："紫儿见过大夫人。"

"紫儿，我有些累了。今儿，你留在这儿伺候大爷。记得，可得仔细些！"柳月扫了她一眼，吩咐道。

紫儿得令，脸上闪过疑惑，随即还是点点头："是。"

柳月见状，不再耽搁，蹙着眉离开了。

而这一幕，正好落入躲在桂花树后面的盛雪和翠红眼里。

"姑娘，这俞妈妈好生奇怪，不是让娟儿找婆子要去捉我们吗，怎么现下却来到大爷院内呢？"翠红见她们走远，才敢轻声开口问身旁的盛雪。

看着盛雪笑而不语，倒让翠红有些奇怪，不禁问道："难道是娟儿骗我们？"

"不是，是俞妈妈特意让娟儿看见她找婆子的事，因此来吓唬我们。"

盛雪微眯着双眼，暗想着事情越来越有意思了，看来这华府可真和皇宫一样复杂了，不容小觑啊！

"吓唬我们做什么？"

翠红听盛雪一回答，更加糊涂了起来，有些丈二和尚摸不着头脑。

"让我们逃啊！"

盛雪朝她微微一笑，这翠红就是比不得她从前身边的碧玉和云碧。想到她们，盛雪又叹了口气。要是她们在这的话，她也不会这番费心对付别人的圈套了。

现在，她感觉自己就像六年前才进宫时一样，得病的夫君、狡诈的后宫嫔妃、虎视眈眈的王臣将相们。

她足足费了四年的时间才理清他们，最后先帝驾崩，她又费了两年的时间帮雍儿坐稳皇位，却不承想，一时疏忽，让东岳王阴谋得逞！

这一次，在华府她绝不会让那些虎视眈眈的人钻空子！

"天啊，这华府比大将军府还复杂！"

翠红这才反应过来，随后吓得一身冷汗："姑娘，你是什么家庭出身，怎么懂这么多？"

翠红随意的一问，让盛雪的心微微一动。然后，滴水不漏地回答道："我出身不好，只是曾在官家当过差，也因此认识你家小姐。后来，为了让年幼的弟弟衣食得保，这才答应你家小姐，替她成亲，换得银两给弟弟置了些田地。"

"其实，你长得这般貌美，随便嫁给一个富家子弟，也比替嫁好许多。"

翠红不明白这么聪明的人儿，怎么在这件事上犯了糊涂。

盛雪叫她这么一说，一时没有应答，只转移话题道："现在不是说这些的时候，一会儿我叫你做的事，可要办好了！"

"放心，我一定会做好的！"翠红这才回过神，一副视死如归的表情。

见她如此，盛雪放下心来。

西苑，老夫人的院子里下人们乱成一团，哭声此起彼伏，但是当大夫人浅蓝色身影一出现，所有人都止住了哭泣看向她。

"都别哭了。"柳月走到老夫人的卧室，看了眼身体已经僵硬多时的老夫人，眉头蹙了蹙，眼中却闪过一抹意味深长的目光，随后，转过身对众下人问道，"昨晚是谁守夜？"

跪地的四个丫鬟见大夫人这么问，有三个都将目光移向最东边的一个瘦小的丫鬟。那丫鬟见状，抬起头，擦了擦脸上的泪痕，看向大夫人道："是我。"

　　大夫人一看，果然没猜错，正是兰儿。

　　兰儿十二岁就伺候老夫人了，已经伺候她六年，现在十八岁。平日里，和老夫人也很亲近，晚上守着老夫人的一般都是她。

　　"除了兰儿，其他人都先退下！"大夫人得知是兰儿之后，便朝众人吩咐道，"记住，你们都去外面候着，没我允许，不得有人离开。"

　　"是！"屋内一干下人虽然疑惑大夫人此等做法是何意，可都不敢质疑，毕竟，老夫人一去世，大爷又昏睡不醒，这华府最大的主子只能是大夫人了。

　　见其他人都出去站在院外候着了。柳月便吩咐俞妈妈将房门关上，让她守在门口。随后，自己坐到老夫人平日最常坐的双凤戏珠的贵妃榻边，拿帕子擦了擦鼻尖的细汗后，才看向跪地的兰儿问道："兰儿，你可知罪？"

　　大夫人突然说出的一句话，惊得兰儿睁大双眼，颤声问道："奴婢……不知何罪之有啊？"

　　"失职之罪！"似乎料到兰儿会如此问，所以，大夫人一副胸有成竹的样子说道。

　　"失职？"兰儿闻言，转动了几下眼珠，细究了她话中意思，随后，恍然大悟般地解释道，"奴婢……奴婢昨晚……昨晚并没有失职。老夫人回来就睡下，期间并没有发生任何事。"

　　"哼，还敢狡辩。你敢说，你昨夜一直都在屋内守着老夫人吗？"柳月凤眼一转，凌厉地瞪着她，见兰儿身子抖得更加厉害，便又道，"难道非要我捉马厩小厮阿弘来，将你们幽会的事宣扬开来才罢休吗？"

　　"大夫人饶命……奴婢……奴婢只是昨夜听俞妈妈说阿弘被烈马踢伤了身子，特意过去探望了一眼，并不是幽会，还请大夫人恕罪。"兰儿不知道自己昨晚偷偷去看阿弘的事，怎么被大夫人知道了，现在后悔得肠子都青了。

　　她自小就和阿弘交好，早已是珠胎暗结，府内的老人都知道她和阿弘的关系，只是碍于她是老夫人身边的红人，没人敢议论她。

昨晚，她听俞妈妈说阿弘被马踢了，担忧得六神无主，见老夫人回房躺下后，她就急忙去看了阿弘一眼，见他没事她才放心回来。并且，她回来的时候，老夫人睡得好好的，真没什么异样。谁知，今早，她按照惯例，叫老夫人起床。却不承想，怎么叫老夫人都没反应，最后，她才大胆地试了试老夫人的鼻息，才发现已断了气。

"失职导致主子不明原因去世，兰儿，这不管到哪儿可都是死罪！"柳月见兰儿害怕的样子，就知道俞妈妈和她说的是真的，顿时对俞妈妈多了几分信任。

兰儿没有守好夜。而这一点，她却正好能利用上了。

"求大夫人饶命！"兰儿知道事态严重，赶忙跪走过去抱住大夫人的腿，哭着求饶道。

柳月任由她抱着腿哭了片刻，见时机差不多成熟了，她才伸出涂着鲜红丹蔻的手夹着帕子，替兰儿擦了擦泪道："其实，饶了你并不难，可就是不知道你是不是个识趣的人！"

兰儿是个聪明的人，一听柳月这话一出，立马抓住柳月的手，激动地说道："只要大夫人能放过奴婢，您让奴婢做什么都行！"

柳月见状，满意地上扬嫣红的唇角，眼里闪过一丝诡异。

正院华韵风的卧室里，紫儿将燕窝粥端着放到了八仙桌上后，就走到榻边看了眼轻阖俊目的华韵风，眼里涌现一丝戾气。

盯了他半晌，紫儿才试探地唤了几声："大爷，大爷？"

见呼唤了好几声，华韵风还是如死人一般毫无反应，她嘴角微微一扬，眼珠一转，匆匆走到外厅，朝守在门口的一个小厮道："遭了，大爷怎么叫都不醒。雷哥，你还是去找大夫来看看吧！"

若是在平时，这喊大大的事，怎么也不会轮到护院小厮身上的。但是，今日正院的下人是病的病、忙的忙，居然只剩下他和紫儿两个人守在这，所以，不得已只有他可以去寻大夫。再说，紫儿也在大爷身边好几年了，所以，对她，吴雷还是很放心的。于是不作耽搁，朝紫儿点点头，就匆匆下去寻大夫了。

等吴雷一走，紫儿就收回刚才焦急的表情，立马眼神一狠，赶忙跑进内卧，开始翻箱倒柜地到处寻找着什么东西。

大约半盏茶的工夫，紫儿将内卧各处都翻找了一遍，并没有发现她要找的东西。最后，气得叉着腰走到华韵风身边，死死盯着他枯瘦苍白的俊颜看："华韵风，你究竟会把商铺地契藏在哪儿呢？"

再次环顾了内卧一眼，紫儿还是一点头绪也没有，走上前去，再次看一眼这消瘦的男子。只见他浓黑密发披散在枕边，如泼墨般随意优雅，轻阖的俊目上长睫如僵死的蝶翼伏在上面，留下浅浅的影子。她突然举起匕首，对准那白皙的脖颈狠狠地刺下去："去死吧，华韵风！"

然而，就在这时，变故猛然发生了。

她的手腕被一只苍白有力的大手捏住，随后，她惊恐睁大的双眼里，映出一张睁开双眼的俊颜，耳边也响起了熟悉的却沉稳有力的男音："你果然是四大杀手之一的紫魅！"

就在这时，另一件意外的事发生了，就在紫儿被华韵风捏住手腕的时候，紫儿感觉后颈一麻。

随即，在身子倒下去的那一刻，她好似看到华韵风脸上浮出惊讶的神色看向她的身后。至此，她在还尚存一丝意识的时候，转动眼珠，看了一眼自己的身后。很可惜，直到倒地昏死过去，她也只看到一抹浅碧色影子而已。

"你……"盛雪僵直着拿着银针的动作，白皙的脸颊上闪出诧异的表情看向华韵风。顿时，四目相对，慢慢地当对方眼中浮现一丝玩味之后，盛雪回过神，警惕地眯了眯眸："看来，大爷你病的并非那么重！"

刚才，她见紫儿支走了护院小厮，便知道紫儿有所行动。于是，让翠红守在门口，她偷偷进来。正好看到紫儿在翻东西，她便没有贸然行动，直到紫儿要对华韵风下手，她才趁其不备下手施针，打算救华韵风于危难。却不承想，几乎在同一时刻，她发现华韵风居然坐了起来，而且还很有力气地捏住了紫儿的手腕，让她手中的匕首脱落。这绝对让处事不惊的她惊到了。

第三章 /腹黑夫君/

华韵风盯着盛雪半晌后，突然浓眉一皱，薄薄的紫唇一扯，嘴角便滑出一条鲜红的血迹，可他却用手背轻轻一抹，朝盛雪艰难地挤出温和的笑容："你和传闻中粗鲁不堪、相貌丑陋的薛玉婷可相差万里了……咳咳……看来我娶你进华府，这一计使得极妙！"

话末，只见他像是泄了气的皮球一样，虚弱地倒在榻上直喘着粗气。看样子，方才捉住紫魅的手腕，他是拼尽全力了。

看着他白皙下巴上的鲜红血迹，如同一朵梨花，被鲜血沾染，凄婉却不失纯净。

盛雪微微有些心疼，赶忙侧坐在榻边，拿起他刚才擦嘴角沾着血迹的素手翻转过来，将自己的指腹搭在他的脉搏上，闭眼认真地听起脉搏跳动的次数，来为他诊治。

就在她拿起他素手的那一刻，华韵风俊目里闪过一丝惊讶。随即，见她闭眼替他探脉，他俊眸里慢慢浮上痴迷的瞳光。

细细的柳叶眉轻蹙，长睫剪水美眸轻阖间，如黑色蝶翼轻袭在晶莹剔透的面容上。高挺饱满的鼻子下，朱色唇瓣轻抿着，带着认真倔强的美艳之感。

片刻，他不等眼前人儿睁眼，又忍不住虚弱开口："你真美，等我好了一定会与你圆房。"

都命在旦夕了，还想着这种龌龊事，着实让盛雪鄙夷地睁开美目，扫过他的俊颜："大爷，你不知道大夫把脉时，病人得安静吗？"

见惯了别人对自己毕恭毕敬的模样，现下面对华韵风这毫不避讳地看着自己，盛雪很不适应。

华韵风闻言，歉疚地一笑，露出一排整齐的牙齿，立马可见白色的牙齿上沾染了些血迹，看着让人不自觉地感觉心怜。

盛雪看他如此，反倒是对之前他无礼看自己的举动释怀了。随即，将手从他的手腕上离开，走到屋内的桌边，替他倒了一杯茶水递给他漱口。

当她的手从他手腕上拿走时，华韵风的眼里闪过一丝失落，转瞬即逝。

盛雪将茶水拿来递给华韵风时，他挣扎了好几次想起身接茶杯，可奈何身子太过虚弱，便始终没起得来，最后，只得可怜巴巴地喘着粗气看向盛雪。

看着他这样，盛雪无奈地蹙了蹙眉头，将茶杯放在一边的凳子上，伸手将他扶起来。本只是想扶他坐起来即可，谁知他似乎比她想象中还要虚弱，好不容易坐起来了，却将身子斜靠在盛雪的肩边，对方靠在自己的身上，隔着衣服，她感觉到了对方灼热的体温，这让她尴尬极了。

想要挣脱起身，结束这近乎暧昧的举动。可她刚动了动肩膀，对方居然一个不稳，差点重新倒下，盛雪急忙又伸手扶了他一把，这才发现，她的手敷在人家的胸口上！

"你这是要趁机勾引夫君的意思吗？咳咳。"

盛雪闻言，赶忙收回手，红着脸，却傲然开口："我对病秧子，就像你对非处子的女人一样，毫无兴趣！"

华韵风低垂着长睫俊眸，看着端着青花瓷杯的这双葱白玉手，失神了片刻："那如果，我有一天对非处子的你感兴趣了，你会不会也爱上我这个病秧子呢？"

"永远不会，因为，我心中早有他人！"

"他人？谁？"他陡然抬起长睫，神采奕奕地看着她。

"我说过的，是我表哥！"

盛雪自然不会告诉他，是她的师傅梅夜了。

"你有表哥吗？"

"有呀！"薛玉婷没有表哥？盛雪心里咯噔了一下。

华韵风微微一笑："咳咳，我有自信，会将他取而代之！"

病秧子的口气还真大！盛雪鄙夷道："你还是先想想如何保住性命吧！"

华韵风闭上眼，深深地吸了口气，躺下身子，也不漱口了，显得有些无奈和颓废。

盛雪见华韵风躺好，便轻坐在他榻边的凳子上，看着他认真地说道："大爷，有句话我不知该不该问？"

华韵风自始至终都没有将目光从她身上移开，便温言道："我的命都是你救的，还有什么你不能问的？咳咳……"

见他咳嗽，盛雪拧了拧眉头道："你身子还有余毒未消，血虚之症也没复原。所以，你今后不可动怒，也不可郁结。我问你话，你简单扼要地回答就好。"

盛雪话说得理所当然，还有几分命令的口气。说完，盛雪才想起自己是眼前人的小妾，话不能说得如此生硬和强势，便扫了一眼华韵风。

只见华韵风好似一点都没听出异样，依旧含着儒雅的笑容看她："好。"

见他没有异样，盛雪便大胆地问道："老夫人和你关系如何？"

华韵风闻言，浓眉一蹙，别过目光看向躺在地上昏厥的紫儿，思考了许久，才重新看向盛雪，下定决心道："她是我母亲，自然是亲的！为何突然这么问？难道我的母亲……"

"是的，她已经去世了！"盛雪小心翼翼地说道。

华韵风别过头，像是在落泪。

"你不要太过悲伤，你的身子受不住！"盛雪安慰道，"若真的如你所说，信任我，我必然会保护你，以求自保！所以，我们现下也算是站在一条船上的人。"

她之所以说这么多，只是想让对方知道，不管他信或不信，他们现在都是在一起的战友，最好是不要互相残杀的好。

"一条船上的人？"华韵风止住悲伤之情，微微一顿，"你可是我的小妾，是我的人。你觉得，方才你的话不觉得生疏了吗？"

盛雪闻言，脸色一变。随后，听到"小妾"和"他的人"几个字时，她脸颊不自在地一红。虽觉得他说这话时有些厌恶，可也没办法反驳，只好转移话题道：“大爷，你觉得紫儿该怎么处理？”

华韵风闻言，收起悲容，看向紫儿，眼中闪过一丝杀气："留不得！但是，最好不要让人知道她是死在我这里。"

"杀死她？"盛雪有些迟疑。以前，她在宫中不是没杀过人，但都不是她亲自动手，而是只一个眼神，少林就会替她办了。所以，想到自己要亲手杀人，她还真有些犯难。

并且，她还曾在师傅面前发过誓，医者只救人，不杀人！

华韵风看向盛雪，见她目露不忍，于是，在她不注意的时候，眼里涌出几丝赞赏，随即，开口道："如果你犯难的话，可以等吴雷回来动手。"

他口中的吴雷，大概就是被紫儿支走的护院。

"我觉得，有比杀死她更好的方法！"盛雪突然灵机一动，朝华韵风自信地一笑。

这一笑，美艳绝伦，看得华韵风失神片刻："好，全凭爱妾处置！"

爱妾？盛雪笑容顿时僵住，随即，转过头，瞪向华韵风。可对方却不知什么时候闭上了眼睛，似乎又沉浸在悲伤之中了。

看样子，他也是可怜之人。盛雪这样想着，不禁心中有了一丝怜悯之意。

晌午十分，柳月才把老夫人的死讯传给了华府常年居住在青云寺的太老爷。

消息刚传出去不多会儿，太老爷居然比二姨娘宋茜还要早到了。

一时间，老夫人西苑的院子里，站满了仆人。

一番悲伤的痛哭之后，白发苍苍、老态龙钟的老太爷，就在下人的搀扶下，坐到厅外的圈椅上，一边拿帕子擦着脸颊的泪痕，一边问对面双眼红肿的柳月："我这儿媳一向身子硬朗，怎么会就这样突然去了呢？"

柳月和府内的下人们，此时皆换上了白色素衣，只是还未来得及披麻戴孝。

"是我的错，这几日照顾夫君废寝忘食，无暇他顾，害得有心之人钻了空子，让母亲大人，哎……"柳月话说了一半，像是想起什么，欲言又止地看向对面一身素白衣的老太爷，内疚地滑出泪来。

"有心之人？"老太爷捉住重点，睁大皱纹横生的眼睛，惊讶地盯着对面的柳月。

柳月半晌不回答，只是无奈地摇摇头，模样有些难以启齿："母亲大人之死，实有隐情啊！"

"什么意思？"老太爷闻言，老脸露出震惊来。

"爷爷，您可得替老夫人做主啊！昨夜大爷病重，本来大夫说活不过今日。我们听大夫说完，自然是伤心不已。就在那时，新来的姨娘贸然闯进大爷屋中，毛遂自荐说她是神医梅夜的弟子可以救治大爷。随后，老夫人动容，便让其救治。果然，新姨娘不消片刻就将大爷救醒。至此，老夫人对新姨娘信任不已，留她于外厅私谈，也不知期间新姨娘和老夫人说了些什么，老夫人居然亲自煎药给大爷喝，也因此累得倒下就睡，等到了今日清晨，才被下人发现断了气息。我本以为是老夫人劳累过度所致，可不承想，刚来的大夫说老夫人嘴唇发紫，实属中毒所致……我闻言大怒，便斥责下人，最后，昨晚守夜的兰儿说出了昨晚她看到的事，让我惶恐之余，又痛心疾首……"

"她看见什么事了？"老太爷见柳月突然在关键的地方停住话语，不禁焦急地问道。

柳月看着他，片刻终是一副说不出口的样子。最后，无奈地起身走到屋外，朝站在外面候着的兰儿招招手，道："还是由兰儿说出来吧！"

兰儿走进来后，向老太爷行完礼。柳月便对她命令道："把昨晚你在老夫人屋内看到的事，说给老太爷听听。"

"是。"兰儿闻言，诚惶诚恐地点点头后，朝老太爷跪地道，"昨夜老夫人熟睡时，我正在榻边候着，随后，二姨娘身边的丫鬟翡翠唤我出去，说二姨娘有话对我说。当时，奴婢不放心老夫人，便推辞说自己正当值，不好前去。翡翠便不依，说她替我守着老夫人。于是，奴婢无法，只好去了二姨娘屋中，谁知，二姨娘并没有什么要紧的话对我说，只是和我闲聊了半个时辰。奴婢最后担忧老夫人醒来寻我，于是，打断二姨娘，假装肚子不适，跑去茅厕。期间，便借机返回老夫人院中。结果，却……"

话说一半，兰儿有些顾虑地窥了眼老太爷的面色，不敢接着说下去。

"却什么？快说！"老太爷紧紧捏着拳头，显然一副愤恨焦急的模样。

兰儿似乎被这一吼吓得一颤，随后豁出去般地道："却看见翡翠领着三姨娘的陪嫁丫鬟翠红，鬼鬼祟祟地走出了院子。"

"既然你看到她们行为鬼祟，你大可上前捉住她们说话，为何要选择不出声呢？"老太爷听兰儿说完，凝眉思索了片刻，猛然走过来，低头看着她问道。

兰儿闻言，面色一僵，随后，想了想回答道："奴婢当时怕她们正密谋什么，这样贸然出去，会打草惊蛇。于是，等翡翠重新回到老夫人屋内后，我才出现，然后问她老夫人可有异样，翡翠说没有，便和我说了几句离开了。等她走后，我四下查看了一番，见老夫人睡得正香，屋内也没有什么异样，虽疑惑，可也无处调查，便只好默默守着老夫人了。结果……呜呜……结果奴婢早晨叫老夫人起床，却怎么也没叫醒她，这才发现事情严重了。"

"呜呜……是奴婢失职啊！"兰儿说到最后，直接哭倒在地。

"够了，你先出去。"老太爷被她哭得心绪烦乱，最后，一伸手将她撵了出去。

兰儿得令，用袖子擦了泪退出去了。

柳月见状，脸上虽然泛着悲伤，眼里却满是得逞的笑意。

"事情蹊跷，一人之词，难以服众……"老太爷虽已过花甲之年，可毕竟脑子还不糊涂，不可能只听婢女一面之词，就处罚孙儿刚娶过门的小妾。再说，这个小妾可是大将军的千金，轻易罚不得！

只是，老太爷话还没说完，俞妈妈的身影便出现在门外，随后她焦急的声音便传了进来："老太爷、大夫人，刚才一个守后门的小厮来报，说看见三姨娘带着她的丫鬟出府了！"

"什么？"柳月闻言，一脸的诧异，随即，眼中闪现一丝兴奋的瞳光。

第四章 /暗藏玄机/

"大夫人，这事该如何处理呢？"俞妈妈见屋内老太爷没开口说话，似乎处在惊愕中，便胖脸一抬，露出焦急的神色道。

"这？"大夫人转眸看了眼老太爷。

老太爷以为对方是在询问他的意思，觉得她很是懂礼，便道："既然你婆婆已经去世，这华府当家主母之职，自然就是你了。你要怎么做，就怎么做，不必询问我这个老头子！"

大夫人柳月闻言，点点头，朝俞妈妈道："老夫人现在去世，大爷又卧病在床，暂时不能告知他老夫人去世之事，否则恐伤及他的性命。所以，这府内的重担，只有我临危受命了……这样吧，先派几个家丁去寻三姨娘，务必将其捉回来！"

"可京城这么大，我们从何找起啊？"俞妈妈为难道。

"这几日朝中捉拿要犯，封锁了城门，所以，她暂时逃不出都城去。只要派几名家丁去客栈寻人，想必定能找到人。毕竟，她们两个外来女子，对京都不熟，能找到的栖身之所，也只有这些地方了。"

"是！"俞妈妈得令，连忙后退出去，吩咐院外候着的几个家丁了。

看着俞妈妈出去的背影，柳月这才舒了一口气，心想，真是天助我也，居然三姨娘在这个当口逃离，无疑坐实她和二姨娘串通一气陷害老夫人的事。这样一来，她轻而易举除掉妾室的同时，又夺得了大房的掌控权。

老太爷见柳月将此事已经安排妥当，便要求去看孙儿华韵风，柳月闻言，忙陪同他过去。

等他们进入华韵风的正院时，发现不对劲，偌大的正院居然没有仆人！

这让老太爷不满地拧了拧白眉，道："孙媳，府上这是连仆人都请不起了吗？"

柳月闻言，先是怔了一下，随后，转过头看了眼四周，发现大爷的院子里除了几个扫庭院的粗使家丁以外，并没有原属于大爷院子里的奴仆，不免心中一诧："这，这是怎么回事？今早我走的时候，还特意交代了紫儿留下来照顾大爷的！难不成……"

她话还没说完，就意识到什么，赶忙提裙快速跑进内堂。这时，老太爷在小厮的搀扶下也跟着进去了。

柳月进屋后，直接跑进华韵风的内卧。一进去，看清里面的情形后，惊得睁大双眼，难以置信地愣住，止步不前。

她身后跟来的老太爷，见她愣住，也是顺着她的目光看向内卧。

当众人看到坐在大爷榻边，端着一碗粥，正在一口一口喂大爷喝粥的绝美女子时，都诧异万分，差点吞掉自己的舌头！

"她……她是谁？"老太爷率先回过神，问了句。

"爷爷、月儿，你们怎么来了？"听到声音，华韵风转过头虚弱地看着进屋的两个人。

"风儿，身子可好些了？"老太爷回过神，一副慈爱的模样，走到他的床榻边问道。

那冷艳女子赶忙温婉地过来行礼道："妾身玉婷，见过老太爷。"

"你是？"老太爷好奇地打量着盛雪。

"咳咳，爷爷，她是我新纳的妾。"

"薛玉婷，你怎么在这里？"柳月听到华韵风虚弱的介绍，好半天才从震惊中醒了过来。

她没想到居然在大爷的屋里看见她！而且，看她和大爷相处得还很融洽！

这一点绝对出乎她的预料。家丁不是说她跑出去了吗？这究竟是怎么一回事？此时，她要如何和老太爷解释，刚才自己的栽赃陷害呢？

"我不在这儿，大姐以为我会在哪儿？"盛雪很喜欢看柳月脸上丰富的表情。

柳月被她这一句反问，顿时无话可说。

"柳月，你不是说新来的妾和她的丫鬟都畏罪潜逃了吗？"老太爷一搞清楚孙儿身边服侍的女人身份，就瞬间朝柳月投去锐利的目光。

"爷爷，孙媳并未说过三姨娘畏罪潜逃的话，是一个家丁看错了人，误报给我，说她带着丫鬟出府去了的。"

"是吗？那你刚才还说你婆婆的事，明明是二姨娘联合三姨娘所为。"老太爷显然不是那么好糊弄的。

华韵风假装不知道老夫人去世的事情，看向他问着："爷爷，我娘什么事啊？"

"没，也没什么事！"老太爷自然是心疼孙儿的，怕老夫人去世的消息一传出，华韵风受不了刺激，悲伤过度而亡。这样他们华家可就真的是后继无人了呀！

老太爷隐瞒不说，是为了华韵风。可柳月不说，自然就是为了躲掉陷害盛雪的责任！

只是，柳月想躲掉这件事，盛雪可不打算放了她，否则，她不是白白设计这出反转的戏了吗？

"老太爷，您方才说妾身畏罪潜逃？可是妾身一直在府中，不曾离开半步。至于您还说什么老夫人的事，老夫人什么事啊，妾身一早就来了大爷这里，确实没看到老夫人，莫不是昨夜熬得晚，累着了？"

她这句话一出，除了华韵风和她一样，带着询问的眼神看向老太爷外，其他人皆是一脸震惊。

"你……"

柳月刚想开口说话，就被老太爷打断了。只见他走到三姨娘跟前，严肃认真地问道："你是什么时候来到韵风这里的？"

看了老太爷一眼，盛雪就朝榻上的华韵风看过去说道："我一早就来了，只是大爷一直昏睡不醒，我便从旁陪了一会儿。方才大爷醒了，我见粥冷了，又让紫儿热了热拿回来，这才喂着大爷进了些。"

"那昨晚呢？"老太爷闻言，扫了眼桌上还微微冒着热气的粥，又问道。

"昨晚熬得晚，所以，回去我就睡下了。"

"那你的陪嫁丫鬟呢？"

"翠红吗？"三姨娘想了想，终是有些顾忌地没再开口回答。

这让柳月来了精神，只见她走过来，冷冷地盯着三姨娘道："三姨娘面有难色，莫不是你的陪嫁丫鬟做了什么事让你难以启齿？"

"这……"盛雪闻言，面色更是苍白，一时间低下头，吞吞吐吐不知说什么好。

柳月见状，更是得意："怎么了，难不成真被我说中了？你的婢女真的做出什么有害华府的事？"

"哎，这事怪我。"三姨娘见状，走到夫君身边，半跪在床边，带着祈求的神色看向他道，"大爷，玉婷有事请您原谅。"

众人见状，都有些诧异地看向盛雪，心想，难道老夫人的死，真的和她有关？如果真的有关的话，她怎么敢和大爷说出来，并且求他原谅呢？在场的每个人都知道，大爷和老夫人的感情有多深厚。大爷知道这件事，不将她处死都算好的了。

柳月见状，更是在大爷开口前，对她怒道："你做出此等恶事，也敢请求大爷原谅，简直胆大包天！"

"我？"

"来人，将她拉出去杖毙！"柳月岂能让她轻易地逃了过去，不等盛雪多做解释，就朝外面候着的几个仆妇吩咐道。

盛雪闻言，一脸的不可思议，赶忙将祈求的目光看向大爷道："大爷……"

华韵风见状，浓眉蹙得更深了，只见他瞪向柳月，上气不接下气地说道："放肆！咳咳，我还没死，就轮到你在府中兴风作浪了吗？既然是老夫人的事，你就请老夫人来定夺就好。为何不听玉婷的解释，你就妄下罪责，难不成，你觉得我真的要死了吗？咳咳。"

看着自己的夫君突然对自己横眉相对，柳月心中万般委屈，眼中片刻就蓄满了泪水，模糊了她的视线："大爷这是什么话？我从三年前嫁进华府，哪一天不是本本分分、恪守妻德，何时对别人妄加罪责了？要不是，要不是今日事关重大，我岂会当着你的面，处置新来的姐妹？"她刻意忽略了夫君提老夫人的事，就是怕他追问老夫人。

"既然事关重大，就更不能草率行事。"华韵风由于激动，又是猛烈地咳嗽了几声。

盛雪见状，赶忙跑过去，为他轻拍着后背，担忧地看向他。华韵风见状，温柔地看了她一眼，就轻声问道："玉婷，到底你犯了什么错事？惹了老夫人吗？"

"妾身……"盛雪一副惶恐的模样道，"妾身只不过是教奴无方而已，怎会和老夫人牵连上呢？"

"闭嘴，你犯了此等大错，还想推托！"柳月不容她狡辩。

"来人，还不将她拉出去！"柳月横了眼还站在外面的两个仆妇怒道。

仆妇得令，立马进屋，走到大爷身边，将盛雪的两条细胳膊给架住，就要往外拉，却被大爷一声怒喝止住："今天，不把话说清楚，谁也别想带走她！"

"大爷！"柳月气恼喊道。

"怎么，我如今连这权力都没了吗？"华韵风少有地吐出的话如此铿锵有力，要不是看他话末满脸涨紫、强忍咳嗽的模样，众人都会以为他已经病愈了。

老太爷立在一边，扶着小厮胳膊的手，紧紧捏住，老眼里满是对柳月的不满。但，他并未开口说话，而是静静观察着柳月。

柳月闻言，依旧一脸倔强，仍旧不打算妥协。华韵风自是被气得不轻，拽着床边的帷幔，猛地起身，居高临下地瞪了她一眼，就看向那两个依旧拉着盛雪胳膊的仆妇道："活腻了吗？怕是真的忘了华府内谁是主子了吧？还不快放了我的姨娘！"

大爷的话明明说得虚弱不已，身子也颤颤巍巍，一副随时要倒的孱弱模样。两个仆妇却在听到他这句话后，吓得身子一颤，猛地松开了盛雪的胳膊，随即扑通跪地，大呼不敢。

"滚！"再次吐出一个字后，大爷就要站不住，拉着帷幔的手，颤颤发抖。就在他要倒之际，盛雪心中一痛，连忙冲上去扶住他，担忧地道："你没事吧？"

此时，她的眼中没有半点算计，全是发自内心的真诚。方才，她看到华韵风纤瘦高大的身子微微发颤，以及他额头上渗出的几滴细汗，她的心一瞬间柔软，终是忍不住再装下去。

顺着她的力度，他微微舒了口气，看着她的眼眸许久后才道："没事。"

"大爷，你休要被这个妖女蛊惑，她可是将老夫人……"柳月见三姨娘扶住夫君，夫君含情脉脉地看向她的模样，着实刺痛了她的心，瞬间理智全无，醋意大发。

"到底老夫人出了什么事？"华韵风冷冷地看向柳月。

柳月顿感如芒在身，浑身不适，话也吞吞吐吐起来："老夫人她，她……妾身不能说！"

"你们！"华韵风所有的耐心都被磨掉了，忍不住扶着盛雪的胳膊，往前走去道，"既然你们都不说，那么，我就亲自去西苑，看看老夫人，问问她出了什么事！"

"不可啊！"这次阻止他的，不是柳月了，而是所有人。其中自然不包括盛雪。

"究竟为什么？难道……"华韵风的身子顿时一颤，随即，猛地瘫软倒地，幸亏三姨娘即时将他扶住。

"爷爷，是不是我娘她出了不测？否则，您不会离开青云寺！您就别瞒我了！"华韵风稳住身形后，焦急地朝老太爷问道。

老太爷从柳月身上收回目光，沉默了半晌，才悲痛道："风儿，节哀顺变！"话末，担忧地看向华韵风。

闻言，华韵风身子一僵。

众人见状，以为他下一刻会倒，都忍不住看向他。柳月更是急出了眼泪："大爷，你可要保重啊……都是妾身的错，是妾身没照顾好老夫人，让那些恶人钻了空子！"

说话间，她又瞪向夫君身边的绝美女子。

华韵风估计是悲伤极了，一时怔住，许久不发一言。

见状，柳月走到他身边，一手将三姨娘拉开，甩手就给她一耳光道："贱人，都是你干的好事，若大爷再有个好歹，我绝不轻饶了你！"

"好事？大夫人，我做了什么？难不成，你认为老夫人的死和我有关？"三姨娘好似被这一巴掌打醒了似的，"我想这其中定有误会！"

盛雪捂住胀痛的脸颊，心中暗自好笑：很好，你现在打我一下，一会儿我回你百下！否则，真当我这太后好欺负！

第五章 / 针锋相对 /

"方才你都自己承认了，现下还敢狡辩吗？"

柳月举起手，打算再给她另一边脸打一下，却被一声苍老的话给止住了："柳月，你夫君既然已经知道其母去世的事了，那么，现下，你就由他来调查这件事吧，毕竟，他才是这个华府的主子！薛玉婷是他的妾，不管她做错了什么事，都该由他做决断的。柳月，毕竟你是妇道人家，莫要忤逆夫君！越俎代庖！"

一听到老太爷的话，柳月隐隐发虚，她是了解自己夫君的，即使他久病缠身，常年卧榻，可脑袋却好用得紧，更是有过目不忘的本事。若此事真要由夫君决断，她陷害二姨娘和三姨娘的事保不准会被他看穿，所以，这会儿，她极力装出担忧夫君身子的模样道："可爷爷，夫君身子一向虚弱，再加上刚受了刺激，怎可再操劳？万一，他再有个好歹，我们这一府人，可如何是好？"

说话时还落下了几滴泪来，真是情真意切得紧。

这话说得倒也合情合理，让老太爷闭口了。

柳月见状，只觉得事情得逞，便吩咐两个还跪在地上的仆妇道："将三姨娘拖出去，先跪在烈日之下，等俞妈妈将二姨娘也绑过来后，再一起处罚！"

两个仆妇得令，窥了眼还处于呆滞中的大爷，见他不会再阻止她们，才又鼓起勇气，将盛雪的胳膊重新架起，往外拉去。盛雪看了眼华韵风，觉得他好生奇怪，为何不救她？难道太过虚弱，说话都无力了吗？

盛雪刚跨出门槛，果然见华韵风猛地咳了一声，一口血便从嘴里喷了出来："放开她，咳咳……"

"大爷。"

这一幕，顿时惊了众人。

门边，盛雪蹙眉回过头，看了眼被众人团团围住的那抹玄色身影，深深叹了口气。原来，他也是个可怜人，竟然连自己的娘亲和妻子都保护不了。

没过多久，她就被两个粗使婆子一使劲给拽了出去。

在屋外大理石地面上跪了将近半个时辰，盛雪就感到头昏眼花，膝盖发麻。抬头看了眼毒辣的日头，伸手擦了擦额头滚下的汗珠，面上却并没有半点焦急，反而心中感触颇多，想到以往自己处罚宫人时，也曾罚她们跪地，当时觉得这只是小惩罚，真等自己跪在这儿才发现，这"小惩罚"也是很折磨人的。

"大夫人……"就在盛雪遥望烈日时，俞妈妈肥胖的身子出现在院子里，她身后还跟着两个粗使仆妇，看她们汗湿的鬓角，可见刚才一定是很忙碌。

进了院子后，俞妈妈看了跪地的盛雪一眼后，脸上露出了一抹幸灾乐祸的阴笑，随即走向屋内。

她进去没一会儿，柳月就满脸气愤地走了出来，她后面跟着的竟是华韵风。

华韵风一出来，柳月就命人将他安置在一张刚搬来的梨木榻上："夫君，这件事你何必亲自过问，再伤了身子可如何是好？"

华韵风坐稳后，便将身体的重心倚在榻上的软垫上，面色虚弱，眼神却精明地看向柳月道："无碍，事关重大，我必须亲自过问！咳咳，一定不能错杀一个好人，也不能错放一个坏人！"

柳月闻言，面色一滞："夫君，妾身……"

"玉婷，方才在屋内，月儿已经将你联合茜儿谋害老夫人的事情说了一遍。咳咳，我只问你一句，你为什么要加害老夫人？"

华韵风不等柳月说完，就从她身上收回目光，移向正跪在地面上的盛雪。

"加害老夫人？玉婷为何要加害她？难道大爷你也认为玉婷就是杀害老夫人的凶手？"盛雪抬起头，目光坦诚地看向华韵风，"我直到方才，才知老夫人去世的事情，何来加害一说。大爷，你可别忘记之前我可是一直都和你在一起！"

盛雪说这话的时候，却是咄咄逼人，众人看去却是一惊。

"这？"

华韵风刚开口说话，就被柳月抢白："薛玉婷，在人证面前，你休要抵赖！"

盛雪露出一脸诧异地问道："人证？"

此时她的目光移向柳月，嘴角处似笑非笑。

"你真是不见棺材不掉泪！"

柳月见她一脸诧异，不屑地白了她一眼，手一挥，让身后谦卑站着的兰儿走向前。

兰儿走到离盛雪一步之遥的位置后，一下便跪在地上。

她看向华韵风一眼，又低下头俯在地上嘤嘤哭泣了起来，向华韵风等人诉说了之前和老太爷说的那番话。

"薛玉婷，你可还有话说？"柳月听兰儿一说完，就凌厉地问道。

"她胡说！"盛雪故意装出一副受惊的样子看向柳月道，"大夫人，她在诬陷我！"

柳月见状怒道："你既然说她污蔑你，你可有证据证明？"

"我！"

"三姨娘，你自己做的事自己知道，奴婢虽是卑贱的丫鬟，但也知道国法，污蔑他人之罪，可是死罪！奴婢就算有千万个胆子也不敢污蔑你的。"

兰儿不等盛雪说完，就抢先说着，话末，还不忘朝华韵风磕头，请他明鉴。

"你，你胡说！"盛雪闻言，假装激动地起身。

随即，她感到膝盖一痛，差点摔倒在地。

华韵风见状，担忧地蹙了蹙浓眉。

"既然三姨娘无话可说，那么，立刻拉出去按家法处置……"

大夫人话音一落，两个粗使婆子就冲了上去，欲拉走盛雪。

这时，大爷虚弱的声音又传来，再次制止了她们："慢。"

"夫君，你屡次三番地包庇她，莫不是真的被她迷惑了？"

"闭嘴！"华韵风闻言，猛地扭头，瞪向柳月，"你这样屡次三番地要置她于死地，到底是何居心呢？"

"妾身……"还想说什么，柳月却看到夫君眼中的神色越来越冷，赶忙住了口，移目狠狠地剜向那抹碧影。

"柳月，你夫君在此处，所有事情该由他做决断才是。"老太爷不温不火地说道。

见老太爷都发话了，柳月自然不敢再阻挠，只好咬唇不语。

"玉婷，这个婢女说的可属实？"华韵风对旁边发生的小插曲仿若未闻，反倒是将注意力集中到盛雪身上。

盛雪闻言，心中觉得华韵风还算是个有情有义的人，知道方才自己救了他一命。所以，这会儿就算被悲伤充斥，也强压下去。她抬起头，无惧地看向华韵风："大爷，这不是真的！"

"既然你说不是真的，证据呢？"

此时的华韵风虽然依旧看起来弱不禁风，可眼中溢出的神色，却满是猎鹰般的精明。

"证据就是……"盛雪故意话音一顿，然后，目光来回在前方长廊上站着的众人面上扫了一圈，见柳月面露诧异后，她笑了，"我没有证据，但是，我却只要问俞妈妈几句话就成。"

她这话一出，柳月就脸色一松。

华韵风却微微蹙了蹙眉头，担忧地看了她一眼后，挥挥手，让院内站成排的下人中领头的俞妈妈出列："俞妈妈，一会儿三姨娘问你话，你必须认真回答，不许撒谎。否则，别怪我无情。"

"是，老奴遵命！"俞妈妈得令，赶忙走到三姨娘面前，站着听她问话。

"俞妈妈，方才大夫人让你去捉二姨娘，为何你没带她过来？"盛雪看着俞妈妈肥胖的脸颊，神色淡然地问道。

俞妈妈闻言，面露不屑地道："回三姨娘，老奴方才去南苑并无发现二姨娘，就连她的婢女翡翠都不在。于是，奴婢找来两个二姨娘院子内的粗使婆子问了问，她们说，一早起来就没发现二姨娘的影子。于是，老奴就将府上各处都找了一遍，结果都没发现二姨娘的身影，老奴觉得，二姨娘有可能怕东窗事发，早早逃了。"

"哦！"盛雪点点头，"你确定，二姨娘是畏罪潜逃？"

"哼，老奴确定！"俞妈妈面对盛雪逼视的目光，肯定加不屑地回答道。

盛雪见状，嘴角微微一扬，心想，鱼儿进网了，该收网了！

随即，她一转身，看向华韵风，朝他道："大爷，证据就在这儿！"

"哼，一派胡言，这里哪儿有什么证据？"柳月闻言，再次出言讥讽道。

众人更是目露不解地看向三姨娘，不知道她到底是被恐惧冲昏了头脑，还是在胡搅蛮缠。

华韵风闻言，面色微微一惊："玉婷，这是什么证据？"

盛雪傲然地抬起头，意味深长地扫了一眼柳月。触及她的眼神，柳月莫名地感到心慌，仿佛自己所有的心思，在她那双无波的美目中都无处遁形的感觉。这种感觉让她很不自在。

看见柳月面上强装淡定，眸中浮现一丝心虚之光时，盛雪微微嘲讽地一笑，就将目光移向俞妈妈，怒声道："大胆俞妈妈，你可知罪?！"

闻言，俞妈妈身子一颤，被眼前冷艳绝美的人儿身上散发的凌厉威严之气吓到了。半晌，她才强压惧意，一脸坦诚道："老奴不懂三姨娘说什么！老奴何罪之有？"

"俞妈妈，看在你是府内老人的分儿上，有些事我不想做得太绝，可你却偏要自寻死路，那么就别怪我不客气了！"盛雪怒气不改，依旧死死盯着俞妈妈。

饶是俞妈妈久经后院，老谋深算，也在她深不见底的瞳光下感到心慌，随即不敢与她对视，而是将目光移向大夫人身上，求救道："老太爷、大爷、大夫人，你们可得给老奴做主啊，这三姨娘明摆着想要陷害老奴嘛！"

俞妈妈说到最后，声音里竟带着哭腔。

"薛玉婷，莫要在这儿无中生有拖延时间，我看你就是在故弄玄虚！俞妈妈什么人，我们最清楚，轮不到你来质疑！你既然说不出个所以然来，那么立马就拉你下去乱棍打死！"柳月上前一步，伸出手，指着三姨娘。

此时，她已经料定了薛玉婷是在做垂死挣扎。说话间，她瞥了眼身后榻上的华韵风，见他准备开口，她抢先道："夫君，妾身已经给过她解释的机会了，可事实就是事实。老夫人尸骨未寒，你可不能忘记她定下的规矩，包庇害她的凶手！"

华韵风闻言抬眸，冷冷地瞥了她一眼："月儿，从前你温柔善良的模样哪里去了？"

话末，华韵风再也不将目光落在柳月的身上，而是抚着自己胀痛的胸口，看向院中那个一脸傲然的碧衣美人身上，紧蹙的眉头瞬间舒展开来。

柳月被夫君这句话一说，弄得面色一红，半晌，心里却是有些难受地吐不出一个字。

"大爷，玉婷如无证据，不敢胡说。"盛雪坦诚地走到华韵风身前，微微行了一礼，眸中含着丝丝委屈的泪水道，"昨夜从您这儿离开回房休息时，二姨娘半道截了妾身，非要妾身去她屋里叙话，妾身的婢女翠红见妾身劳累不已，便开口拒绝了二姨娘，冒犯了她。随后，二姨娘的婢女翡翠见翠红让她的主子难堪，于是就伸手打了翠红。哎，以前翠红在本府一直被妾身宠坏了，哪愿被人打。于是，两个婢女这才互相殴打，以至于双双打伤了，翠红的胳膊脱了臼，现下还躺在下人房。至于二姨娘，她则因为此事，去找了老夫人，却被老夫人训斥了一番，气不过，她昨夜就赶回了娘家。而妾身方才请你原谅的，就是这件事。想请你原谅妾身教奴不严之罪的。谁知……"

话说一半，不等众人反应，盛雪又装出一脸气愤地看向已经处于呆滞的俞妈妈和兰儿道："谁知，这二人居然设计诬陷妾身！"

第六章 /主母之位/

"大爷，妾身初入府上，人微言轻，还望你做主！好好调查此事。"说完这些，盛雪看向华韵风。

华韵风此时苍白的俊颜上浮出些许的轻松之色，温柔地看向眼前人儿道："本来我也觉得这件事蹊跷，所以才坚持亲自主持这件事。想你初来府上，又怎会和茜儿一起谋害老夫人呢？茜儿从小跟着老夫人，对她关怀备至，怎会加害她？再者说，伤害了老夫人，对她绝无好处。你刚和老夫人搞好关系，怎会傻到在这个节骨眼儿上害她呢！咳咳……虽然，我身有顽疾，可是脑子还好使。哼，看来有些人可真是把我当睁眼瞎了！"

说话间，他意味深长地扫了眼柳月。

"夫君，不要听信三姨娘的片面之词。什么事可要讲个证据！你说二姨娘、三姨娘没动机？人心隔肚皮，谁知道她们心里想着什么？妾身看她们是觉得你缠绵病榻、危在旦夕，这才想要毒害了老夫人然后来夺家产！"

柳月见状，仍是一副不罢休的模样，心里更是气急。

"好啊，大夫人，你说谁是人心隔肚皮？谁要夺家产？也不怕风大闪了舌头！也不怕天打雷劈吗？哼！"

柳月的话还没说完，就被院外传来的一抹尖厉的声音给打断了，说话间，人也走进了院子。

来人不是别人，正是二姨娘宋茜。她身后还跟着两个婢女，一个是满脸红肿的翡翠，一个是吊着一只胳膊的翠红。

众人一看到她身后的两个受伤婢女，顿时心中明了，知道三姨娘和二姨娘是被俞妈妈和兰儿陷害了！可两个奴婢不会无缘无故地冒险陷害主子，肯定有幕后主使者！当然，这个幕后主使者已经昭然若揭了。

柳月看到宋茜以及她身后的两个带伤的婢女后，脸上终于闪过了惊慌之色："这怎么可能？"

她万万也没想到自己安排好的一切，居然会翻转成这个局面！她所有的栽赃陷害全被揭穿不说，自己一直维持的端庄善良的表象也被揭开。如今，想要夺得后院管理之权恐怕难上加难了！不甘心，真不甘心！她计划了这么久，没想到，却被那个突然进府的贱妾给破坏了！

柳月恨恨地捏紧手中的丝帕，瞪向那个一脸冷傲的美艳女子，恨不得将她千刀万剐！薛玉婷，你给我等着！

"柳月！你可还有话说？"难得华大爷第一次说完一句话没有咳嗽。

看着夫君脸上的寒色，柳月禁不住身子颤抖起来："夫君，这事妾身也是被人蒙蔽了的！"

低下头，柳月一咬牙，目光一凛，瞪向兰儿怒道："贱婢，你好大的胆子，竟敢如此诬陷二姨娘和三姨娘，差点连我都给骗了！来人啊，拉到后院填井！"

"啊，不要啊！奴婢是冤枉的啊！大夫人您怎么可以？"

"啪！"柳月不等兰儿说完话，就疾步过去，狠狠地甩了她一耳光，打断了她的话，只见她目露阴狠地道："住嘴，还想诬陷本夫人不成，看来，杀了你都不够，我看，不如拉你的家人一同陪你！"

柳月赤裸裸的威胁一出，所有人眼里都露出了鄙夷之色。

华韵风则恨铁不成钢地摇摇头，随即怒道："既然大夫人这么容易被蒙骗，想必这个后院你也管理不好。如今，老夫人，咳咳……老夫人已然去世，后院不能一日无当家主母！所以……"

说到这儿，华韵风特意停顿了一下，目光扫视了在场众人一圈：柳月则是处于惊愕之中还未回过神；宋茜目露惊喜，期待地看向他，等着他继续说下去，显然一副她马上就是主母了的样子；只有三姨娘薛玉婷，一脸平淡，好似他方才的话和她一点关系也没有。

将众人的表情神态收进眼底之后，华韵风心中已经有了想法，故，猛地睁大双眼，看向三姨娘，温柔却认真地道："所以，我决定，这后院当家主母之位，由三姨娘薛玉婷接替！"

"什么？……"众人几乎是异口同声地发出质疑声。

"不妥，这位置关系重大，怎可由一个小妾来主持呢？"第一个开口反对的是老太爷。只见他一脸的顾虑。

"爷爷说得对，当家主母之责，怎可由一个小妾来接替！夫君也不怕这事传出去惹人闲话！"柳月此时已经气红了眼。

"哼，三姨娘才来一天，对府内之事根本不了解，怎可由她接替主母之位……妾身我可比她熟悉府上多了，就算轮也轮不到她啊！"宋茜这会儿也顾不得感激薛玉婷帮了她躲过一劫了，只想到当家主母的权力被她夺了去，恨得牙痒痒。

华韵风则无视这些人的反对声，抚着胸口咳了几声后，只朝老太爷认真地说道："爷爷，您已经将家中大权交给我十几年了，如今，我才是华府的主子，还请爷爷尊重我的抉择！"

老太爷一听，叹了口气："也罢，你做事自有分寸。爷爷不过问了！"

见状，华韵风斩钉截铁地朝柳月和宋茜等人道："这件事就定下了，谁要是反对的话，就自行离开华府。本府留不得不服从主子的人。"

柳月和宋茜闻言，均是愤恨地将目光移向一直面色平淡的盛雪身上。盛雪见状，只是无畏地笑了笑，心中却另一番计较。虽然她对这个华府当家主母之位嗤之以鼻，可目前局势来看，她手握主母之权，确实方便她做许多事。这样的便宜岂有不占之理？况且，她倒要看看华府里有多少财产，将来说不定，救雍儿也能用得着。

如此一想，她便跪地行礼道："多谢大爷信任，玉婷定好生管理后院，替大爷分忧。"

"嗯，好。咳咳……有你这句话，我就放心许多。"华韵风欣慰地笑了笑，随后，又道，"既然你现在已经是当家主母，那么，今日兰儿和俞妈妈诬陷你和茜儿之事，就由你来定夺吧！还有……老夫人的死因也由你来查，她的身后事，也要尽快安排……咳咳……一切都要让你劳累了。"

话末，华韵风浅浅地阖上了长睫俊目。看样子，是累极了。

"是，玉婷定不负众望！"盛雪看着他眼下那抹乌黑之色，知道他是倦得不行了，可怜他硬撑到现在。

"快扶老太爷和大爷回房歇息！"

目送两个家丁搀扶着老太爷和华韵风进屋后，盛雪冷了冷面色，猛地转过身，傲然地站在廊上，居高临下地看向地上跪着颤颤发抖的俞妈妈和兰儿道："任何一个府内，都见不得诬陷主子、挑拨是非的奴才！俞妈妈、兰儿，你们既是府内的老人，又是老夫人身边体己的人，竟做出此等大逆不道之事，你们可知罪？"

俞妈妈和兰儿闻言，只有兰儿惊惧得不停地磕头朝盛雪求饶道："奴婢知错，奴婢是一时被猪油蒙了心，才做出此等大逆不道之事……呜呜……还望三姨娘饶奴婢一命，奴婢定感恩戴德……"

"闭嘴，你做出此等天理难容之事，还想让人饶命？"柳月不等兰儿说完话，就厉声打断道。

方才受的气正愁没地发泄，这会子正发泄到兰儿身上来。

"大夫人，为何你要赶尽杀绝呢？奴婢……"兰儿抬起头，恨恨地看向柳月，可触及对方威胁的目光时，一时将嘴边的话收了回去。她真的怕连累了全家人。可想到自己八十岁的老奶奶、九岁的弟弟、病重的爹爹和终日劳累的娘亲……她又有些舍不得，如果她不在了，这个家如何支撑下去？

"是啊，大夫人你又何必赶尽杀绝呢？"二姨娘宋茜是个极度小心眼和记仇的女人，可眼下虽然恨极了兰儿陷害她，巴不得将兰儿乱棍打死，但想到兰儿背后的大夫人，她硬是忍住恨意，帮助兰儿说话，只是，这话说得意味深长得很，"你这番模样，倒是让我想起了一个成语：杀人灭口！"

"你……"大夫人闻言，伸出食指气愤地指了一下二姨娘，看到对方一脸得意，她恨恨地收回手，强装淡定道，"二妹妹不识几个字，却能说出一句成语来，实属稀奇得很啊！"

"哎，女子无才便是德嘛！"宋茜不气反而笑道，"不像有些人，饱读诗书却尽做些无德的行径，真遭人唾弃！"

“你……”

“大夫人，妾身我可是好得很，希望你也能好得很……”

宋茜和柳月这会儿仗着夫君去了内屋，竟在这儿互相争吵起来，着实有失身份。盛雪见状，知道不能任由二人继续争吵下去。否则，一是让老太爷认为她这个主母当得不称职，二是妻妾争吵也让下人们看了笑话。

“够了！”念及此，盛雪忽然打断二人争吵，“你们也不是小户人家出来的女子，怎么这番没规矩地当着下人的面争吵？”

“薛玉婷，你还真当你自己是主母了？”宋茜被盛雪训斥，顿时感到颜面无光，话也说得不经考虑。

“我不是‘当’，而是，我就是主母！如果二姨娘你还对此事有质疑的话，那就请你进去问大爷！”盛雪傲然抬起头，冷冰冰地盯着宋茜。

宋茜见到她这番不怒而威的模样，莫名地感到心慌。半晌，没说出一句反驳的话。毕竟，夫君方才说的话，她听得很仔细。

柳月见此情形，暗自捏紧手中丝帕，感觉这新来的姨娘，绝对不容小觑！

“来人，将兰儿押下去关进柴房。”见宋茜老实了，盛雪便从她身上收回目光，看向一旁低头不敢乱动的兰儿，吩咐院中的两个粗使婆子道。

兰儿闻言，顿时脸色一松，好歹命是暂时保住了。

婆子得令，刚拉住兰儿，宋茜就又上前制止道：“这个贱婢做出此等恶事，这么做岂不是便宜了她？”说话间，她看向了盛雪，眼里满是不解。

盛雪直接无视宋茜的不解目光和她的质疑话语，而是朝停止动作的两个婆子怒道：“还愣着做什么？”

两个婆子闻言，均是一惊，虽说三姨娘话音温柔，可听的人还是莫名感到一种压迫的气势。随即，二人拉着兰儿，绕过了气得发抖的二姨娘，走出了院。

盛雪在兰儿被拉出院的一瞬间，扫了眼柳月。见她面露一抹恨色，盛雪嘴角微微上扬，露出一抹意味深长的笑容来。

“薛玉婷！你才刚当上主母，就摆起架子了吗？”看着兰儿就这样毫发无损地被婆子带出去，宋茜气得一跺脚，恨恨地瞪向前方长廊上的碧衣女子。真不知她哪根筋搭错了，居然如此善待陷害她们的贱婢。

盛雪听到宋茜毫无尊重地直呼她的名讳，只是带着警告的眼神扫了她一眼。

宋茜刚要开始发作，就发现自己的袖子被人暗自拉了一把，转过头一看，居然是她的贴身丫鬟翡翠，只见她轻声道："二姨娘，少安毋躁。三姨娘这么做，想必是另有打算！"

宋茜闻言，秀眉一挑，扫了眼三姨娘，看她冷艳的面上一副胸有成竹的模样，思索了片刻，不再开口。

"俞妈妈，兰儿已然知罪了，你呢？"轻移莲步，身着碧衣的三姨娘，如仙子一般，缓缓来到俞妈妈跟前，居高临下地看着跪地的她。

俞妈妈闻言，身子颤抖了起来："老奴请三姨娘明言，因为，老奴不知何罪之有？！老奴只不过一直照着大夫人的命令行事，她说让老奴去捉二姨娘，老奴便去，遵从主令而已！"

"好一个遵从主令！"盛雪冷冷一笑，心想，这个俞妈妈看来狡猾得很啊！若此时站在俞妈妈面前的是真正的薛玉婷，怕是真的被她糊弄过去。可她不是薛玉婷，而是当朝太后！如果连这个华府的恶仆都治不了，如何能治理得了偌大的国家？

抬起脚，盛雪在俞妈妈面前来回走了几步，才缓缓开口道："俞妈妈，既然你不知罪，那么，我就一件件、一条条说给你听！你的第一件罪过是侍主不利，你身为老夫人院内的管事嬷嬷，居然让老夫人莫名而亡。第二件罪过是诬陷主子，二姨娘本在娘家，并无陷害老夫人，你却说她畏罪潜逃！你敢说这不是诬陷之罪？如此一来，两条大罪，每一条都是死罪！你还敢不知罪？"

俞妈妈闻言，诧异地抬头，眯着皱纹横生的小眼看向那抹傲然的碧影，辩驳道："三姨娘这是在横加罪责吗？老奴虽为老夫人院内的管事妈妈，可以管婢子、管钱物、管事由，却如何管得了人的生死？再说诬陷二姨娘之罪，老奴更是冤枉。老奴只是因为悲从心生，被兰儿一诬陷，就真的以为二姨娘和您串通起来害死了老夫人。说到底，老奴也是被气糊涂了，口无遮拦了几句，若这也是死罪的话，老奴觉得还不如让所有下人都拔了舌头活着好，要不然，哪天谁要是又一不小心说错了话，岂不是又要死于非命？"

第七章 / 揭穿奸计 /

"你这个老刁奴，好狡猾！"盛雪闻言还没发话，宋茜就忍不住怒气朝俞妈妈胖脸上挥了一耳光，只听"啪"的一声过后，宋茜的怒气还没有消下来接着又道，"我看你就是和某些人串通好了来陷害我和三姨娘！这会儿还想抵赖……"

说到这儿，宋茜将目光移向柳月。

而柳月却一脸坦荡之色。盛雪见状，嘴角一掀，冷冷吩咐道："二姨娘说得没错，这老刁奴，肯定是受人指使！来人，将俞妈妈拖下去，杖责到她供出主使者为止！"

"不要啊，救命啊！三姨娘，老奴知错了！饶了老奴吧！"直到两个粗使仆妇抓住俞妈妈的胳膊，她才感到害怕，向盛雪求饶。

盛雪不为所动："饶你可以，说，谁指使你的！"

俞妈妈闻言，刚要开口，却突然伸手捂住喉咙，随即倒地抽搐起来。

盛雪忙蹲下身子查看，发现她已经是口鼻冒血，七孔流血而死了！

看样子，是中毒所亡！盛雪忙扒开她的衣领，果然，在喉咙间，看到了一根银针，刚才一定是有谁暗中对她施针了！

起身，四处一看，并未找到可疑之人，盛雪不禁眯了眯眼，这华府，真是比皇宫还要复杂得多！

"三姨娘，她怎么了？"宋茜看着倒地没了动静的俞妈妈，恐惧地向盛雪问道。

"被人灭口了！"

盛雪说话间，扫向柳月。

柳月朝她白了一眼："你认为是我？薛玉婷，你可真是想太多了！"

话末，不等盛雪再开口，她就傲然地离开了。

她一走，宋茜也惊吓地领着她院子里的仆人，逃跑似的离开了。

"这华府，怕是太平不了了！"盛雪看着死去的俞妈妈，眯了眯眸。

有条有理地吩咐完老夫人的葬礼事宜之后，已经是深夜。今夜风大无月，树叶在风的狂吹下，发出沙沙的声响，尤为骇人。

盛雪和翠红提着灯笼，刚跨进南苑的院门，就被一道犀利的女音喊住："薛玉婷！"

一听这声音，盛雪无奈地叹了一口气，果然，这个二姨娘宋茜会来找她麻烦。

"二姨娘有什么事进屋说吧！"

话末，不等宋茜开口，她已经率先走进了院子。

宋茜快走几步跟了上来，朝她气愤地道："这刚当上主母，就摆起架势来了！哼。"

"二姨娘这话说得好酸啊，您也不想想，今天要不是我家三姨娘帮您，您可早就被大夫人害得连渣都不剩了！"

一旁的翠红看不过去二姨娘尖酸刻薄的话，插嘴道。

"你这贱婢，好大的胆子！"

"翠红，你退下！"

盛雪不等宋茜说出处罚翠红的话，就打断她，怒斥翠红离开。

翠红极不情愿离开，但看见盛雪投来的提醒目光，便强压气愤，施礼离开了。

"哼！连丫鬟都这么嚣张。"宋茜那张满是脂粉的脸上浮出不满。

盛雪没有理会她，就径自走进屋，坐到圆木八仙桌边给自己倒了杯茶轻抿了一口，静静地看着宋茜不满地走了进来。

宋茜一进来，就让跟她过来的翡翠关上门，守在了外面。

"薛玉婷，今天的事情你该给我个解释了吧？"宋茜毫不客气地一屁股坐在盛雪对面，朝她逼视过去。

"如你所见，我识破了柳月的奸计，让翠红通知于你，让我们双双躲过一劫。"盛雪放下茶杯，淡淡地回视着她，"我不觉得这有什么好解释的。"

"谁让你解释这个了！"宋茜见盛雪词不达意，气得伸手一拍桌子怒道，"我是让你解释一下，为什么大爷会让你做当家主母，你到底是怎么迷惑他的！"

盛雪看着对面横眉相向的宋茜，只觉得可笑至极。这女人不感谢她救了她就算了，竟还过来找她兴师问罪，真是可耻得紧。索性不理会她，径自又斟了杯茶喝下。

见对面冷艳女子姿势优雅地喝着茶，不理会自己，宋茜怒气更甚："你……你做什么不理会我？告诉你，我可不是好糊弄的！这华府我待了不下三年，你才来几天，就想夺主母之权，简直可恨至极！告诉你，你明个最好乖乖找大爷，将主母之位让给我，否则……"

"否则？"见宋茜说话越来越没分寸，盛雪猛地将茶杯往桌上一蹾，顿时茶水四溅。只见她美目一睁，冷冷地盯着宋茜又道，"否则你要怎样？杀了我不成？！我告诉你，今日要不是我，你早就死在乱棍之下了！"

"你，你！"

"我什么我？"盛雪冷傲地扫了她一眼，"我要不是因名声不好，早就嫁入官宦之家为嫡妻了。现如今，我屈身进华府为妾，虽在你之后，但也比你高贵许多。还敢威胁我！真真自不量力！今夜我就把话放在这儿，如果你日后敢犯错或对我不敬，别怪我对你实行家法！若你现下没别的事由了，就给我立刻滚出去！"

盛雪连珠炮的话一出，宋茜的气焰就猛地泄了下去，半晌坐在那儿，惊得张大了嘴巴，却一个字也说不出了。

"还不出去？难不成要我喊人请你出去？"盛雪看着宋茜还杵在那儿，着实有些厌恶。她最讨厌的就是这种叽叽喳喳没有头脑的女人了。

"薛玉婷，你等着！我明天就让大爷休了你！"宋茜猛地站起身，伸手指着盛雪，话音都气得发颤。

本来盛雪还打算给她留点面子的，既然她非不要，那盛雪也就不客气了！

盛雪白了她一眼，慢条斯理地说道："让大爷休了我？宋茜你怕是蠢得连自己现如今的处境都看不透吧？老夫人已去世，你没了靠山，你还在我这儿装什么大个儿？我劝你还是回北苑好好待着比较稳妥。免得又遭了别人的暗算。到那时，我可不会再帮你！"

这句话一出，宋茜顿时面色一僵："我还有大爷！"

盛雪闻言，无奈地摇摇头，真是不可教化！

随即也不管她，径自走到内屋软榻上侧躺了下来。

见状，宋茜也觉得无趣，冷哼一声，领着翡翠离开了。

直到她们的脚步声被风声掩盖后，盛雪才睁开眸，无奈地叹口气自言自语道："到哪儿都不得安生！"

原以为在皇宫里是钩心斗角最激烈的。没想到，一个商户家也会如此！

宋茜走了不多时，华韵风就被一个长相奇丑的小厮扶着走到了盛雪的屋内。

一见到他，盛雪四下一看，见屋内只有翠红在，忙差翠红和那个小厮守在门外，她亲自扶着华韵风进屋坐在榻上："你怎么来了？你的身子还未复原，不可遭受夜寒！"

"我知道，多谢你的关心，但现下这并不是什么要紧之事。"华韵风轻咳了一下道。

盛雪闻言，眼珠微转，看向他："大爷，不知府上的禁院你可知晓？"

"禁院？你说的是水凝阁吧？"

"是！"

"那是我府内放财物的地方，修有密道。华府现在的院子，是从前某位王爷的私下居所。当年老太爷看重这里，便从那位败落的王爷手中购买了此处的。"华韵风毫不隐瞒地朝盛雪说道。

盛雪没想到他会这么不避讳她，有些诧异，随即又问道："那么，禁院可曾住过什么人？"

"应该没有！我自从病后，已经没有踏足那里一步，倒是偶尔听母亲生前夜间总往那边去。玉婷，你这么问，是不是觉得此处有何不妥？"华韵风长睫俊眸微微一转，对上她的眸子问道。

盛雪自然不会告诉他，她曾进去打探过，并救出少林的事来。所以，这会儿只说："没有，我只是曾路过那里，觉得好奇而已。"

看样子，老夫人该是经常出入禁院，那么少林被捉在里面，定和她脱不了关系，凤印会不会在老夫人那里？如今，老夫人一死，那个紫玉变成了唯一的知情人了！看样子要查出夺走少林手中凤印的人，必定要找紫玉了！

"原来如此！玉婷，如今俞妈妈这一死，我们怕是又断了线索，更无法找到幕后黑手了！"华韵风叹了口气，显得无奈。

"也不一定，不是还有兰儿在吗？也许，我们利用她，还能牵扯出安插在华府里最大的内鬼！"

"你觉得会是谁？"

"你死了，谁会继承你的财产？"盛雪朝华韵风意味深长地一笑。

华韵风立马恍然大悟道："是她！"

"只要揪出她来，你就能暂时安全一段时间！"盛雪收住笑，认真地又道，"华韵风，我帮你消灭内鬼，你帮我一下好不好？"

"帮你什么？"

"你且说，帮不帮？"

华韵风犹豫了一下："如果不是违背我良知的事情，我会帮！"

"好！有你这句话，我就放心了！"盛雪得逞地一笑。

南苑柴房。

屋内窗棂边，放着一盏松油灯，随着窗户的缝隙里钻进的风，火光摇曳不定，显得很是诡异。

窗卜方是双手双脚被绑着的兰儿，此时她斜倒在一捆柴上，已经睡着。

突然，窗户猛地被人从外拉开，一双白净的手伸了进来，直到碰触到松油灯的底座，握住后，往前伸了伸，再猛一松手……

松油灯便掉到了干枯的柴草上，片刻便燃烧起来。

见状，窗户外的人微微上扬唇角，得逞一笑。转身从搬来的石头上跳下，拍拍手，准备离去。

"金枝姑娘，你这是要纵火完毕，逃之夭夭吗？"

就在金枝抬脚这一刻，背后突然传来一句好听的女音。明明这声音温柔如春风拂面，可金枝听了，身子不禁猛地一颤，如听魔音般恐惧地回头。

一回头，她看见了一个身穿白衣，手提灯笼的纤瘦女子，不禁面露诧异："三……三姨娘？你怎么在这儿？"

"这句话该是我问你才是！"只见来人轻踩着莲步，一步又一步地向她逼近。

当三姨娘冷艳无双的美眸近在咫尺时，金枝心跳加速。她没想到自己做这件事，居然会被人发现，一时间背后吓出不少冷汗来："你……你什么时候来的？"

"我早在你搬石头时，就已经来了。"盛雪面色平淡地看着对面一脸紧张的丫鬟。

盛雪这平淡的表情，以及她美眸中闪烁的精明之色，让金枝有种无处遁逃的无力感，半晌，她不打算掩饰自己的罪行："三姨娘，我这么做只是因为看不惯兰儿蒙骗我家大夫人，所以，这件事和大夫人一点关系也没有！"

"嗯，挺忠心的一个丫鬟。"盛雪嘴角微微一扬，淡漠一笑，"可你这么快撇清你家主子，不觉得有点此地无银三百两的感觉吗？"

"砰——"就在这时，火苗冲上了柴房的屋顶，只一会儿工夫，大火就汹涌而起，一发不可收拾。

两人的眼光顿时被这通天的火光给吸引了过去。

"你有没有想过，你有一天，也会落得这样的下场？"盛雪转过身，傲然地又道，"一个奴婢知道太多的事，终究会引起主子的忌惮。这次是兰儿，下次说不定就是你。"

"哼，三姨娘大可不必多虑，奴婢是大夫人的丫鬟，命也是她的，她要我死，我绝不会犹豫，更不会憎恨她！"金枝只当是盛雪想挑拨她和大夫人主仆关系，却在她下句话出口后，知道自己大错特错了。

"我向来不愿替别人多虑，我只是觉得你可怜而已。"说完这句话，盛雪一招手，她身后就出现了两个身影，一个是目露恨意看向金枝的兰儿，一个是目光略显呆滞的紫儿。

"你……兰儿你……"金枝一见到兰儿，就吓得后退几步，直到她撞到一棵桂花树上时，才颤抖地挤出这几个字。

她明明看见兰儿睡着了的，也是她亲手将松油灯扔在离她最近的柴草上的，她怎么会好端端地出现在这儿？

"哼，金枝姐姐，平日里我与你无冤无仇，没想到你还真能对我下得去手！"兰儿此时已经气得浑身发颤，恨不得上前撕碎这个欲害她性命的女人。可是，终归顾及三姨娘在此，她压了压火气，别过头，不愿再看金枝。

"兰儿，我说的话，现下你信了吧？"盛雪黑夜里顶着这么大的风出门，为的可就是这出好戏。为此，她可是下了一番工夫的。先是假装不处罚兰儿，引得柳月等人的不安，然后，又派被自己洗脑了的紫儿守在暗处等待着柳月派人来"杀人灭口"，最后让兰儿看清形势，指证柳月陷害她和宋茜的罪行，将柳月彻底打败。

第八章 / 整治内院 /

对存在祸心的人，她盛雪一概不会留下，必定会一击必中，让他们永无翻身之日！否则，稍有疏忽，自己就会落入万劫不复的境地！这些都是后宫生存法则，不狠，不足以平天下。

现下，一切都在盛雪掌握之中，只要兰儿说出愿意与她合作，那么，之后的事就会很顺利。

"三姨娘果然料事如神！"兰儿闻言，佩服地看向盛雪，"奴婢自当出来指证大夫人的罪行，只是……"

兰儿话说到这儿，有些担忧地低下头，狠攥着自己荷包上的流苏欲言又止。

"你放心，你的家人我已经安排好了。等你指证完柳月之后，我会带你去见他们。"盛雪伸手和蔼地拉着兰儿的手道。

在被盛雪拉住手的那一刻，兰儿浑身一怔，随即受宠若惊地跪地道："谢三姨娘！奴婢定不负期望！"

至此，盛雪脸上绽出一抹满意的浅笑。

金枝看到盛雪脸上的浅笑，顿时回过神，想悄悄地转身离开，却在转身抬步的那一刹那，后颈一痛，随即眼前一黑，倒地昏迷。

"主人，这女人怎么处理？"看着倒地的金枝，紫儿朝盛雪看过去，恭敬地询问道。

"先绑起来关进南苑的地窖里。"盛雪想了想又朝兰儿道，"兰儿，今晚委屈你与金枝一起待在地窖，明日，我再请你出来。我们打柳月一个措手不及！"

"好！"

在府内人赶过来柴房处救火时，盛雪和兰儿她们已经离开了。

只是，她却不知，在她们离开后，桂花树林中，一个黑色身影走了出来，低声道："明日的好戏，一定很精彩！"

次日一早，老夫人的灵堂已经设好。灵堂内布置得很肃穆、很大气，仆人们有条不紊地穿梭在灵堂忙碌着，府内各处都显出一派井然有序的感觉。

府外大门上，前几日大婚的红绸花也早换成了白绫花，这让一些路过的百姓看得连连摇头："哎，冲喜把华老板给救了，却把他娘克死了！真是可悲可叹啊！"

"就是就是，多好的一个人啊！"

听着外面人的议论声，盛雪叹了口气，扶老太爷上马车的手也下意识地紧了紧。

老太爷见状，转过头对她道："玉婷啊，韵风我就交给你了！他的病，你费心些。我算是看明白了，韵风娶你算是娶对了人！你比柳月和宋茜心思纯良多了！"

"老太爷，您放心，夫君的病，我一定会治好的！至于府内的事情，虽然复杂，还在我和夫君掌控之内，倒是您，注意些身子要紧！"盛雪关怀道。

其实，她也蛮心疼华韵风的，因为家产庞大，身边到处是想谋他家产的人，现在唯一真正关心他的，也只剩下这个老太爷了！

"有你这句话，老夫也就放心了！"老太爷拍了拍盛雪的手，就上了马车。

看着他的马车从门口离开，盛雪微微叹了口气，朝家丁道："关门，落闩！从这一刻开始，府内的人，一律不许进出！"

她要好好替华韵风整整内院了！

盛雪安排好一切，来到大爷正院的时候，正好是午膳时分。

一进门，看到他正准备用膳，她就准备转身离开，等回头再来。哪知，脚刚跨出门就被华韵风给喊住了："往哪儿去？"

"当然是回房用膳啊。"盛雪回答得理所当然。

"我这儿的饭食有毒？"坐在厅中檀木桌边的华韵风，轻咳着指着桌上摆放的菜肴，面色不豫道，"咳咳……还是你嫌弃我有病？"

"……您之前不是命令我离您一丈外说话吗？"盛雪眨了眨美目看向那边捂胸咳嗽的男人，真不知该说他什么好！敏感得也太可怕点了吧？

"你都说是之前了！之前，我们还是陌生人，现在不是成夫妻了？分明就是嫌弃我，找借口而已！"

"你不说话，莫不是真的就是这样想的？"见她不回答，华韵风朝她投来一抹可怜的眼神。

盛雪最怕别人这样可怜巴巴地看着她了，很容易触到她心中柔软之处。

收回脚，她走到桌边坐下，无奈地扫了他一眼："大爷你想多了。我进府时，老管家就告诫过我，说您一向喜洁，从不愿与人同桌用膳，就连替您摆放菜盘的婢女都必须口戴纱巾。你说说，我岂敢擅自留下与您一起用膳？"

盛雪说的也是事实。

华韵风闻言，扫了眼身后站着的几个口戴纱巾的婢女，尴尬地轻咳了一声，才道："你不一样，你是我的爱妾，又是我的大夫，是自己人！"

当他说到"爱妾"两个字时，盛雪分明看到他身后几个婢女目露惊讶，顿时脸颊一红，轻声道："大爷，请不要这样称呼我，否则，我可吃不下饭了。"

华韵风见她脸颊微红煞是可爱，便嘴角微微上扬道："这有什么的，你本来就是我的爱妾嘛……"

盛雪闻言，单手扶额，实在是拿眼前这个病秧子无赖一点办法也没有。

"怎么了，不舒服？"她这无奈的举动，倒是让华韵风收了笑容，担忧地看向她。

他身后的婢女们见状，顿时目目相对，眼中满是惊愕。今日她们一向敏感自卑的大爷怎么突然变得肉麻起来？仿佛换了个人似的。关键是他精神很好，并没有她们想象中那样因老夫人去世而悲痛欲绝、颓废虚弱的模样。可见，三姨娘不但医术过人，就连心术也不错。

盛雪抬眸，正巧看到华韵风眼中真诚的关切之色，不禁心中一软，朝他笑了笑："大爷，咱还是用膳吧，我真的饿了。"

"好。"华韵风方才服了药，其实没什么胃口。但为了不扫她的兴，赶忙附和。

一时间，两个人拾筷用起膳来。

屋外门口处，闻讯急急赶来的柳月看着里面温馨用膳的两人，手中的丝帕被她捏得变了形。

自早上得知金枝失踪开始，她一时不得安心，到处在府内寻找她的行踪，可一无所获。随后，她料到事情不妙，特意打算去三姨娘的院落探听一下，看看金枝是不是在她那儿，结果，下人说三姨娘在大爷这里。故而，她又急急忙忙赶过来，谁知，竟看到了这样刺眼的一幕。

曾几何时，她这个正妻和他一起用过膳？就算是年夜饭，一家人坐在一张桌子上，他也不会动筷，象征性地敬老夫人一杯酒后，就说身子不适早早离开了。

这个可恶的、恶名昭彰的薛玉婷，怎么有资格坐在这儿和他一起用膳？

可恨的是，她此时却觉得两人在一起用膳的画面很是般配……

"大夫人，您才是这华府的正妻，那不要脸的三姨娘怎么敢坐在大爷身边用膳？真是毫无规矩！依老奴看，是时候教导教导她了！"柳月身边陪嫁过来的仆人当中，除了金枝，便是现在她身后一脸褶子的老嬷嬷刘氏了。此时，只见她眯着眼，恨恨地剜着与大爷一起用膳的三姨娘，低声嘟囔道。

柳月闻言，底气顿生。她才是正妻！薛玉婷算什么？不过是一个贱妾！

想至此，她傲然抬起头，朝内屋走去："大爷身子不适，不能主持老夫人的丧葬事宜，特意将主母之权交给三姨娘你，可你倒好，此时还有闲心在此优哉用膳？"

突然闯进来的柳月，让盛雪厌恶地蹙了蹙眉。真是一顿饭都吃不安稳！不过，鱼儿好像上钩了！

华韵风则抬起眸，扫了眼柳月，温文道："月儿也来了，正好，一块儿用膳。"

若是以往没有见到薛玉婷和大爷一起用膳，柳月听到大爷这样邀请她，心里定是乐开了花。可此时，她却觉得自己受到了莫大的耻辱。哪有正妻和小妾平起平坐用膳的？

"大爷，请恕老奴无礼。哪有小妾同正妻一桌用膳的？这样越矩之事，老奴真是闻所未闻！"不等柳月开口，她身后跟着进来的刘嬷嬷就拉着长脸，面无表情地说道。

华韵风闻言，瞬间冷了脸色："刘嬷嬷的弦外之音是指我不懂礼法吗？"

刘嬷嬷闻言，淡淡点头，态度极其傲慢。

"你好大的胆子！咳咳……"见刘嬷嬷态度实在傲慢，华韵风气得一挥手，将桌上摆放的餐碗拂到了地上。顿时，瓷器破碎声响彻整个屋子。

吼完，华韵风又忍不住剧烈地咳嗽起来。盛雪见状，赶忙起身轻拍着他的后背劝道："我不是和你说过吗？切莫大怒大悲！"

华韵风闻言，抬眸扫了她一眼，深深呼吸了好几口气才道："都怪我这身子不争气，现在连一个老仆妇都敢对我说教了！咳咳……如此这番，让我如何不动气？她们怕是忘了，吃的用的都是谁给的了！"

盛雪其实甚是理解华韵风此时的心情。她刚辅佐雍儿登基时，就曾被许多大臣压制，那种拿着她的俸禄却不办事的下人，真的很是可恶。

看着华韵风因剧烈咳嗽，将原本苍白的脸颊沾染了些血红色，柳月也是心疼得紧，向前一步，想要说些开解的话，却在这时，感觉到了衣袖处传来阻力。于是她转眸看向身旁的刘嬷嬷，只见她向她投来眼色，示意她沉住气。

见状，柳月暗自叹了口气，便放下脚，抬起头傲然看向前方两个人。

"大爷，老奴说这些，其实也是为了您、为了华府好。昨日您让一个小妾接替了主母之权，已经惹得外人非议了。现在竟还让她与您同桌用膳，简直有伤风化！自古以来，哪有小妾上桌的？妾为婢，进门子都得走后门。您这样将小妾宠上天去，这是要做哪番？"刘嬷嬷见华韵风愤怒地看着她直喘气，倒是不疾不徐地又道，"况且，三姨娘来府上毫无建树，有什么资格当主母？"

刘嬷嬷这话一说完，柳月就出了口气地鼻哼一声，死死地盯着三姨娘，那模样恨不得将她给生吞了。

"你……咳咳……放肆……"华韵风猛地伸手拍桌子，一时间，将桌上的碗碟震得咔咔直响。而他自己也是咳嗽得更加厉害，一双俊目死死瞪着刘嬷嬷，看模样，是气得急了。

盛雪要的就是华韵风怒极了，然后，柳月才会上钩！如是想着，她打算加把火，于是手一直不停地拍着华韵风那单薄的后背，故意无比温柔、深情款款地看向他，担忧道："大爷，仔细身子，你若有事……妾身可怎么活啊……"

肉麻，绝对的肉麻……

不过，结果却是出乎意料的好。只见华韵风闻言，先是身子僵住了片刻，随后他轻轻将她一只小手捏住，似感激、似兴奋地看向她："没事，为了婷儿，我会仔细身子的。"

"大爷……"盛雪适时地装出一副受宠若惊的表情看向华韵风，模样恨不得扑进他怀里去，可好像顾虑到什么似的看向了柳月，随即叹了口气。

柳月看着他们郎情妾意的模样，差点没气得当场吐血三斤！真当她这个正室是死的吗？

"大爷，刘嬷嬷这话说得是有些直接，但她也是一片忠心。您对三妹妹确实偏心了些，哪有刚来两天的小妾就当主母的？况且，我这个正妻还好端端地活着呢！您这么做，不是打我脸吗？打我脸不就是打相府的脸吗？惹怒了我爹，于华府绝无好处！孰轻孰重，您也好生掂量才是。"昨日柳月犯错在先，又怕兰儿和俞嬷嬷揭穿自己。故才会没坚持反对薛玉婷做主母。如今，兰儿已经被昨晚那场大火烧死，那么就死无对证！这样的话，她有什么好怕的了？主母之权，她势在必得！得了主母之权，第一件事就是将眼前这个贱人乱棍打死！

盛雪闻言一惊，相府？柳月是相府的千金！难怪她上次让少林送到相府的信，没得到柳政昀的回应，而他反倒是呈上奏折，让雍儿封东岳王为九千岁，驻守京都！原来，他早就和东岳王串通一气，狼狈为奸了！柳月既然是柳政昀的女儿，那么，她幕后的黑手，岂不是东岳王！

第九章　/独断专行/

原来如此！想要夺去华府财富的人，是急需要财力养活数十万精兵的东岳王啊！

好得很，这下她可有办法对付东岳王了！

柳月这句话让华韵风瞬间冷了脸，情绪也没了之前那番激动，淡漠地看向柳月那张妆饰精致的脸，仿佛看着一个陌生人般毫无情感："你搬出相府来，是想威胁我吗？"

不知道为什么，盛雪在这一刻发现华韵风的眼神似曾相识……

柳月看着华韵风那冰冷的眼神，顿时心中一紧。他这是真的怒了吗？

"大爷，妾身这是在为华府着想，岂有威胁之意？看来，您是病得久了，轻易就能被人迷惑了去！"

柳月此时也被怒意冲昏了脑袋，只想着自己堂堂相府千金，怎会被一个商人的小妾骑在头上，而且夫君还老是偏袒她。怎么她都咽不下这口气。特别是看到两个人刚才亲密的画面，更是醋意四溢，越发口无遮拦起来。

要知道，至今她是连大爷的一根手指头都没触到过！那个薛玉婷，居然还敢轻拍他后背！

闻言，盛雪心中冷笑，她还没怎么使伎俩，这个柳月就暴露了本性。顿时觉得她和宋茜没甚区别。

"你说什么？"终于，华韵风被这句话给激得猛地站起身，但由于用力过猛，感到了头晕，所以，摇晃了身子，又要倒坐下去。幸亏在要倒下去的那一刻，感觉到了身后的支撑力，稳住了身形，没让自己变得狼狈。随后，他感激地看向扶他的美人儿。

看到她冷艳的模样，华韵风也顿时冷静下来，再次将目光移向柳月身上时，眼里有的全是凌厉和厌恶："我确实病得久了，以至于一个老奴仆都能轻易教训我，自己的妻子都敢当众骂我蠢笨！"

鲜少的，华韵风说完这么长的一句话没咳嗽。盛雪知道，他这是不想让别人更加轻视他。久病之人，最怕被人轻视、被人忘记，甚至被人鄙夷。饶是睿智、俊美、高傲如他，也躲不过这种自卑心境。

盛雪觉得自己应该适时帮助他了。

柳月闻言，顿知自己失言，伤害了华韵风，便愧疚地看向他："妾身……不是这个意思……"

"不是这个意思，是……是……"华韵风话音顿了一下，本打算咳嗽，却硬是忍下去了，可额头却憋出汗来，身子微微发颤。

盛雪知道他是快要支持不住了，便替他继续说道："大夫人不是这个意思，是什么意思？！你说大爷病得久了，就被人轻易迷惑了去，不是暗讽他蠢笨是什么！玉婷自知不才，竟不知相府出来的千金，居然会比我还不懂礼、不懂规矩。最起码，我不会嘲笑夫君、逼迫夫君！"

盛雪这话一出，厅内几个伺候华韵风用膳的婢女，均目露不忿，暗恨大夫人欺人太甚，竟敢如此侮辱大爷，真是悍妇一个！

"你个贱妾！少在这儿挑拨是非。大夫人根本没这个意思！"不等柳月开口，她身边的刘嬷嬷就忍不住替主子强出头了，说话间，竟敢伸出手指指着盛雪。

"大胆！"

"放肆！"华韵风和盛雪异口同声地朝刘嬷嬷怒道。话落，两个人又互相对望一眼，眼中都有些诧异。最后，盛雪的美目中慢慢浮上感激。华韵风则浮上关切。

两人异口同声的话，顿时引得现场一阵静谧。刘嬷嬷显然被吓了一跳。柳月则看着深情对望的两人，气得将帕子拽得嘶嘶直响。

"刚说完相府出来的千金不懂礼，这相府的老奴就开始显示她的不懂规矩了！"盛雪回过神，转眸轻蔑地看向刘嬷嬷，"既然，你不懂规矩，我又是华府主母，当然得教教你！"

"来人，将这个主仆不分、尊卑不分的老刁奴拉下去掌嘴！"

她话一出，瞬间吸引了所有人的目光。柳月气愤地将刘嬷嬷护在一边："我是嫡妻，她是我的乳娘，而你不过是一个贱妾，何来的资格掌她的嘴，又凭的什么？"

"我凭什么？就凭她在主子说话时插嘴！我虽是大爷的小妾，可何故从她嘴里吐出贱字来？若我是贱妾，您是什么？贱妻？大爷呢……"

盛雪话还没说完，华韵风就气道："掌嘴便宜了她！来人，将这个老刁奴按家法乱棍打死！咳咳……"

说完这些，他不忘扫了一眼盛雪，心想还好及时打断了她，要不然他岂不成了"贱夫"了？

厅内几个婢女早就忍不住想要教训这个胆敢侮辱大爷的老刁奴了。这会子，自然是愤愤不平地剜着刘嬷嬷，本可以两个人钳制住她的活，四个婢女居然一起走过来，将她胳膊、腿都按住了。更有些气不过的婢女，拿长指甲狠狠扣进刘嬷嬷的老皮中，顿时让刘嬷嬷挣扎呼痛："哎哟，疼死我了……大夫人快救救老奴啊！"

柳月闻言，赶忙堵在门口，朝华韵风急忙喊道："大爷你敢！她可是我相府的嬷嬷，你有什么资格罚她？"

华韵风闻言，气得身子发了颤："你嫁进华府那一刻，就是华府的人，她一个陪嫁过来的老奴，不是华府的人是哪儿的人？还相府……我看你根本不知什么叫嫁夫从夫的道理吧！"

他这句话一出，柳月再无反驳的话语。是啊，她嫁进了华府，确实就是华府的人了。夫君若处罚她，都是无可厚非的，更何况是一个老奴？

"大夫人啊……老奴可是看着您长大的啊……求您救救老奴啊……"刘嬷嬷见柳月沉默下来，顿时慌了神，越发挣扎得激烈。

"刘嬷嬷……"柳月被她这一呼喊，也是慌了神，瞬间挤出两道清泪看向被婢女制服的刘嬷嬷。

本来是想教训那个贱人的，现下倒好，她和刘嬷嬷都被人家给制住了……她堂堂一个相府千金，也真是够窝囊的了。

"还不快将她拉出去，在这儿鬼哭狼嚎的像什么样子？"盛雪太后病又犯了，这会儿站正身子，一副居高临下的冷傲模样吩咐婢女道。

婢女闻言，顿时感觉三姨娘确有主母风范。看那凌人的气势，大夫人丝毫比不过。

随后，刘嬷嬷的嘴被婢女用帕子堵住抬了出去。

临走时，刘嬷嬷还支支吾吾，睁大眼死死地朝门边的柳月求救。

在她消失在自己视线中后，柳月终是忍不住心疼，泪流不止。昨夜是金枝失了踪，后推测她误入火场烧死。现下又是刘嬷嬷即将被乱棍打死，这短短两天，她就失去了两个体己下人了，心里的滋味岂能好受？

几下权衡，柳月在粗使婆子将刘嬷嬷绑在长凳上时，猛地朝盛雪怒道："薛玉婷，你赶紧放了刘嬷嬷，否则，我绝不放过你！"

盛雪闻言，柳眉微挑，一副鄙夷的模样看向她："绝不放过我？我就算不罚刘嬷嬷，你又何时放过我了？"

"昨日你设计陷害我的事，我可还没追究起来，现下你又过来找我不快。

117

我就纳闷儿了，大夫人你为何就如此痛恨我呢？"

"我只是被贱奴蒙蔽了而已，何来陷害一说，你可不要血口喷人！"兰儿已死，柳月怕什么？故现下比方才还有气势地瞪着前方两步之遥的女子。

"我血口喷人？"盛雪嘲讽地一笑，"大夫人，我一直不想把事情做绝，可惜，你非步步紧逼，逼迫我不得不揭穿真相。大爷是我们的夫君，就算他有病在身，你也不可以如此轻视他啊，你真当老夫人去世，你就能夺得主母大权，将华府的所有掌控，然后为你娘家所用吗？"

含血喷人，无中生有，这也是后宫生存法则之一。盛雪此时可算是用得惟妙惟肖，就看这个相府千金是否招架得住了！之前她打的那一巴掌，盛雪还打算双倍奉还给她呢！

华韵风听盛雪说完，俊眸瞬间扫向柳月，顿时含满诧异与愤怒："难怪你动不动就搬出相府，原来，你根本不曾把这里当成你的家！咳咳……我可真后悔之前对你说的话！你根本不配做我的正妻！"

"大爷，你莫要听一个贱妾的挑唆。妾身从嫁进华府，哪一天不是安分守己，兢兢业业地协助老夫人做事？主母之权，妾身确实想要。但绝不是因为娘家，而是为了你！"柳月见华韵风看向自己的目光如火如炬，顿时从醋意中醒悟，她之前那些话，真的伤了华韵风，也让他对她失了心。此时，她哽咽地看向华韵风，希望对方能够相信她，哪怕只有一点点信任的目光都好。

可是，华韵风看到她泪流满面的样子，只厌恶地别过头，不打算再理会她。

见状，柳月的心"咯噔"一下掉入谷底，半晌回不过劲儿来呼吸。

"大夫人少来拿大爷说事，你方才明明嫌弃大爷久病缠身。这会儿又说是为了大爷，不觉得虚伪吗？"

"你这个贱人！"盛雪的话音刚落，柳月就再也忍不住怒气，快走两步，伸手就朝盛雪的脸上准备甩去巴掌。

盛雪岂是好欺负的？若是第一次被打，盛雪没避得过，那这一次，盛雪岂会再吃亏？只见她，反应迅速地躲进华韵风单薄的怀中，假装害怕地轻呼一声："啊……大爷……"

本以为柳月这一巴掌绝对会落空，却在她躲进华韵风怀中时，耳边居然还是传来了"啪"的一声，声音沉闷。

随后，她感觉到华韵风在深喘着粗气，并且，身子微微发颤。

她疑惑地抬头看向华韵风，而她却看到了一个微微扬起的完美下巴。

"华韵风，你竟敢！"柳月怔了半晌，才捂住自己发痛发麻的左脸，愤恨加无比伤心地瞪着她前方的病态俊男，心仿佛已经滴血。

这就是让她独守空房三年的夫君啊，这就是她不顾父母反对非要下嫁的昔日情郎啊……

如今，他居然为了一个贱妾来打她！她堂堂的相府千金、相爷掌上明珠，何时被人如此轻视过？就连她的父母都不曾呵责过她半句……

他凭什么！一个商人，有何资格！

"柳月，我是你的夫君，岂能容你在我面前放肆？先是辱我蠢笨，现下又直呼我的名讳，你果然是柳相的掌上明珠，被宠得简直无法无天了！"华韵风又成功地说出一句完整的话，可靠在他怀中的盛雪却清晰地听到了他胸口处传来的闷咳声，不禁心中莫名一痛。

随即，她打算离开他的怀中。似乎华韵风洞察了她的想法，在她准备离开时，一伸手，将她的腰肢握住，微微往自己的怀中紧了紧。顿时，盛雪听到了他的心跳骤快。这让她不自觉地红了脸。

此时的柳月本就失了理智，现下又见两人紧紧相拥，气得眸中发红，身子发颤："好啊！华韵风你还真是个负心汉，昔日说我是什么心思细腻、温柔内敛的女子，将来定能管理好一府后院，成为最能干的主母……你还说……还说，我是你当之无愧的嫡妻……"顿了顿，柳月又滑出两行委屈的清泪，"原来，你都是诳我的……我在府内待了三年，兢兢业业这么久，却敌不过这贱人的三言两语。"

华韵风闻言，搂盛雪的手微微一紧，似乎被她这句话触动了一下。盛雪见状，立马大眼一转，觉得不能让华韵风被柳月说动。于是，赶忙挣脱出华韵风的怀抱，看向柳月，坦然道："大夫人好一张利嘴，真是黑白颠倒。明明是你陷害我和二姨娘在先，我只是准备将真相说出来，你就如此愤怒，不正说明你心里有鬼吗？"

柳月擦了擦脸上的泪水，愤恨地眯着眼，剜着前面的女子，只觉得她那张美颜可恶极了，若是可以，她恨不得现下就用自己如利刃的指甲毁了这张脸！

"真相？什么真相？我倒是真的想听听三姨娘你所谓的真相！"一个小贱妾也打算扳倒她这个相府千金吗？她似乎也太不自量力了些！之前让她走运躲过一劫，这一次，可没那么容易了！

第十章 / 请你入瓮 /

"若你说不出来，或敢诬陷我的话，别怪我请我爹爹来主持公道！"

话末，她逼视地看向华韵风，意思是你也别想偏袒她。

华韵风面对她的目光，只冷冷地蹙了眉，随即，许是支持不住，慢慢地坐到了椅子上，捂住胸口，别过头轻咳去了。

看模样，倒是一点也不担心盛雪说不说得出真相。如此看来，他不是相信盛雪，就是柳月搬出丞相老爹来，威胁到了他，让他顾忌了。

当然，在柳月的眼里则是他信任盛雪了。所以更是气得牙根痒痒。

盛雪倒是不将注意力放在这儿，而是想着如何做，才能让柳月彻底地在华府失去权力，于是，稍微沉默了一会儿，就朝柳月道："若我说出真相呢？大夫人会如何？"

"不可能。"

"你怎知不可能？"

"因为根本没真相！"柳月不笨，所以对于盛雪下的套，没有对号入座，而是死死咬定没有真相，这没有真相，她便不可能会如何！如果真的被她揭穿了真相，她直接想办法抵赖，这样也就没了束缚。

"嘻嘻……"盛雪用帕子掩嘴轻笑，"大夫人，你如此坚定的模样，一般人看了，还真以为你是无辜的。可在我看来，你根本是觉得证人已死，便死无对证，所以才如此肯定地说没有真相！"

"你胡说！"柳月第一次仔细地将眼前捂嘴轻笑的绝美女子看了一遍，顿时觉得她不容小觑起来。仿佛自己所有的心事，她都能洞察出来。本以为成功躲掉了她下的暗套，却没想到，这根本不是重点。

"我胡说？哼，那我倒是奇怪了，这关押兰儿的柴房怎么会好端端地着了火呢？"放下帕子，盛雪依旧嘴角微扬地看向柳月。

柳月闻言，心中咯噔了一下，随即强自冷静道："昨夜风大，风吹倒了烛台，引发了柴房失火，兰儿双手双脚被绑，没能及时逃出，这是意外，也是仵作定的结论。你还有什么好做文章的？真要是追究起来，反倒是你的错处，是你将兰儿关到那里，害她失了性命的。若你拿这事做话柄，我还说你刻意诬陷我呢！"

柳月本以为对面的女人闻言会慌了手脚，却不承想，她却只是依旧轻笑道："果然是相府千金，这是非颠倒的本事，果真一流！"

盛雪此时倒是在想，这相府的千金都如此跋扈阴险，那柳相岂不是更甚？幸亏自己没有在一开始投奔相府去请他帮忙！

"什么是非颠倒！这就是事实！薛玉婷，少来拖延时间，有何真相，你倒是说呀，本夫人倒是好奇你能玩出什么花样来！"柳月一想到兰儿已死，就莫名地心情舒畅起来，现下，她就等着看薛玉婷束手无策。

"真相当然是当事者说才让人信服。"盛雪直接无视柳月的激将法，而是走到门口处，唤了一个婢女过来，与她耳语吩咐了一番后，只见婢女赶忙走出院子。

"薛玉婷，你在故弄什么玄虚？你若说不出什么真相，就赶紧给我跪地领罚！"柳月目露鄙夷，当事者？当事者兰儿早就化为灰烬，她能说出什么来？此时，她觉得前方的女人在拖延时间。

盛雪此时懒得理会她，只是转过头扫了眼华韵风，见他不咳嗽了，只是抚着自己的胸口，担忧地看向她，盛雪放下心来。看来，他一会儿还是有力气处罚柳月的。

可这边，人家华韵风看到盛雪朝她投过来的眼神，以为她是担心他，不禁微微朝她点点头，示意自己无碍。

盛雪见状，微微一诧，随即赶忙转过头看向院子里，心想，自己刚才可真是有些不地道。关心人家，只是在意他有没有力气处罚别人……

"大爷，你这下可得看清楚了，她就是个搬弄是非、挑拨离间的贱人！"柳月见盛雪不理会她，而大爷也不质疑她为何还不说出真相来，便忍不住开口说道。

"住口！她是我的妾，亦是我的妻子，你莫要侮辱她！"华韵风被她这"贱人"二字顿时激得怒不可遏，"以往只觉得你知书达理，如今却见你连农妇都不如，张口闭口都是粗言秽语，真不知，这相府是如何教育你的！咳咳……"

话末，华韵风又忍不住咳嗽起来。

柳月被他这句话说得一个反驳的字都吐不出来！她明明只是想提醒大爷眼前这女人不能信，没想到他居然还挑出她的错来。他难道不知道什么是重点吗？大爷说她还不够，还顺便侮辱一下相府，真是太可恨了！

"你的妻子?!莫要忘了，她是妾，是奴婢！能称得上妻的，只有我这个正室柳月！"

"若你再胡搅蛮缠下去，别怪我……咳咳。"

华韵风"休妻"二字还未说出口，就被剧烈的咳嗽打断，害得他话音不得不中断。

虽然他没说完，可柳月和盛雪都知道他想说什么。顿时，柳月忍不住心痛，后退两步，若不是有花架挡住，只怕她已经倒地了。她含泪看向那坐在紫檀桌边的俊逸男子，心里是酸、是涩、是痛、是苦！

一时间，屋内只能听到华韵风的闷咳声。

盛雪倒是挺同情柳月的，嫁过来三年也没能得到这个男人的心，也真是可悲。

不过，这都是她自找的，谁叫她要害人？所谓咎由自取就是这么来的！

少顷，那个先前被盛雪叫走的婢女回来了，并且身后带着一个女人，即兰儿。

她们一进屋，柳月的表情就精彩了，僵住梨花带雨的面容，眼睛睁得比铜铃还大地指着兰儿，嘴张了又合，却始终一个字也没吐出。

盛雪很喜欢看柳月的表情，于是想多看一会儿，便对兰儿道："兰儿，还不给大夫人请安？"

一直处于沉默状态的华韵风见状，终于在她这句话出口后，苍白的俊颜上忍不住浮上宠溺的笑容。只是，转瞬即逝。

"奴婢见过大夫人，祝大夫人寿与天齐！"兰儿一向聪明，这会儿自然是明白盛雪有意耍弄柳月，便附和地向前走过去，朝柳月行礼道。

"啊，你别过来！你不是死了吗？"柳月惊得往后一退，这才发现自己已经靠在花架边，退无可退，并且花架上的盆景花卉因她用力过猛，摇摇欲坠。

她简直不敢相信，明明兰儿被火烧死了，怎么会好端端地站在这里给她行礼？要知道，金枝可从来都不会失手的呀！

现下，她才感觉到了害怕。

"大夫人何故惧怕奴婢呢，奴婢可是活得好好的呢。"兰儿见大夫人看她如此惧怕，心里气愤不已，故意出言讽刺她。

而柳月闻言，吓得呼吸不畅。此时倒不是怕她不是人，而是怕自己之前的阴谋被兰儿揭穿！

"好了，别和她浪费时间了。兰儿，今日你就当着大爷的面，将之前大夫人威胁你的事说与大爷听吧。"盛雪扫了眼华韵风，见他看到兰儿她们进来后，面无诧异。

兰儿得令，瞪了眼柳月，便几步走到华韵风跟前跪下，以首触地道："大爷，奴婢要揭穿大夫人的真面目……"

"兰儿，你别忘了你的家人！"直到兰儿跪地后，柳月才回过神，迅速地威胁起她来。她知道，兰儿的话一出，她就是百口莫辩了。看大爷之前的态度，他绝对会不顾及她的丞相千金的身份，处罚于她。处罚倒是小，丢了面子，失了权力才是大啊！

兰儿闻言，止言看向已经走到大爷身后的冷艳女子，见她朝自己投来"你放心"的眼神后，她紧捏裙角的手松开，傲然地转过头看向柳月道："大夫人，兰儿的家人好得很。兰儿不会再受你的威胁！"

话末，柳月一脸惊恐，呼吸不畅。

"大爷，奴婢做的所有事情，都是大夫人指使的！是她利用老夫人的死，威胁奴婢要治奴婢擅离职守之罪，让奴婢与她合作，说是奴婢看见了二姨娘和三姨娘陷害老夫人的。其实，老夫人并非是二姨娘和三姨娘害的。至于老夫人嘴角的毒液也是大夫人逼迫奴婢灌进去的，让老夫人看起来像是他杀一样。并且，事情败露之后，她用奴婢家人的安危威胁，奴婢只得不敢说出真相。谁知，她竟还让她身边的金枝放火烧死奴婢，打算杀人灭口！幸亏三姨娘和紫儿姑娘刚巧路过，救了奴婢。否则，奴婢必定带着真相，含冤而亡！"

"砰！"说到这儿，华韵风顿时将手中的茶杯摔在地上，气愤地瞪向柳月："柳月，你还有何话好说？为了主母之权，你居然利用老夫人的死！平日里，老夫人对你可是重视有加，多次劝我好生待你，莫要委屈了你，可你呢！我真是错看了你，简直是家门不幸！"

柳月看着他俊眸中越来越冷的瞳光，终于全然绝望，身子一踉跄，滑倒在地，花架顿时一晃，上面放的奇花异草的盆栽，"咣当"一声掉了一地，最后一盆水仙正巧扣在她的头顶，水顺着她的发髻流了下来，挡住了她的视线，让她看不清前方男子那寒冷至极的目光了："大爷错看了我？哈哈……这话，该是我说才是！"

此时的柳月看起来毫无往日的端庄和傲然，反倒是狼狈得可怜。

"若不是我当初错爱上你，我一个堂堂的相府千金，岂会下嫁于你，受此侮辱？"柳月伸手拂掉头顶砸痛她的水仙花，含泪看向华韵风，字字诛心，"你就是一个低贱的商人，且是身染恶疾的病秧子！若不是得我真心，你怎能娶得到我？只怕，你连见都不一定见得到我！"

见华韵风闻言，气得闭上眼，懒得再看她，柳月心痛地将目光移向他身后站着的女人身上，吼道："还有你，薛玉婷！你算什么东西，不就是一个和人私奔不成的粗鲁贱女吗？也敢对我出言不逊……你信不信，我只要向我爹爹开口，你明日就得去见老夫人？"

"大夫人，是你犯错陷害我在先，现下被揭穿了，还打算搬出丞相来恐吓我，你不觉得你很欺人吗？况且，你如此侮辱自己的夫君，不觉得自己很可笑吗？"盛雪倒是不介意让柳月更气一些、让华韵风更怒一些。这样于她来说，有益无害。

"就是。大夫人，你别忘了，当时是你死乞白赖地缠着大爷，让大爷娶你的。"兰儿也是怒不可遏地看向柳月道。

"够了！"

华韵风也不知是不是因人提到他的痛处，所以不耐烦加恼怒地吼道："正室柳氏，不尊夫、善妒、贪婪、阴毒，实在不配为正妻！故从今日起，收掉其正室之权，遣入荒宅，不得我令，不许踏出荒宅一步！"

话末，华韵风身子一颤，赶忙用一只苍白的手扶住桌角，稳住身形。

他此令一出，所有人皆惊，包括院外被抬到长凳上准备行刑的刘嬷嬷都停止了挣扎，眼中满是不可思议。见她如此，两个拿戒棒的粗使仆妇赶忙动手向她的身上挥去。

柳月听见院外的挥棍声，从震惊中回过神，无比愤恨地看向前方那一男一女，一字一顿道："华韵风、薛玉婷，我绝不会放过你们……"

"还不来人拉她下去！"看着柳月说完，盛雪朝外面喊道。

"是！"随后有三个仆妇得令，进来将柳月给拖走了。只是这次，柳月并没有挣扎，而是自始至终将目光阴狠地投向盛雪。盛雪则坦然自若地对视着她，直到她消失在正院。

她一走，盛雪就令兰儿退下了。至此，屋内只剩下一脸轻松的盛雪和一脸愤怒的华韵风了。一时间，大厅内安静下来。

第十一章 / 收拾残局 /

许久，华韵风才深深地叹了口气，虚弱道："人心难测，一点不假。"

"大爷久经商场，早该知道此道理。"盛雪站在他身后，慢悠悠地回答道。

"你坐过来，我相信，没人再敢找你不快了！"华韵风扭头看向她，随即，伸手一捞，将她拽坐在他腿上，"这一次，我定会不顾一切地保护我爱的人。"

盛雪不备，顿时慌了手脚，想要爬起，却发现，这病秧子的力气比他外表看起来强大不少，一只手就将她稳稳固定在他腿上坐住。诧异加气恼地盯向他，正准备出言激他放手，却见他俊眸内有水光闪烁，顿时，吞掉了欲出口的话。

琉璃灯盏发出的灯光，璀璨奢华，可映照在轻蹙浓眉的他身上时，却是一片萧索忧郁之色。浓眉、长睫凤目、高挺俏鼻、单薄发紫的唇、完美精致的脸部轮廓，无一不彰显着他的俊美无双。这样美好的男子，却是个病秧子，真的很可惜。盛雪在这一瞬间，有种想要立马治好他的冲动。

"这一次，我也绝不让所爱之人离开……"说话间，华韵风紧紧地将她拥进怀，直到盛雪感到呼吸不畅，推开他以示抗议，"大爷，你说这一次，那么上一次你是放了所爱之人，让她离开了吗？"

华韵风闻言，身子一僵，没回答她，反而将她又抱紧。

看着他俊眸中自己的倒影，盛雪回过神，顿时，尴尬地收回看他的目光。管他之前的心上人是谁，她猜什么猜，和她半文钱关系都没有！

"大爷，我想去老夫人的灵堂了。毕竟，为了揪出柳月这内鬼，这一天我都未曾谋面，确实不妥。"盛雪恢复了以往的冷静道。

"柳月真的是内鬼？"

"不错，我敢肯定是她！当然，她背后还有柳政昀，更有东岳王！"说到东岳王三个字，盛雪咬了咬牙。

"东岳王？"华韵风闻言，松开盛雪。见她起身站稳，他便认真地看着她，"你怎么推测是他？"

"东岳王进京被封为九千岁，驻守京都，然后，呈奏的，据说是柳丞相！你说呢？"盛雪隐忍着怒气道。

华韵风顿时吃惊地跌坐在椅子上："看来，我们华府招上了豺狼了！难怪，柳丞相会把女儿嫁给我！这些为政人，真真可怕！"

盛雪顿时感觉自己被自己给套进去了，她也是为政之人！她可怕吗？

深夜，西苑灵堂。

烛火摇曳，香炉中的檀香随着燃烧弥散出浓浓的香味。偌大的"奠"字下方，一抹单薄的身影跪在蒲垫上，他的几缕墨发，正随着他往火盆里丢纸钱的姿势，而溜出麻制的尖帽，挡住了他的侧颜，让他身旁跪着折纸钱的人儿，看不清他脸上闪烁的究竟是不是泪光。

"娘，孩儿不孝，连你都保护不了……"跪了近两个时辰，终于，他开口说话了。只是，话音带着浓重的鼻音，以及难掩的悲伤之情。

说话间，他又从身旁的人儿手中接过几张纸钱，递到火盆里燃了。看着橙黄的火光，他的眼中又滑出两行清泪："您从小就教育孩儿要礼让谦和，可孩儿这一次不打算这样做了。因为，若不是礼让，孩儿岂会一而再再而三地失去至亲至爱之人……咳咳……如今，孩儿重拾至爱，定会拼死相护，永远不让她离开我……"

盛雪闻言，心里莫名一紧，拜托，他怎么说着说着就说到了她？她可是终究会离开的……

当下就准备找个借口离开。

却不想，她还是没来得及离开，就被华韵风捉住了细腕，并且此时他那双含满水汽的俊眸正一瞬不瞬地看向她："婷儿，今生今世，我们都不要分开可好？"

"啊？"盛雪闻言，一脸诧异。她可是太后啊，哪能跟除先皇以外的男子山盟海誓的？就是先皇，她也没有与他山盟海誓好吧？

"怎么了？难道你也要和她一样，弃我而去吗？"见她面露为难，他不禁紧张地将她的细腕捏得更紧，"你也嫌弃……嫌弃我是个'病秧子'……"

说话间，他眼中含着的水汽摇摇欲坠……

盛雪可以对任何事坦然自若，可唯独面对不了别人朝自己泛可怜了。这样会让她母爱泛滥的好吧！以往雍儿就是知道她这个弱点，所以，动不动做错事后，装可怜哭鼻子，她就不忍罚他了。现下，华韵风好像也摸到她这个弱点似的。

"我没嫌弃你……"盛雪与他对视片刻，终于在他那双忧郁的目光下缴械投降。

"那你为何不答应我？难道，你真的想过要弃我而去？"华韵风逼视她，不让她有丝毫的避让。

"人生难测，谁知道明日会发生什么？说不定，你会想要离开我也说不定。所以，我从不胡乱发誓言。"若想要让他以后不痛苦，必须现下就斩断他的情丝。如此想着，盛雪咬了咬牙，又道，"况且，相爱是两个人的事，而我此时对你也并无爱意……"话说到这儿，见华韵风浓眉一蹙，眼中的水光闪烁得更甚，她赶忙将话说得更婉转，"是并无多少爱意……所以，我不想说这些誓言……"

"并无多少爱意？这样说来，你心中已经对我生了一丝爱慕之情了？"闻言，华韵风一扫脸上的失落之色，一把将她紧紧抱在怀中，似发誓、似坚定地道，"今生今世，我一定要让你爱上我，让你永不离开我……"

被他这样突然一抱，盛雪气得不行，刚要对他这无赖的举动做出抗议时，只见他的身子一软，竟突然就晕倒在她怀中。这让盛雪顿时担心地摇晃着他单薄的身躯道："喂……大爷……你……你怎么了？"

见他毫无反应，她最后只得无奈地将他放倒，拿起他的胳膊把起脉来。静下心听完他的脉象后，她深深地叹了口气："哎，你这血虚之症本就难缠，你倒好，还要来守灵，动不动还喜欢发怒，好得起来才怪！"

嘴里虽然说着埋怨的话，可眼里还是不自觉地泛起担忧地看着沉沉闭上双眼的华韵风。

最后，她不得不叫下人将华韵风抬回正院，她则留在老夫人的灵堂前替他守夜。

次日，她还得顶着一张憔悴的面孔打点府上人员，将老夫人的棺椁抬出府，葬进祖坟处。当她处理完所有事情，全身酸痛地躺在自己院中软榻上小憩时，才觉得自己定是天生的劳碌命！要不，怎么随便嫁个人都是病秧子呢？之前的先皇是，现在的华韵风更是，她真的都快累死了！

一直忙到晚上，她才将疲惫不堪的身子浸入飘满花瓣的浴桶香汤中，看着水面弥漫的雾气，不禁心绪飘远。

想到华韵风之前被家丁抬走的虚弱身影，她有点担心。哎，忽然发现，她最近想雍儿变得少了，反倒是想华韵风这个病秧子多了些，真真不应该！

想至此，赶忙从水中伸出白玉般的手，轻捏自己的眉心，希望自己能够转移思绪。

如此警告自己一番，她倒是真的没想华韵风了，而是在想，柳月被关进荒宅，是不是太听话了些？以她的性子，不可能如此被辱而不想对策啊！

事出有异必为妖！她必须谨慎提防些。

"三姨娘，不好了……"就在盛雪胡思乱想的时候，浴房外响起了翠红惊雷般的呼喊声，随后，是她急切的敲门声。

盛雪闻言，柳眉蹙了蹙，转过头看向紧闭的房门方向："什么事如此慌张？"

"三，三姨娘，金枝跑了！"翠红好不容易稳住气息回答道。

盛雪一听，心中一惊，暗叹不好！随即，出了浴桶，匆匆披上碧色寝袍，打开了浴房大门。

只见翠红不备她这突然的一开门，顿时僵住敲门的手，看着带着水汽的娇嫩美人，惊艳得失了神。

"金枝跑了？那紫儿呢？我不是让她看着的吗？"

直到眼前如仙子的美人开口，翠红才回过神道："紫儿姐姐不知怎么了，竟昏睡在仓库门口，奴婢怎么叫都叫不醒她！所以，奴婢才急着找您禀报！"

"走，我们一起去看看！"不知为什么，听翠红说完，盛雪看着院外迎风而摆的花草树木，莫名地感到不安，总觉得会有什么不好的事情发生。

南苑最后面的库房外，盛雪看着紧闭双目、倒在铁门边的紫儿，陷入沉思。

紫儿是江湖四大杀手组织中的一位，本名紫魅。六年前，这四大杀手还是江湖上叱咤风云的人物，可这几年，就销声匿迹了。有传闻说，他们被人一夜间斩杀了；也有传闻说，他们被供养他们的主子召回了。可，无论是哪种传闻，盛雪觉得都不重要。因为，重要的是，四大杀手之一的紫魅为何会出现在华府？又为何会被人迷晕倒在库房门边？要知道，紫魅的武功可是出类拔萃的！

究竟救走金枝的人是谁，竟连紫魅都能迷晕！难道是东岳王的人？看来他的势力越发大了！

"三姨娘，紫儿姐姐有没有事？"翠红蹲下身子，将手中的灯笼提得离紫儿的脸又近了些，见她还如之前发现她时那样闭着眼，有些担心地问身后迎风而立的飘逸人儿。

盛雪闻言，收回心绪，蹲下身子，伸手掐了掐她的鼻下穴道数下，随后，便见紫儿皱了皱眉，艰难地睁开了眼。

"主子！"紫儿醒后，模模糊糊地看向灯笼昏黄光下映照的人儿，低声道。

"她醒了，三姨娘，她醒了！"翠红见紫儿醒了，不禁激动地朝盛雪道。

盛雪看着激动的翠红，只觉得她单纯至极。随即朝她点点头，便伸手扶起紫儿。

紫儿见三姨娘亲自扶她起身，心下一惊，赶忙一摇头，甩掉头上传来的昏沉之感，利索地爬起，朝她行礼道："请主子责罚，属下办事不力，误了您的大事！"

见她如此惶恐的模样，盛雪心中不免又在猜测她口中的主子到底是不是东岳王，竟会让冷血的四大杀手畏惧成这样！

"三姨娘，为什么紫儿姐姐老是称呼您为主子？"对于紫儿的表现，翠红有些奇怪。怎么她一见到三姨娘，就跟老鼠见到猫似的，吓得面无血色呢？

盛雪看着翠红一脸的疑惑，没有回答。心想她怎能告诉这个小丫头，她是对紫儿施了银针，用了催眠之术，让紫儿看见她时，误认为她是紫儿最惧怕的主子呢？

"紫魅，我问你，方才你是如何让金枝跑掉的？"盛雪站起身子，扫了眼仓库迎风吹得摇摆不定的大门，认真问道。

紫儿闻言，躬下去的身子依旧不敢直起来，小心回答道："启禀主子，属下先前留守在此，突闻一阵奇香，还没来得及多想，就脑袋昏沉，随即全身麻痹，在进入昏迷之际，属下看到一个身材健壮、戴着面具的黑衣人进了仓库。"

"面具男子？是他带走了金枝？"又是面具男子，这个人和劫走少林、夺走凤印的人，是不是同一个人？

"是！"紫儿肯定地回答盛雪的话道。

盛雪看着相貌柔美的紫儿，心思一转，又问道："那黑衣人，会不会是你的同伴？"

"不会！"紫魅又是肯定地回答道，"主子您是知道的，没有您的命令，黑煞他们不会贸然行动，更不敢忤逆您！"

"嗯。"盛雪收回心绪，扫了眼不知所云的翠红在疑惑地看着她们直挠头，便对翠红道，"你可知金枝在府上和谁相熟？"

"听娟儿和豆儿闲聊说过，金枝因为是大夫人陪嫁过来的大丫鬟，向来在华府嚣张得很，除了刘嬷嬷和大夫人，根本没人和她熟络。"翠红想了想回答道。

"那就奇怪了。金枝被捉到这里，除了南苑的人以外，并无其他人知晓。那个黑衣人是怎么知道她在此处呢？又为何要放走她？"盛雪有些疑惑地自语道。

"呀！会不会是娟儿知道了？她可是从前在大夫人身边当过差！"翠

131

红突然道。

"不可能，因为迷昏我的是一个身材健壮的男子！"紫儿驳回翠红的推测。

"好了，不管是谁放走金枝，后果都对我们十分不利！"盛雪伸手打断她们的话，"目前，我们还得回房想想该如何面对丞相的到来吧！"

盛雪的话一说完，翠红和紫儿就相对一眼，瞬间明白，金枝跑走，无疑是去丞相府通风报信，让丞相来救柳月出荒宅的！所以，接下来三姨娘面对的对手会很强大！

三人回屋，约莫半个时辰后，突然听到屋外传来布谷鸟的叫声，这让盛雪瞬间凝眉，放下了茶杯，看向出声处，只可惜她只看到了漆黑的一片。

这秋末哪来的布谷鸟？

"紫儿，你去看看外面的鸟叫声是怎么回事？"为了谨慎起见，盛雪还是打算让紫儿去查看一番。

紫儿得令，一脸诧异地看向盛雪道："主子，您怎么连暗号声音都忘了？"

盛雪抬眸看着紫儿，一副憋屈模样。拜托，她不是她的主子好吧，怎么会知道这是他们的暗号？

可如果这是暗号，难不成是紫魅的同伴来了？他们也来华府做什么？

"你去看一下，若是可以，将来人带来见我！"盛雪话说到这儿，见紫儿转身欲离去，她又赶忙补充道，"若他不来，你便绑他来！"

"是！"紫儿闻言，并没有多做耽搁，随即快速地朝门外走去。

第十二章 /厄运将至/

今夜风大，天空又无月，故外面漆黑一片，风吹树木的沙沙声，让人也听不清外面的声音。盛雪站在门口处，看着一片漆黑的院外，心中总觉得不对劲。

大约过了半盏茶的时间，盛雪还不见紫儿回来，于是有些担忧，正犹豫着要不要去叫人寻紫儿，便见紫儿浑身是血地从外面爬了进来："主子……咳咳……不好了，黑煞叛变了……"

　　盛雪见她如此，赶忙向前走出几步，欲扶起紫儿，却发现，紫儿说完这句话后，竟断了气息！

　　顿时，盛雪将手搭在她的脉门上，感觉不到脉门，她吓了一跳："紫儿！紫儿你怎么了？"

　　"她没怎么，只是被我刺中心脏，能活着爬进屋，已经实属奇迹了！"突然，盛雪的脖间感到一阵刺骨的冰凉，身后也飘来陌生男子的声音。

　　盛雪心下一惊，随即欲起身，却感觉脖间的剑往她的皮肉中更近了几分："别动！说，你究竟对紫魅用了什么妖术，让她背叛的主上？！"

　　他话末，盛雪就感到了脖间刺痛，随即有温热的血液滑出脖间。至此，她知道上方的人是怒急了，恨不得现下就割断她的脖子……

　　低下眸，看着白衣几乎全部染红的紫魅；看着她舒展的眉头，以及满脸血污绽出一抹痛苦表情的面容。她心下一紧，一会儿，她也会和紫魅一样吗？紫魅的同伴连她都杀，何况是她呢？紫魅死她一点都不难过，因为以往死在她手里的人不在少数。可想到自己一会儿有可能会和她一样死得难看，不禁流出两行清泪。

　　这时，盛雪害怕了！她不是怕死，而是怕死后雍儿和夏家皇朝怎么办？又怕进了地府如何面对二姐和先帝……

　　"快说！"身后持剑的人许是见她愣神，心下一怒，一掌推在她后背上，催促她。

　　却不料，眼下女子身子太过虚弱，一掌下去，她一口血呕了出去，反倒是半晌说不出一个字。

　　见状，他失去了耐心，一把将她的胳膊一拽，拉着她飞了起来……

　　盛雪被他一掌打得胸口发闷，眼前发黑，半晌恢复不过来。

　　等恢复过来时，发现自己竟被他带着在屋顶飞跃，本欲挣扎喊救命，可又怕他一时将她扔下去摔死。所以，在不知道对方究竟是何用意时，她打算以静制动!

见她老实被自己捉起飞跃一点也不挣扎或大喊大叫,捉她胳膊戴着斗笠、一身黑装的黑煞有些诧异,不禁对她有些刮目相看。

黑煞带着盛雪飞到华韵风的院内落下,随即,盛雪一个脚跟不稳,跌倒在院内的大理石地砖上,腰臀部被摔得生疼生疼的,害得她忍不住低唤一声:"呃。"

可她话音刚落,就发现眼前寒光一闪,那把剑又架到了她的脖子上:"起来!"

盛雪闻言无法,只得试图爬起,可刚忍痛艰难地直起身子,就发现脖间的剑一紧,腰间被一只刀疤手挽住向后一拉,耳边也传来了急切的脚步声。随即,她赶忙抬头看向周围,果然看见华韵风院内的家兵吴雷闻声而来:"你是何人,竟敢挟持三姨娘擅闯华大爷正院?"

因为老夫人头七未过,按照玄武国规矩,身为长子的华韵风院内必须彻夜掌灯,为老夫人照路的。所以,此时,紧穿单薄寝服,披散墨发,嘴角下巴间染血的三姨娘,虽不是以往整洁的模样出现,吴雷还是认出她来。并且看见她脖间架了一把明晃晃的剑后,脸上闪过惊慌之色。

他立马惊呼起来:"呀,不好了,有刺客啊!"

盛雪扫了一眼吴雷,心想他这一叫,引来华府家丁,平白被武功高强的黑煞斩杀可就冤枉死他们了!他们可都是无辜的!

"住嘴!"盛雪在他第二次准备开口时,打断了他的呼喊声,"不要惊动其他下人,否则又平白无故增几条无辜的人命!"

她这话一出,吴雷和黑煞都诧异地看向她。最后是黑煞嘲讽开口道:"你自身难保,还有心思管别人,你真让黑煞我佩服呢!"

果然是暗夜四大杀手之一的黑煞!盛雪顿时后背发冷,据传,黑煞向来杀人不眨眼……故,人称黑煞眼!他主动报出名号,只说明他一会儿定会杀了她,毕竟死人就算知道他是谁又有什么好顾忌的?今日,自己恐怕真的大限已到,只是,她很不甘心!

"杀手都是些畜生不如的人,持剑杀手无缚鸡之力的妇孺从不眨眼。

何来佩服我之说，怕是在嘲讽我死到临头还自作多情地为别人着想吧？"
盛雪此时嘴上在说话，心里却正在想着用什么法子可以逃脱他的桎梏。要不是今夜洗澡出来得仓促，连几根银针都没来得及别在袖子上，此时早就趁其不备，将银针刺到他的要穴上，将他制服了……

她之所以这么说，就是为了激怒这个黑煞，她倒要看看他挟持她究竟是为了躲避华府众仆人的攻击，还是拿她威胁华韵风？

如果是后者的话，倒是可能性更大，因为，黑煞武功高强，就算华府所有的仆人一起上，都不是他的对手，拿她威胁众仆人岂不是多此一举？只是，如果拿她威胁华韵风，恐怕是黑煞太看得起她了！华韵风毕竟是个商贾，为了自身安危，何必在乎她这个不受待见的小妾呢？恐怕，刚才听到风声，华韵风早就跑得没影了，就算没时间跑，躲得没影也是可能的！

"哼，你倒是有自知之明！"不管哪个男子，都不喜欢自己的心思被一个女人猜中的。黑煞也不例外。现下正将剑又靠近她脖子几分。

顿时，利剑的冰冷传入了她的脖间，让她全身发寒，心也跳得急速！

怎么办？怎么办？盛雪满脑子里都是这三个字了。

不是她不够冷静，而是面对生死一刻，谁都无法做到冷静！

"混蛋，快放了三姨娘！"吴雷见对面头戴斗笠的黑衣男子，竟将剑锋割入三姨娘的玉脖，看到她脖间有鲜红血液流出，急得怒骂道。

"哼。"黑煞根本就不把吴雷放在眼里，朝他鼻哼一声后，转眼看向华韵风的内屋窗户喊道，"病秧子，我知道你没睡！快点出来与我做笔交易，否则，你的爱妾可就只能去阴间替你管家了！"

黑煞话末，华韵风的屋内竟半点动静也没有。

这让盛雪的心难免一凉，本期待看向华韵风屋子边的目光变成了幽怨。她早该知道的，像华韵风这样的商人，之前那些情意绵绵的话，根本就只是骗她玩儿的！她一朝太后，竟也差点信了他，真是可笑！

"华韵风？"黑煞不见屋内人的回复，眼前闪过鳄鱼潭内鳄鱼撕人的画面，不禁有些急躁，一把抓住身前女子被风吹起横飞的墨发，猛地向后一拽。

"呃！"突然被黑煞拽住头发猛地后拉，这让盛雪始料不及，只见她吃痛地惊呼一声，差点儿晕倒。

"住手！咳咳……"就在这时，华韵风屋内紧闭的紫檀雕花木门，猛地被人从里打开，随即，一抹虚弱的白色身影出现在门内。

一股狂风卷着几片落叶猛地朝门内的人袭了过去，吹得他单薄的身子有些踉跄欲倒，可他最终还是伸手把住门框，长睫俊目担忧地盯着被黑煞拽住头发，模样有些狼狈的女子："阁下找的是我，何必为难我的小妾？放了她，我答应你任何条件……咳咳……"

"大爷……"盛雪、吴雷几乎在看见华韵风的一刹那，同时出口喊道。只是，话音都带着心疼的颤音。

盛雪在他打开门出现在她视线中的那一刻，心莫名地狂跳起来。原来，他并不是她想的那番不堪。

一瞬间，她看着扶着门框稳住身形，沐浴在白色灯笼光线中的单薄男子，是如此让她感到安心。他朝她投来的担忧目光，如同三月暖阳一般，让她身心俱暖……

他方才的话，一遍又一遍地在她心中重复着：放了她，我答应你任何条件……

放了她，我答应你任何条件！

任何条件？他为了她可以答应黑煞的任何条件！她何故让他如此重视？她不过是个误嫁过来的人，进府也不过区区数日而已。她真的想不通自己令他如此相护的原因。

"华老板果然爽快！任何条件……"黑煞没想到自己临时起意留下手中的女子，竟能得到这样的大用，心中不免一喜，话音中都带了几分畅快，"华老板，若我的条件是要你的命呢？"

黑煞话音刚落，华韵风虚弱却不失男性磁音的话语就脱口而出："换之！但，你必须守信！"

盛雪闻言，惊愕地看向对面的华韵风，见他消瘦苍白的脸上浮出一抹从容，顿时，她忍不住双眼落泪："华韵风，你这个笨蛋，他们这些杀手，哪儿还会讲信用……呃……"

第一次，盛雪在华韵风面前卸下了自己的伪装，用真实的想法和表情面对他。只是，不等她话说完，就感觉头顶发根传来剧痛，她的身子也禁不住向后倾倒过去。

"贱人，再敢多嘴，小心我拽掉你的脑袋！"好不容易能和华韵风做这么划算的买卖，黑煞可不容眼前女子搅黄！

"放开她！咳咳……"看着对面伤痕累累的碧衣女子美颜上绽出的痛苦表情，华韵风心痛地往外走出几步，紧张地朝黑煞怒吼道。只是吼完，便觉得眼前发黑，胸口憋疼。

"大爷！"

"大爷！"吴雷见状，赶忙顾不得礼数，一走上前，扶住了华韵风孱弱欲倒的身子。

此时他都没想到大爷会将三姨娘看得比他自己的身家性命还重，一时间百感顿生。

"笨蛋！"盛雪的眼睛已经被对面那个单薄的白影刺得生疼，泪水滚滚而下，止都止不住。想她盛雪，一朝为太后，已有数载，见过形形色色的男子无数，哪有一个不是满心私欲、唯利是图？哪有为了一个女人就轻易放弃生命的男人？没想到世间除了师傅梅夜，还有这个病秧子肯为了她奋不顾身！

现在，看着华韵风，她只觉得自己好心痛。心痛他蠢笨，心痛他这个病秧子痴心错付！

"我不值得，不值得！"

"华韵风，她施妖术策反了我的同伴，害得我不得不忍痛杀了同伴，这笔账可不是这么容易算的！所以，除了你的性命，我还要你拿华家商铺地契来换她的安然！"黑煞见拿身边的女子轻易就能逼得华韵风就范，顿时，越发地下手狠烈起来。现下，不等盛雪说完话，就一脚踹在她的膝盖上，让她吃痛跌跪在地。见她吃痛，华韵风心疼得脸色发了紫，咳嗽更烈。

黑煞满意地阴笑道："怎么样？换还是不换？"

"你杀的同伴还少吗？何时见你心痛了……咳咳……我的命，加华府所有财产来换她安然。若你同意，我这就写遗嘱，并自刎……只请你……只请你速速放了她，莫要为难她。否则，我因看她受苦，心痛而死，你就什么也得不到！"好不容易忍住咳嗽，华韵风扶着吴雷的胳膊将话说完，只觉得呼气多吸气少。但，无论身子如何不适，他的目光始终看向跪倒在地、身上染血的盛雪，眸内水光闪烁不断。

"大爷，一个女人而已，您何必？"三姨娘和大爷之间，让吴雷选择，他当然是选择后者。故见大爷为了三姨娘连性命不顾，家产不要，顿时，心疼得紧。

"她不是……不是普通的女人，而是我的女人，身为她的男人，我怎可不以命相护……"明明是在回答吴雷，可华韵风更像是在回答自己。

看着对面女子那双美目看向他时，不断地流出心疼的泪水，他竟忍不住笑了。她的心里，似乎已经开始有他了……

终于，她的眼里心里都有了他的痕迹！

"黑煞我杀人无数，见过他们死时都是一脸的惧色，哪还有一位像华老板这番笑的？你还真是让我刮目相看了。"黑煞的任务本就是夺华家地契，若是自己能既杀了华韵风又得了华府家产，无异会让主子对他另眼相看，这样自己的仕途可谓一片光明了。

第三卷

凰谋天下，
退隐而归

华韵风俊眸含满柔情和
宠溺地看着她。

盛雪脑子很乱，不知道
自己该不该答应他。低下
头，目光落在了装玉玺的锦
盒上，突然，她想起了先帝
临终托孤给她，让她好好辅
佐云雍，保住夏家皇权的画
面来。

第一章　/ 性命堪忧 /

"好吧，我就勉为其难地做了这个买卖！"

华韵风见黑煞同意这个交易，不禁松了口气，松开吴雷的胳膊朝前走了几步，来到黑煞面前，一脸认真地看着他道："那请放了她！"

黑煞收回了剑，伸手一把拉起盛雪的细腕，猛地往华韵风身上砸去："我可是最讲信用的人了！你的小妾，还给你！"

华韵风在盛雪纤细的身子被黑煞扔过来时，惊得睁大俊目，猛地张开臂膀，一把接住她，可由于冲击力过大，他后退几步，终是没站稳，抱着她，双双摔倒在地。

"大爷、三姨娘！"吴雷见状，惊得上前两步，过去要扶起他们，突然，从天而降落下两个同样戴着斗笠的黑衣人。只见他们，一人手中拿着一把剑，均抵在吴雷的面门上，挡住了去路。

吴雷见状，一脸惊讶，他没想到华府内还不止一个刺客！可这几个刺客的武功绝对不容小觑，因为，他们竟能将自己的气息隐藏得很好，让他丝毫没有发现。

在倒地的一瞬间，盛雪听到了华韵风吃痛的轻吟声。而她，正安然地压在他单薄的身上。由于二人穿的都是单薄的寝袍，所以，盛雪片刻就感觉到了他身上灼热的体温。他正在发烧！

"你，你发烧了？"抬起头，看着眼下那张消瘦发紫的俊颜，盛雪此时心痛得无以复加。

难怪之前黑煞唤他时，他没有及时出来。原来，他是正在发烧，身子不适。现在，她真的想不通，他到底是靠着什么样的意志力起床的？

是因为她的那声呼痛吗？

手不自觉地将他胸前的衣襟捏得紧紧的，泪水迷糊了她的双眼。这一刻，她忘记了自己的责任、忘记了自己的身份，只想用自己最真诚的感情面对他。

"我！"华韵风俊眸无力地半睁着看向她，嘴角微微苦涩地一扬，虚弱道，"我无碍，只是让你受苦了，你要不要紧？"

"我也无碍。"

她眼中不断坠落到他脖间的泪珠，每一颗都似乎带着魔力，让他不适的身子舒坦许多。并且，他本剧痛的心，在这一刻得到缓解。

上方的她，轮廓分明的小脸上，泪眼婆娑，嘴角染血，几根发丝被风吹到嘴角上，被血黏住。几分凌乱，几分凄凉，几分妖艳……

一时间，他看着她失了神……

"够了！我可没时间看你们在这儿郎情妾意！"黑煞平生最见不得的就是别人在他眼前秀深情了！他很恼火地朝倒地的两人吼道。

本打算让他们摔倒献丑的，可两人是摔倒了，却怎么看着也没见两人有出丑的感觉呢？

黑煞的一声吼，让华韵风本痴迷看盛雪的目光，骤然变寒。只见他环抱盛雪的手，更加深了几分力度，随后，在盛雪也回应地抱住他时，他闭上了眸，对她轻声道："起来吧，有些事情必须处理！"

话末，松开手。

盛雪闻言，诧异地看了他一眼，见他脸上一副视死如归的表情，不禁又心疼起来。

这时，黑煞已经挥手，命令前方两个下属收了挡吴雷去路的剑，吴雷赶忙过来扶起盛雪和华韵风。

随后，几人进入了正院内的书房，华韵风坐在书案前，盛雪为他研墨。吴雷被黑煞的属下点了穴，倒在门边。

盛雪这是第一次为人研墨，也不知是不是最后一次……

等盛雪将墨研好，黑煞便走到桌边，粗鲁地从笔架上拽出一根狼毫笔扔给华韵风，逼视着他道："华老板，遗嘱可得写清楚了！"

"那是自然！"华韵风接过笔，颤抖地拿住笔蘸了几滴墨汁之后，抬眸看了眼盛雪，随即眼中生出丝丝眷恋之色，嘴里却说着赶她的话，"你怎么还不走！"

闻言，盛雪脸色一滞，随后不敢看他的那双俊目。她知道，他的意思是要护她性命。她虽然不是贪生怕死之辈，但想到雍儿、想到玄武国的安宁，她只能走……

先帝曾说过，位高者，自身的命，由不得自己做主。做任何事时，首先想到的不是自己，而是整个天下。若她死了，谁来救雍儿，谁来惩治如虎如狼的东岳王，谁来保住夏家皇朝，谁来让玄武国安宁？

手中的砚台被她紧紧捏在手心，可她若就此离开，是不是再也见不到这个温润的男子了？再也看不到他对她耍无赖时，脸上呈现的宠溺之色，再也听不到他轻咳虚弱却不失磁性的润音了？

"我不能走。"这句话，她是鼓足勇气从牙缝里挤出来的。

"黑煞不是答应了交易吗？既然如此，那么你现在就可以离开府上了。"华韵风话是对着盛雪说的，却是说给黑煞听的。

黑煞闻言，鼻哼一声，算是默认，心中却在想，就算出了华府，这个女人也是活不了的！

盛雪自然知道他的意思，心中一痛，脱口而出："我不值得你如此相护。"

以往不是没有人为了护她而亡，可那是因为她是太后，她手中的权力可掌他人的生死荣耀。而现在，她的身份不过是一个如奴如婢的妾而已，何故让他这个高高在上的大爷舍命相护？

"对我来说，你值得我放弃所有来护。只因，我不想再承受失去挚爱的痛苦。咳咳……我只希望，你能记住我。"看着她闻言，有泪水从她下巴处滴落，掉进砚台中，他不舍地收回了目光，"来世，再见！"

听到他最后四个字吐出后，盛雪的眼泪再也止不住，来世，再见？她从不信来世！

"华韵风，也许，我已经心中有你了！"有些话，她不想等到来世再说。

书桌边的琉璃灯盏下，他看起来憔悴虚弱，可是却难以掩盖他与生俱来的温润优雅之气。只浅看他一眼，她的心就不自觉地发痛，她知道，她的心里，确实已经有了他。

华韵风闻言，素手一抖，笔尖便滴下一颗黑色墨珠。赶忙抬头看向她，却见她已经转过身子，朝门外走去。

看着她完美的侧颜，他的俊眸中渐渐浮上雾气。

"华韵风，你的女人，比你无情！"等屋内那抹碧影消失后，黑煞就嘲讽道。为了一个女人连命都不要，真是蠢不可及！

华韵风闻言，浓眉一紧，并没开口，而是提起笔，在宣纸上优雅地写着字。

看着他认真地写着遗嘱，黑煞心里更是笑话他蠢笨。

走出华韵风的正院后，盛雪并没有出府，而是直奔自己的南苑大声呼唤翠红和豆儿她们，然而却无人回应。她跑进下人房去看，一看才知，翠红和豆儿她们都嘴唇发紫，一探脉，才发现她们都中了毒，才导致昏睡不醒！难怪今夜华府这番安静！

估计要不是自己不曾喝水，要不，也中了毒。难怪她离开华韵风的正院，黑煞那么痛快地不来阻挠呢！

突然好恨自己当初没和师傅学武艺，偏偏只拣轻巧的医术学习……

看着昏睡的翠红她们，她的心里着实有些急了。

怎么办？走还是留下？走，无疑能保住性命，可华府这些人的性命怎么办？她是太后，玄武国的臣民都是她的子民，她有责任保护！可留下，她根本敌不过黑煞，无疑也是白白牺牲而已。去府外寻官兵？不行，估计等她找来官兵，华府众人已经被屠杀干净了。况且，现在都城被东岳王控制，驻守官府的估计也是他的手下，她过去找官兵，无疑是自投罗网！

想到这些，她只得无奈地走出下人房，来到院子里看着风吹树木疏离的斑驳影子。

难道华府今夜气数已尽？难道华韵风真的难逃一死？

不，还有一人能救华韵风，那就是少林！

想到他，盛雪不再耽搁，赶忙提着裙子去了华府后院马房，本以为能找到马，可以骑着去都城西街找他。可当看到马儿也倒在圈里时，她绝望了。

就算马儿好好的，她回来后，一切恐怕也晚了……

"为什么？"想她堂堂太后，从前翻手为云覆手为雨，什么事办不到？却没想到，现如今竟连几条人命都救不得。她还能有什么用！

救雍儿，保天下……估计，她根本就办不到！抬起手，抚摸着华府后院大门上的门闩，她该不该走？

盛雪最终下定决心，打开后门闩，离开华府时，已经时隔半个时辰了。

看着身后敞开的后门内的景色，她一把捏住自己横飞的衣摆，紧紧拽住。她真的走了……

"没事的盛雪，这不是你的错！你若不走，只会白白牺牲自己！你还不能死，宫内的雍儿等你救，玄武国的百姓也等你救！"盛雪自己劝着自己，可最终还是劝不下去了，泪水忍不住模糊了她的视线，大门内华府的景色看得更加不清楚了。

"不，我做不到弃他不顾！"忽然，她转身折回了。

好不容易摸黑走到华韵风的正院，她并没急着进去，而是贴着院墙，小心翼翼地走到院门处，伸出头来，偷偷打探院内的情形。当她看到院内的情形后，她一惊，差点和着口水将自己的舌头吞掉！

眼前这乱七八糟躺了十几个黑衣人的院子，真的是华韵风的正院？

再看看那些黑衣人周边的奇花异草的盆栽，东倒西歪也就算了，底下的花盆竟然碎成豆腐渣模样了。真不知道，刚才这里究竟经过了怎样一场浩劫！

"华韵风！"就在盛雪将目光移向正院大厅门口时，却正巧看见华韵风雪白的身影，正跌坐在门槛上，捂住胸，仰着头，艰难地呼吸着。

他及腰的墨发乘着风飞舞，时而挡住他苍白的俊颜，时而轻扫着他捂胸的素手上。此刻的他，有些神秘，有些虚幻，更有些凄楚！

她顾不得多想，赶忙朝他奔跑过去，全然不顾自己的仪态是否端庄。

华韵风闻言，艰难地转过头，当看见那个浅碧色身影不顾一切地朝他飞奔过来时，他沾满鲜血的嘴角微微上扬："我就知道你会回来，咳咳！"

"你怎么了？要不要紧？"盛雪一跑过来，就拉起他的手，把起脉来。由于奔跑得急，她此时话音带着些气喘吁吁的感觉。

"我无碍！"华韵风虚弱地眯着眼看向一脸紧张的眼前人儿，嘴角又微微上扬。

"还说无碍！脉象这么虚弱……"盛雪替他把完脉，抬眸埋怨地白了他一眼，随即看到他完美下巴处的嫣红血迹，又软了语气，柔声询问他，"你究竟怎么伤成这样的？还有这里的人是怎么死的？还有黑煞呢？他有没有对你怎么样？"

华韵风听着她一连串的问题，轻轻地闭上了俊目，半晌，才攒够力气反问了她一句："你之前说心中有我可是真的？"

盛雪一下被他的话给问住了。拜托，这关键时刻，他怎么又不合时宜地问这个问题了？

看着他惨白的俊颜上，沾染的几抹血迹，如同沾血梨花般诡异不失纯净。让她顿时觉得他有种娇弱的凄楚感。

一时间，她看得呆了，并没有回答他的话。

许久没得到回答，他艰难地撑开长睫俊目，半眯着眼看向她片刻，才轻声地道："肯定是真的，否则你就不会回来！"

话说到最后，已经是虚弱得发不出任何声音来，最后竟头一歪，昏了过去。

"喂，华韵风你醒醒！"在他歪头从门框边滑倒的一刹那，盛雪一把抱住他单薄的身子，随即，他的头靠在了她的怀里，看着怀中轻阖俊目的他，盛雪第一次心跳急速，急忙摇晃着他的身子，希望能够叫醒他。可喊了好几声也得不到回应。于是，她伸手探了探他的鼻息。

当感觉到他有温热的气息从鼻尖吐出后，她收回颤抖的手，深深嘘了口气。还好，他没事！

伸手拽着袖子擦掉自己额间刚才吓出的冷汗，又忍不住伸手来抹怀中男子嘴角的血迹，却发现，那血迹已经干涸凝结，一时间擦不下来。她只得停止动作，将他艰难地扶起，半抱半拖进了内卧软榻上。

替他盖好被，喂下一颗价格不菲的参气丹，又替他擦了擦脸后，已经过去了半个时辰。

第二章 / 情动已深 /

自己累得坐在榻边的梨木八角凳上深呼吸了几下，又不得不去看看，华韵风究竟是怎么伤成这样的。于是，起身拖着疲惫不堪的身子走到了正院书房处。

进了书房，她同样被惊到了。

吴雷明明是被点了限制行动的穴道，可现下却紧闭双眼，呼呼大睡起来。看模样，像是被点了睡穴。

他们身边还倒着两具黑衣人尸体，死因皆是和外面的那些黑衣人一样，均被人用力捏断脖子所致。

再往前看，盛雪被书桌脚边，头发遮面、喉间溢血的黑衣男子给吓了一跳，赶忙后退到了门外，伸手把住门框，才敢重新看向那边。只见，那黑衣人低垂着头，喉间的鲜血顺着脖子淌了一地。而他凌乱密集的黑发翻了过来，挡住了他的容貌，一双刀疤手垂于地面的血中，手旁是一把锋利的长剑，此时，长剑正在琉璃灯盏的照耀下，泛着微微寒光，看起来格外怖人。血水里除了剑，还有一顶斗笠正被门外闯进来的风吹着打转。

看黑衣人手边的那把剑，盛雪推断出，这名男子便是黑煞无疑。只是令盛雪诧异的是，这大名鼎鼎的暗夜四大杀手的首领黑煞，竟这么容易就死在了华府，未免也太令人匪夷所思了！关键是，他是谁杀的？病恹恹的华韵风？

无论盛雪怎么联想，她都无法想到弱不禁风的华韵风，拿剑将黑煞这魁梧如熊的高手杀死的画面……并且，怎么想怎么不真实。

书房实在太恐怖，她还是不打算进去触霉头。可就在她转身准备离去的一瞬间，书桌上一张写着字的纸被风吹落掉地，正巧落在黑煞的腿上。

难道那是华韵风写的遗嘱？如果是，她倒是觉得该毁了才好！

于是，她改变了方向，朝书房内走进。直到走到黑煞尸体前，一弯腰，她快速地捡起了那张写着几个霸气字体的宣纸。

拿起一看，当看到宣纸上那几个大字后，她一时忍不住，眼泪流了出来："谁让你伤她？伤她者死！"

捏紧手中的宣纸，流出两行泪来："真是傻瓜。根本就是在自寻死路。"

次日一早，趴在华韵风榻边睡着的盛雪就被后背传来的温暖感扰醒。揉了揉眼，看向身后，迷糊间，看到了一抹修长的白影："华韵风？"

虽然眼睛有些迷糊，还未看清他的面貌，但是他那单薄的身躯，以及身上隐隐散出的杜衡交杂草药香味，让她轻易地分辨出他来。

只是，他怎么起床了？什么时候起床的？她怎么一点也没发现？看来她最近真是太累了。

华韵风闻言，将搭在她身上的玄色披风整了整，收回手，捏成拳抵在发紫的薄唇边，轻咳了几下，才道："你怎么睡在这儿了？"

看着身上的厚重披风，显而易见，方才一定是他醒了，看见她睡得香，不顾病体下了床，找来披风替她披上御寒。

手暗自捏了捏披风的内里，心里顿生暖意，自从当上太后，除了少林外，其他人对她的好，她从不觉得感激。可这一刻，她感动了。

"你好些了吗？"不答反问，她担忧地蹙了蹙柳眉看向他。

即使不用猜，她也知道他的回答一定会是："无碍了。"

果然，他放下抵在唇边的拳头，朝她挤出一抹温文的笑容道："我无碍了。倒是你，怎么就这样睡在我的榻边？咳咳……这秋夜更深露重的，着了凉可就不好了。"

听到他这句话，不知道为什么，她的心感到很酸涩。他明明身患血虚之症，昨夜又大发作了，此时身子根本就酸痛无力，且胸口胀痛难耐。他还说自己无碍，还担心她的身子……

"大爷，您还是先躺下歇息一会儿，等会儿莲儿她们迷药过了醒来，由她们替你熬些粥来。我先去给你配点药煎了端给你服用。"脱下披风，盛雪伸手扶住他的胳膊，将他拉到床榻上坐好，又替他盖上被。

"对了，黑煞是你杀的吗？"看着他看她的目光越来越灼热，盛雪突然转移话题。说话间，眼睛一动不动地窥着他的面部表情。

华韵风闻言，又是温文一笑，随即点点头："是我，咳咳……"

"真的是你？"盛雪再次被他真诚的话给雷到了，"可你？"

"你想说，可你不是病秧子？怎么会打败黑煞的？"华韵风见盛雪闻言，尴尬地低下头，无所谓地道，"我说过，我的武功不低！只是……咳咳……只是身患血虚之症，不能轻易动手而已。"

"难怪你昨夜伤得那样重……下次，你不许再这样冒险了。否则你的身子会受不住的。明日，我就去寻些武功高强的人来！"盛雪认真警告他。

"你啊！"华韵风看着她如此模样，宠溺地伸出素手，朝她的额头点了一下道，"别小瞧了你夫君我！还有，若东岳王真对我下了杀心，所派的杀手，绝对不会是一般的人。咳咳……至于我，也不是任人宰割的。昨夜，除了黑煞是我亲手所杀，其他人，可是暗卫们所解决的。"

"你！"盛雪着实被华韵风的这句话提醒了，"你有暗卫？"

"是的，但只是为了护卫华府和我的安危，不做他用。"华韵风这句话一说出来，眼里就闪过一丝复杂的神色。

盛雪此时并未在意这些，反倒是对华韵风拥有暗卫的事，耿耿于怀："为何不早告诉我？"突然间，她觉得华韵风的城府比她想象得还要深。

"现下说了，不是也不迟吗？况且，之前你也没问过我，咳咳……"

听见他又虚弱地咳嗽起来，她眉头微微一紧。毕竟，是她想得不够深，怪不得他。并且，他这样的身价，又身患重病，若不暗中培养暗卫，确实说不过去了。

"下次，不要用催眠之术了。我听说，使用此术，很伤身子。咳咳……紫魅的价值，不足以让你伤身。"华韵风见她不说话，又提醒道。

"大爷你不会派暗卫跟踪我吧？"盛雪突然目光一凛，逼视着华韵风。他知道她对紫魅用了催眠之术，肯定是派了眼线在她身边！

可她却不知，此时的她，满身的威严之气，根本不像一个小妾。若是被别人看到了，定会说她对夫君不敬。

华韵风毫不介意她越矩的行为，并依然坦诚地看向她："我说过，我的暗卫只护华府安危。我之所以知道这事，可是通过黑煞威胁我时所知的！你应该试着相信我……"

"大爷，时辰不早了，我该给你熬药去了。你先歇息。"盛雪看着华韵风那清澈如水的双瞳，有些茫然无措。他说她应该试着信任他……可是，她自从进宫之后，除了雍儿以外，谁都不信……让她信任一个人，恐怕已经不容易了。

她不想将事情弄得复杂，她终有一天会离开华府、离开他的。现在最理智的做法是，对他保持距离！

话末，翩然转身，盛雪毫不犹豫地离开了。

看着她的背影消失在内卧处，华韵风低下头，轻阖长睫俊目，深深地叹了口气："许是我急了，一时之间，她岂能抛弃旧念，轻易信任我！"

说话间，从枕头底下取出一只翡翠玉镯，紧紧捏在手心，心思飘远。

盛雪将熬好的药端着从厨房走向华韵风的正院，刚过了水榭长廊，便听见前方水池中的凉亭处，传来了宋茜有气无力的声音："翡翠，你觉不觉得奇怪，怎么昨夜我好端端地喝着茶不自觉就睡下了？"

"是啊，奴婢也觉着奇怪。"翡翠闻言，也是一脸的不解，"昨夜奴婢也是用完茶后，就昏沉难耐，不得已就躺下睡了。"

"真是奇怪！"

盛雪听到主仆二人的对话，转过头，瞥了一眼凉亭中端坐的宋茜，见她正一手拿着鱼食，一手漫不经心地往池塘撒去，随后盯着池塘聚来的锦鲤鱼发呆。翡翠亦是随着宋茜的目光，一同盯着池塘里，一脸沉思。

盛雪见状，放轻脚步，从她们后面走了过去。心想，不仅是她们，华府内的人，只要饮用了西苑的井水的，都中了昏睡散的毒。方才，盛雪去西苑取井水准备用来给华韵风熬药，老远地便闻到了井中传来昏睡散的味道。才知黑煞他们在井水中做了文章！随后，她便从屋内找到解药，投到了井内。

她之所以躲着宋茜，不是因为怕她，而是因为自己现下衣衫脏乱，她可不想在宋茜面前落下话柄。

盛雪想着想着，便到了华韵风的正院。只是刚把脚跨过院门，就发现华韵风身边的丫鬟莲儿捏着眉心，一副昏昏沉沉的样子朝她这边走来。当她发现迎面端着托盘的女子是三姨娘后，不禁精神一振，朝她微微行礼道："三姨娘早！"

"嗯。"不知道为什么，盛雪一看到莲儿那双低垂的眉目，就莫名地感到厌恶。

不将目光落在莲儿身上，而是继续抬步朝华韵风的内屋走去。此时，正院内的尸体，早已不见，花盆残渣也处理了。盛雪推算，该是华韵风的暗卫所为。毕竟华府一个商户家若有死尸的事传出去，难免不引来官府的查问。华韵风这么做，更是体现出他处事周密。

莲儿看着前方只穿了一件单薄寝袍的冷艳女子，眉头越蹙越紧。只见她墨发及腰，被风吹起来回摇曳着，细腰若隐若现，一种飘逸若仙的出尘感，不胫而走。让莲儿心中生了几分妒忌。

"三姨娘，大爷我来伺候就可以了！"

盛雪突闻这句近乎无礼的话，不禁顿住步伐，诧异地扭头看向她，目光微冷。

莲儿曾见到过的大人物不少，唯一能让她感觉到不怒而威气势的人，除了华韵风便再无他人了。可现下，却在眼前这个扭过头，冷冷盯着她的女子身上也感觉到了。这让她暗自紧捏了拳头，她不过是一个妾，何来这种气质？

"三姨娘，您身为主母，这种粗活儿让奴婢们去做就好！免得失了身份！"说话间，莲儿大胆地盯着盛雪看。

盛雪的目光骤然变得更冷："我如何做主母，还由不得你一个奴婢来评说！"

话末，她傲然地抬脚便继续往前走，要不是想华韵风尽快服药，她真的会好好整治一下这个狂妄的奴婢。

"三姨娘，奴婢是为您着想，您知道大爷除了我和紫儿，不喜欢别人近身服侍，所以，我特意提醒您，免得您惹怒大爷！"

盛雪见她如此，突然觉得很可笑："为了我着想？如此看来，你确实是个忠心耿耿的奴婢。你这番说，若我进去，确实不妥了……"

话说到这儿，盛雪突然顿住，目光一动不动地盯着莲儿，直到将她眼中那抹得胜的笑意收进眼底之后，话锋一转："可我就喜欢去惹恼他，我倒要看看，他能将我怎样！"

笑话，她当朝太后还从未怕过任何人！别说华韵风这个商人了，就是先皇，她也不过是对他敬重而已。

"你！"莲儿以为将她给压下去了，却不想，她竟毫不害怕自己的警告话语，不禁气得睁圆了杏目。

莲儿看着盛雪走进去好久，也没被大爷轰出来，很不甘心。于是，一咬牙，走进屋内，想要看看里面究竟是个什么光景。

只是，一掀开珠帘，便看到了大爷正眸着眸虚弱且深情地看着三姨娘，而三姨娘正一勺一勺地认真喂着他喝药。这样的场面，暧昧至极，更是刺得她眼睛生疼生疼的……

听到珠帘珠子碰撞的声音，盛雪知道是有人进来了，便扭过头，看向掀帘之人。当看到目光呆滞的莲儿后，淡然地吩咐道："原以为你也是个精明的丫鬟，却不知连这点眼力见儿都没有。你还不去给大爷端些粥来，杵在这儿做什么？难不成想要你来喂大爷，我去端粥？"

盛雪何其精明，只扫了一眼莲儿看华韵风的表情，就明白莲儿为什么突然对自己如此无礼了。原来是嫉妒！

第三章 / 真实面目 /

盛雪最喜欢对症下药了，既然莲儿喜欢嫉妒，那么她倒是愿意替她治上一治！

"奴婢不敢，奴婢这就去厨房端粥……"莲儿心下一惊，感觉自己的心事一下被人当众揭穿，心虚且心酸。

话末，逃也似的离开了。

看着她走后，珠帘不停地晃动，盛雪不屑地收回目光，重新拿起勺子，舀了一勺药喂华韵风。

华韵风见状，眼里浮上丝丝宠溺的笑意："你不喜欢莲儿？"

"谈不上喜欢与不喜欢，只觉得她讨厌。"盛雪淡淡地道，话末，将药吹了吹，喂到了他的嘴边。

华韵风张开薄唇，将这勺药喝完，嘴角忍不住一扬："你不会是吃醋吧？她只不过是我的一个婢女。"

"我发现，药都堵不住你的嘴。"盛雪没好气地又舀了一勺喂他喝下。

华韵风一时喝得急了，便轻咳了两声。盛雪见状，又没骨气地目露担忧地看向他。

"我没事。"华韵风伸手抚了抚胀痛的胸口，朝她温文一笑，"今日的药好像放了蜜似的，好喝得紧。"

"蜜？"盛雪被他一说，吓了一大跳，难道有人对药动了手脚？要不，这十味最苦的药一起熬制的汤药怎会甜呢？下意识地，她拿起勺子舀了一点，用舌尖舔了舔，顿时苦得眉目都皱到一起了，"好苦啊！"

"哈哈，咳咳……婷儿你也太可爱了！"华韵风见她这样，一时间笑得眼泪都快出来了。

"好啊，你骗我！"盛雪听见华韵风上气不接下气的笑声，一时间尴尬地红了脸，"你……你这模样，看来是无大碍了，既然如此，你便自己喝药吧。"

话末，放下剩了一小半药的青花瓷碗，翩然起身，准备离开，却在跨步的一瞬间，手腕被温暖所包裹。她一回头，就见自己的细腕被华韵风一只素手捉紧。她诧异地看向他，正准备发怒："你……"

话还没说完，她的胳膊被他一拉，一时不备便跌进了他的怀里，随即，耳边传来了他虚弱却霸道的话语："你可是本大爷的爱妾，给我喂药是你的责任。你若不给我喂药，我宁可不喝，且要这样狠狠罚你……"

"岂有（此理）……唔……"盛雪刚张嘴要反驳他，却突然感到他俊颜放大，随即，自己的唇被他温暖的唇瓣紧贴，他略带草药香味的舌头便轻易地闯进了她的口中。

大脑一瞬间空白，盛雪就这样睁大美目，惊得半晌回不过神，直到他的舌头纠缠起她的舌头轻吮，她才回过神。

他居然吻了她！

她堂堂的一朝太后，竟被他一个病恹恹的商人给吻了！

还是如此强势地吻了！

啊！

他真的是个无赖啊！她被他的温文尔雅的表面再次蒙骗了！

"唔……"想到这些，盛雪忍不住，伸手去推他，可又怕自己用力会伤了他，真是纠结得不得了。

感觉到她小猫似的，将软若无骨的小手抵在他的胸口处想要推开他，他不禁俊眸中泛出无尽的宠溺。随即，更加忍不住去纠缠她的舌头，她口中的清香让他如痴如醉……

盛雪真是没想到，自己竟被这个病恹恹的华韵风给吻得快要晕倒了，却还没办法推开他，真觉得自己很憋屈。

现下，真不知道该如何是好，被他吻得她全身都发了酥软，心跳得也越来越快，这种感觉，只让她很害怕。

就在华韵风躺在榻上，紧紧抱住盛雪激吻时，屋外传来了许多急切的脚步声，随即，又传来了老管家徐伯的惊恐声："大爷，丞相大人进府了。"

屋内盛雪和华韵风闻言，顿然一惊，都僵住了动作。

最后是华韵风先回过神，他不舍地离开了那张嫩唇，眼中的痴迷消散，只盯着近在咫尺的美颜认真严肃地道："婷儿，你记住，无论以后发生什么，都必须信我！"

盛雪看着他那双长睫俊目中自己的倒影，半晌一个字都说不出来，她想信，却不敢信。因为，她错不得！一步也错不得！记得先皇对她说过，宁可不信也不能错信……否则，江山社稷和她都将不稳。这句话，她也拿来教育过雍儿，可是，她不信这句话，才会错信了东岳王，放他进京，酿成了大错。

她不能重蹈雍儿的覆辙！

"我宁可负天下人，也绝不负你！"华韵风鲜少地不带半分虚弱地将一句话说完。

盛雪感到他说话时，温热的鼻息扑在她的脸上，心生温暖，忍不住想张开唇对他说"我信你"，可话到喉间，她终是忍住了，只闭上眼，不敢再看他那双蛊惑的眼眸。

就在她闭上眼时，脚步声越来越近，随即是掀帘的声音，听珠子碰撞剧烈的声响，可见掀帘之人，定气势汹汹。

这时，华韵风剑眉一紧，猛地一把将身上的盛雪推倒在地，并口中辱骂道："贱妾，让你禁足，不得踏入正院半步，你来做什么？咳咳……"

被他这突然一推，盛雪不备，一下滚倒在地，身子顿时散了架似的。

"呀，这是何光景？"突然，就在盛雪忍不住发出吃痛声时，头顶传来了一抹疑惑的苍老声音。这让盛雪瞬间僵住身子，果然是当朝宰相柳政昀！他的声音，她垂帘听政时经常听到，所以，绝不会错！

没想到，他来得这番快！

"岳父大人，咳咳……您怎么来了？"华韵风看向面露诧异的柳政昀，虚弱地问道。

柳政昀闻言，从地上女子身上收回目光，胡子拉碴的老脸上绽出一抹虚假的笑容道："老夫今日来你府上，一则是来探望你。老夫知道你的母亲刚刚去世，我怕你身子受不住，打算来劝劝你；二来，也是朝廷下的令，让来搜查你的府上。你也知道，这段时间，一个刺杀太后的重犯逃狱，故全城戒严，皇上下令挨家挨户搜查。可因你是老夫的女婿，故你的府上他们一直不敢查。要是他们捉到了在逃重犯还好，这没捉到，不免对没搜查你府耿耿于怀起来。为了不落人口实，又消除他们的疑虑，老夫今儿个就顺便搜查一番。不知爱婿可否啊？"

好狡猾的柳政昀，你话都说得这么满了，哪还由得了别人拒绝呢？

明明是来找华韵风兴师问罪的，这会儿却只字不提柳月之事，可见其城府。盛雪现在猜不透的是柳政昀为何要突然搜华府，他到底什么目的？

华韵风闻言，只礼貌地点点头道："这是应该的，小婿岂会阻止？咳咳……岳父大人只管搜便是。"

话末，柳政昀便笑容更大，皱纹更深了："爱婿果然通情达理，不愧是月儿痴心交付之人。"

此话一出，华韵风的脸色微微一变。柳政昀看了他一眼，便收了笑容，随即朝外面候着的官兵们吩咐道："你们先四下搜搜去，看到可疑女子便带过来。"

官兵得令，便立马四散而去。

"徐伯，你吩咐厨房，给丞相大人置些点心茶水送来。"华韵风朝一旁的徐伯使了使眼色。

"是，老奴这就去。"徐伯立马会意地点点头，恭敬地退下去了。

盛雪此时已经暗自扶着床榻爬了起来，却不想，刚爬起来，她的脚边就甩来一个青花瓷碗，随即，瓷碗碎裂，里面残留的药汁溅了她一脚，将她绢鞋上的牡丹刺绣染成了褐色。

盛雪不明所以地朝华韵风看过去，却见他正对她怒目相向："贱人，还不走！"

柳政昀闻言，便从大厅走了进来，细眼打量了一下面露委屈看华韵风的绝美女子，一种似曾相识的压迫感让他有些诧异："这是爱婿新纳的小妾？"

怎么看到她，他会感到有种压迫的气势呢？这种感觉，只有先皇和当朝太后能让他感受得到。

眼前的女子，碧色宽松的寝袍加身，也挡不住她曼妙的身躯，眉目间自然流露出一种威严之气，若她穿上华服，别人说她是皇后，都不会遭到质疑。

可惜，她只是一个商妾，否则，岂会任凭华韵风辱骂？

"正是她！"华韵风闻言，假装无奈地叹了口气道，"真不知母亲大人怎会将这个刁蛮的女子纳给我为妾，真真被她气死！咳咳……岳父大人，小婿有愧于你啊！"

柳政昀闻言，收回肆无忌惮地打量对面女子的目光，朝华韵风狐疑开口："有愧？"

"是啊，前几日，这小妾顶撞了月儿，气得月儿去了荒宅，至今不肯回来！我身子骨不好，下不了榻，没法子亲自劝月儿回府，这几日正寻摸着让人去丞相府请您过来劝她回府，不想，您竟快了一步……真是让小婿欢喜不已。"华韵风这句话说得可谓是滴水不漏。

盛雪闻言，立马明白了他的用意。顿时，收了眼中的怒色，装出一副可怜模样附和道："大爷，妾身也不是无故顶撞大夫人的，而是她诬陷妾身在先，妾身气不过，才如此的。"

"你还敢狡辩，给我滚出去！"华韵风朝她怒道。

盛雪岂不知华韵风是想赶她走，让她离开是非之地。可是，她已经让他独自面对危险一次了，不想再让他做第二次。况且，以柳政昀的狡诈性子，是绝对不会放她离开的！既然离开不得，那么她就绝不避让！

华韵风见她如此，急得后背都出了汗。这个女人平时的机灵劲儿哪儿去了！

"你说月儿诬陷你？"听到她婉转如莺啼的声音，柳政昀就更觉得她的声音似曾相识，可细细回忆，又实在想不起来在哪儿听过，便再一次打量了她一眼。

盛雪一点也不担心柳政昀会认出她来，因为，当时怕他们这些臣子看穿自己是假装二姐的身份，因此凡是会见臣子们，她都是以珠帘遮面的。所以东岳王寻她才会没这么容易，否则，他只要在官榜上贴一张她的画像也就轻易捉到她了！

同样是因为怕在皇宫内露出破绽，她鲜少出凤栖殿，而原本见过二姐真容的宫人都被先皇迁出了皇宫，所以，她的身份从未被怀疑过。

第四章 / 缘来是你 /

"是啊，她诬陷民妇下毒害死了老夫人。这事，全华府都知晓的。"盛雪仰起头，一脸无所畏惧地说道。

柳政昀闻言，黑白参半的眉毛一拧，气道："好猖狂的一个小妾？！你这话的意思是说老夫教女不善，让她陷害忠良吗？哼，且不说月儿待字闺中时，名声之好，引得当朝太后都有意赐婚给她，奈何她芳心暗许了韵风，故老夫爱女心切，就由着她了。再说，她嫁进华府三年，那也是安分守己、知书达理，让老夫人夸奖有加！如此这番的名声，岂会多此一举地加害于你？老夫觉得，只是你这个小妾在此胡言乱语，设计陷害她！"

果然不愧是一代利嘴丞相！轻轻巧巧一句话，就立马将柳月的形象捧高了。若不了解内情的人听了，还真的认为是盛雪设的奸计害了柳月。

想当初，她确实有意将柳月赐给雍儿为妃，可是却因为柳月岁数大过雍儿人多，故考虑到雍儿的感受，便没再提及此事。没想到，这陈芝麻烂谷子的往事，竟被柳政昀当作荣耀的事来说，看他脸上那自豪的模样，着实让她觉得好笑。

"丞相大人，民妇说的句句是真。她是相府千金，民妇也曾是大将军府的女儿，哪敢无故设计陷害她？就是借民妇一万个胆子，那也是不敢的。若不是有真凭实据，民妇不敢妄言！"柳政昀不是要抬高柳月嘛，她成全。但是，他越是如此，她就越装出一副可怜的怯懦模样，看他还怎么说她狂妄狠毒！

说话间，她还朝华韵风看过去，故意装出一副楚楚可怜的模样："大爷，您说对不对？"

华韵风见状，知道她又在佯装，着实被她百变的样子弄得哭笑不得。最后只得由着她留下来，让她自己处理这件事。若她实在应付不了，他再出手相救，也为时不晚。

"玉婷你是妾，她是夫人，即使做错，你也不能揭穿她，害她气得去了荒宅，引得丞相大人担忧，实乃大不敬啊！咳咳……"既然允许她留下来了，那么他就必须得配合她不是？

这会儿，华韵风假装埋怨地瞪向她。

柳政昀闻言，暗气华韵风这句话说得他进退两难。怪罪这贱妾也不是，不怪罪又实在难忍这口恶气！

他细眼一眯，眸中浮上一抹笑意。不过，一会儿他会让这贱妾死无葬身之地的！

如是想着，柳政昀便没有再开口，而是坐到屋内的八仙桌旁，喝着徐伯吩咐婢子端来的茶。

看他这好整以暇的模样，一旁站着的盛雪有些不安，总觉得这狡猾的老狐狸不会这么容易善罢甘休！

华韵风许是服了药，药效发挥了作用，这会儿居然精神超好地坐到他的对面，一起品起茶来。

看他们如此模样，还真像是和睦的岳父和女婿。

约莫一盏茶的工夫，盛雪站在华韵风身后，脚都麻了。

本来昨夜就没睡好，这会儿看着华韵风那瘦尖了下巴的侧颜，鬓角处的细发轻扫着他的脸颊，只觉得他此时慵懒不失飘逸，看得她有些昏昏欲睡。

"丞相大人，华府已经搜查完毕。"就在她迷瞪着眼时，一抹唐突的男音，打断了她继续发困。

赶忙睁开眼，只见一个官兵掀开帘子走进来后，朝柳政昀跪地禀报道。

看他衣服上的花纹，盛雪便知此官兵该是个兵部领军的职位，没想到，一向从文的柳政昀竟和兵部如此熟络！

"如何？"柳政昀见状，急忙放下手中的茶杯，一脸官爷气势地看向他。

那领军别有深意地扫了眼盛雪，才道："府内并无可疑之人，只是……"

见他看了眼自己，盛雪的心"咯噔"一跳：你回话就回话，看我做什么？难道……

"张领军你说话一向干脆利落，今日怎的如此吞吞吐吐？难不成你看到什么难以启齿之事？！若真是如此，也不必顾及我。华韵风虽是我的女婿，正义面前，我也绝不偏袒！"柳政昀一脸正气的模样道。

华韵风闻言，打开杯盖，优雅地用盖子扫掉了茶水上的浮叶，轻抿了一口茶，才从容地放下茶杯，看向跪地的张领军："是啊，张领军有话直说无妨。我华韵风虽是商贾出生，但做事一向光明磊落！若府内真出现什么不好的事情被你瞧见了，那也劳烦你仔细查查。我华府内是坚决不允许'难以启齿'的事情发生的！"

"砰！"话末，他狠狠地将杯盖往桌上杯子上一合，顿时发出了清脆的瓷碎声。

众人将目光移向出声处，只见桌上茶杯的盖子，已经碎成了两半，杯内的茶水也溢出来不少。茶香味顿时四溢。

盛雪见状，不禁吃了一惊。这个病秧子发起怒来还是蛮威风的嘛！瞧瞧柳政昀和张领军一时间，还真被他的气势唬住了。

"爱婿先别动怒，听张领军说完话吧！"柳政昀何等狡猾，岂能不明白他这句话是在提醒自己，别想轻易陷害华府。

"是啊，其实华老板也真不必动怒。我的属下只是在华府南苑的床下发现了禁药'毒炫花'的药粉，我正在犹豫说不说出来而已。"张领军一副为难的模样道。

他此话一出，盛雪就秀眉一蹙，刚要开口反驳，柳政昀苍老的声音比她还快："南苑发现了毒炫花？呀，那南苑是谁在住？"

柳政昀说话间，立马将目光移向华韵风。

华韵风闻言，不动声色地拿起拳头抵在发紫的唇间，轻咳了两声，不打算回答。

可柳政昀设好的局，岂是这么容易就放弃的？

于是，他又将询问的目光移向他身后站着的绝美女子道："薛氏那是谁的住处？怎会放了此毒呢？据老夫所知，中此毒者，先会疲乏困倦，然后躺下昏睡，再在睡梦中慢慢死去。老夫如果记得没错的话，老夫人恰恰是一夜之间，昏睡而亡的，并且，她的嘴唇也呈现了紫色……若府内没有出现此毒，老夫还不多想，可是竟然出现此毒了，那么就由不得老夫不去想了！"

明知故问！盛雪看着柳政昀那虚假的老脸，犹如往昔在朝堂上看见他对峙自己一样，感到无比厌恶！以往身为太后都不能轻易得罪他，何况现下她只是个商妾呢！所以，厌恶归厌恶，她只能忍字为上！

想至此，她轻盈地从华韵风身后走到柳政昀跟前，优雅地行了一礼，柔声道："回相爷的话，那是妾身所居的院落。妾身不知怎会出现毒炫花的药粉，还望相爷明察。"

"什么？！"柳政昀老脸装出吃惊的表情道，"那是你的院落？"

"正是！"盛雪的个性就是这样，遇到棘手的事，或明明知道自己危在旦夕，她却依旧一副不急不躁的坦然之色，这让华韵风不禁暗自佩服起她来。

盛雪现在不用猜都知道柳政昀接下来会诬陷自己陷害老夫人，然后替柳月开脱，这样的话，柳月不但能回华府还能将她扳倒，真是一举两得的妙计啊！只可惜，她盛雪也不是这么容易就对付得了的。什么来华府搜查要犯，全都是幌子！

现下她疑惑的是毒炫花是什么时候被放在她的南苑的？又是谁放的？

"大胆薛玉婷，你可知罪！"柳政昀突然变了脸色，露出一脸狠色地站起身子瞪向眼前的冷艳美人怒斥道。

"民妇不知何罪之有？"盛雪不气不恼，只一脸平淡地看向柳政昀。

柳政昀见她如此，着实被她那双清澈明媚的眸子给惊到了。仿佛她早就知道会被他陷害，此时正等着他继续将戏演下去，她好继续看戏的模样……

这真是让人不舒服！极度不舒服！

她不过一个少妇，何来资本如此放肆？

"你……你嫁入华府不过十日，就让华府一片鸡犬不宁！先是韵风发病，差点亡命。再是老夫人突然去世，后又将大夫人柳氏赶进荒宅，诸多事情叠加一起，只能说明一点，你是蓄意而为来害华府众人的！"柳政昀最讨厌不能掌控别人的感觉了，看着一副无所畏惧的眼前少妇，只气得话音带颤。

可明明是他胜券在握，一副畅快得意模样才对。

"丞相大人，一切可都得讲究个证据啊，您如此污蔑民妇，证据呢？"盛雪依旧不急不慢，坦然自若地问道。

见她如此模样，华韵风眼里浮现的担忧慢慢消散，随即被宠溺之色代替。

他现下其实像在看戏。他最喜欢看戏了，更何况主角是他的岳父和自己的爱妾，他岂有不观之礼？他倒是好奇，到底是狡猾奸诈的岳父厉害一些呢，还是他聪明可爱又冷艳无双的爱妾更胜一筹呢？

"大胆，老夫何来污蔑你一说？"柳政昀快被眼前这美妇气晕了，不怕他自认为很有"威慑力"的怒吼声也就罢了，居然还有胆子说他污蔑她！虽然他真的在污蔑她，可是她也不能如此直白地说出来啊，难道她不知道自己的处境已经很危险吗？得罪他，只会让他更不会放过她的！

"你要证据是吧？那么老夫就告诉你，证据就是张领军找到的毒炫花粉末！"柳政昀见盛雪闻言还是一副无所畏惧的傲人模样，不禁气得看向跪地的张领军吼道，"张领军，将你搜到的毒炫花粉末拿出来让她闻一闻，看看是不是真的，免得她当着韵风的面说老夫诬陷她！"

柳政昀本来以为华韵风这个孝子，一听到自己的小妾床底下藏了害他母亲致死的毒炫花粉末，就会大怒失态，处罚眼前这个贱妾的，可是，却料想失误。华韵风不但没大怒，反而一直在一边喝着小茶，吃着茶点，一副优哉看戏的模样。着实让他气得快要吐血三升！

合计这个病秧子当他是戏子，在演戏给他观赏啊！

越想越是气得柳政昀恨不得现在就罚了盛雪，将她乱棍打死解解气！

"是，是……"张领军还从未见过丞相在人前如此一副失态大怒的模样，以前他可是经常和丞相做这种事，哪次被害的人，不管男女，不都是朝他磕头求饶的？哪有人像华韵风的小妾这般比丞相还淡定的？张领军诧异归诧异，却也没表露什么，只是依照柳丞相之令，伸手从袖中取出一个黄色纸包着的药粉，递给柳政昀。

柳政昀又将药包递给眼前一脸傲然的美妇面前道："听说薛氏你是神医梅夜的弟子，自然认识这种毒了，那么你便自己看吧！"

本以为她会接过他手中的药细细辨别一下，哪知，她却别过头看向一旁的华韵风，同样柔声道："丞相说什么便是什么吧，欲加之罪何患无辞？"

"你！"要不是顾及着华韵风在此，他真想一巴掌打死眼前这个可恶的女人了！

"大胆妇人，丞相大人岂是你随意侮辱的？"张领军猛地爬起，拔出腰间佩剑，一副誓死要维护丞相"清誉"的模样。

华韵风见状，终于收掉了看好戏的模样，朝张领军虚弱却不失威严地提醒道："张领军这是不容我爱妾解释吗？就是对簿公堂时，也该给被告人陈述的机会吧？你们左一个大胆，右一个放肆的……咳咳……真是想要在华府欺负我的人吗？"

因为华韵风前些年雪灾捐款赈灾，数额巨大，太后为了弘扬他这种精神，封了他一个财阁大臣，主管搜寻各处商人、商会捐赠善款的职务，因此若说官阶上，华韵风比不得丞相，但却比张领军这样的小军官高不少，所以，对他说话，华韵风不必顾虑什么位分的。

一句"我的人"，就让柳政昀瞪大了双眼，一把将毒炫花的粉末包紧紧捏在手心，一把拍在桌上，怒吼道："哼，韵风你这样说好似老夫这堂堂的丞相，要刻意陷害你的爱妾似的！你也不想想，这毒炫花产自哪里！它是产自大将军的管束之地——蜀城！"

他这句话一出，盛雪才脸色一变，但不是畏惧的，而是惊讶的。她是知道有毒炫花这种毒药，也确实在师傅的藏药阁见过。但是，她却不知道它的产地竟在蜀城！要知道，蜀城可是薛玉婷娘家所在地啊！而且，前皇后吴氏就是因为服了此药畏罪自杀的，先皇也因此才会将它列为禁药的。

现下柳政昀这么说，无疑是坐实了她从蜀城带来毒炫花毒害老夫人，又陷害柳月的事了。她就算有千张嘴也解释不清。更何况，柳政昀也不会让她解释的。

"你想怎样？"既然躲不掉这一计，盛雪便想看看柳政昀究竟是什么意思。若真是迫不得已的话，她也只有拿出玉玺，亮出太后身份了！谅他在明面上，也不敢将她交给东岳王。

她盛雪可从来不会做没有退路的事！

听她这句傲然威严的话，着实又把柳政昀给怔住了，她这口气太像一个人了……

细细将她来回打量了好几遍，最终觉得不可能，若是太后的话，她怎么会成了华韵风的小妾？

不可能！眼前人绝不可能是太后，她只是华韵风娶回来的刁蛮小妾，是大将军不受宠的千金！

如是想着，柳政昀又恢复了之前的凌厉模样，朝她吼道："数罪并罚，打入官府大牢，择日签押问斩！"

"你们敢！"盛雪这一次是真的怒了。真不知道，柳政昀平日竟是这样办案处事的，亏他还是两朝为相！早知他如此狠毒狡诈，她就是想尽一切办法，也要将他给拿下的！

"你看老夫敢不敢！"柳政昀也杠上了，朝她回瞪过去。今日不将这个目中无人的贱妾惩治了，他愧为权相！

四目怒瞪相向之后，柳政昀朝张领军道："还不将罪妇拿下？"

"是！"

张领军刚收回剑，伸手来捉人，却突然眼前白影一晃，随即，本在他面前的女人就不见了。四下一看，才将目光定格在气喘吁吁的病秧子华韵风身后。

第五章 / 生死相随 /

"华韵风，你在做什么？难不成要救这胆敢陷害你母亲的妖妇？"柳政昀诧异地看向脸色苍白的华韵风道。

"她是我华韵风的人，无论对错，都该由我处置，怎需要岳父大人你越俎代庖呢？况且，您别忘了，这些年来，是谁散尽无数金银为你堵窟窿！"若不是今日被柳政昀逼得急了，华韵风还不想这么早和他撕破脸。

此时，盛雪感觉捉住自己细腕的苍白素手，是如此的用力，仿佛他生怕她会突然跑掉。

听着他虚弱却冷厉的话语，盛雪终于明白了，为什么以往她每次暗自调查柳政昀财政之时，总是毫无破绽的原因了。合计着，他不是不贪，只是一贪被查，就会让华韵风帮他堵窟窿啊！

难怪柳政昀会同意柳月嫁给华韵风了！谁不愿意有一个随时取金银的钱库啊！

不过奇怪的是，盛雪知道华韵风帮了柳政昀作弊，她却并未生他的气。

"你……"柳政昀再次被华韵风的话给惊到了。他真的没想到华韵风竟会为了一个小妾和他撕破脸！难道之前他进来时，华韵风呵责辱骂这个女人都只是佯装的，耍他玩儿的？

他当他这个丞相是如此好欺辱的吗？

"哼，华韵风，你不要给脸不要脸！"

"丞相大人，你也不要翻脸不认人。我堵得所有的窟窿，可都有账目的。"华韵风不但毫不畏惧地对视着他，甚至脸上还浮现出淡淡的浅笑。

这看得柳政昀差点拿杯子砸人，只可惜，现下顾及他的话，若是把华韵风逼急了，日后不给他堵窟窿是小，将他以往堵窟窿的事抬出来大白于天下，他可就得不偿失了！

想至此，他深呼吸着，藏在广袖中的手，一会儿捏紧了拳头，一会儿又松开，如此重复了数遍，方稳住了情绪。

随即，重新看向华韵风那张云淡风轻的俊雅面容时，已经恢复了以往虚伪的慈爱模样："都是一家人，爱婿非得如此吗？"

看着柳政昀这变幻无常的老脸，盛雪厌恶地别过头，懒得多看。

"岳父大人，小婿也是被逼无奈啊！"

他虚伪，华韵风不以为意，反倒是瘦脸上的笑容更大了些。

"为了一个贱妾，你觉得值当我们撕破脸吗？"

"就是，岳父大人你为了一个小妾，至于和小婿撕破脸吗？"

"那爱婿你究竟想要怎样？"

"这该是我问岳父大人你的啊？你到底想要怎样？"

"她陷害月儿，杀害老夫人在先，若老夫就这么放了她，恐怕着实不妥吧？故，老夫觉得，她怎么也要和老夫去趟衙门。"

"怕是去了衙门，她就没了活路。不如这样，小婿承诺你三件事，你看是否能放她一马呢？"

"三件事？"柳政昀话音立马闪过一丝兴奋。

"正是。一个对你来说，不值一提的贱命，换得小婿的三件事，你不觉得这个买卖很划算吗？"华韵风最懂得从商之道，知道投多少筹码来做交易。此时，他便是在压低柳政昀手中的"筹码"。

现在看着他一脸自信地和柳政昀做交易，盛雪委实觉得他眼中溢出来的精光有些锐利，如鹰目般炯炯。

对于他将她说成是贱妾，若是以往，定会治他个大不敬之罪，可现下，却深知他是在救自己，并且付的筹码还很大。许诺三件事……也就意味着，他让对方自己开条件了！她对他来说，真的如此重要？一时间，看着他的苍白俊颜，心生感动。

"真不知韵风你是怎么想的，竟为了小妾……"柳政昀话还没说完，就见华韵风的目光闪了闪。他生怕自己劝多了，真让他改变主意，收回这么好的条件。于是，赶忙一口答应了，"好，既然是韵风心头之人，老夫也就成全你。"

"多谢岳父大人手下留情。"华韵风脸上并无多少诧异，似乎早就知道他会同意。只嘴上说着礼数周全的话，身子却挺得比以往哪次都直，手更是将盛雪的柔荑捏得紧紧的。

低头看着自己和他交握的手，心突然跳得骤快，总觉得从他手心传来的体温，让她全身百骸都在渐渐发酥。

本以为，她今日必遭大难，却不承想，病恹恹的他，居然将她救了……

或许，她不能只看他的外表，他除了身子不好，其他的地方远远超过常人。

随后，柳政昀朝华韵风兑现了三件事的承诺，前两个条件都是在盛雪和华韵风的预料之内，最后一个，委实让他们不理解了。

一是放柳月回府，二是让柳月做华府主母。第三件事，居然是让华韵风强撑病体，去青云寺替他抄写十天的佛经……

盛雪本以为他第三件事会是让华韵风交出他以往堵窟窿时，做的账目证据呢，却不知他竟说出这么个令人匪夷所思的事情来。难不成，他以往坏事做多了，希望让人替他祈福，保佑他平安？若是如此，她估计用不着大材小用地让华韵风去吧？他那些个妻啊妾啊的都争抢着替他去。

凡事有异必为妖！她觉得，这件事一定有不可告人的阴谋。

于是，等柳政昀带着张领军他们一干官兵走后，盛雪朝坐在梨木榻上，一边翻看着榻上小几上堆积如山的账册，一边飞快拨弄算盘的华韵风提醒道："大爷，我觉得，他让你去青云寺不简单，必是要对你使手段！"

说话间，盛雪倒了杯碧螺春茶，给他端了过去。

此时若不是见他偶尔还会轻咳几声，她真认为他是个止常人。想到自己费劲地从华府药房找齐的那十味苦药，眼见着就要用完了，她有些担心起来。从他服完药后的气色来看，这十味药甚是管用。照此药方服用个三五天，估计就能断根了。

"咳咳……我知道。"华韵风扫了眼盛雪，见她将茶放在他的小几上后，并未坐在榻上，而是站在榻边，担忧地瞅着他。他蹙了蹙眉，看向她绢鞋上沾染的药渍一眼，内疚地又道，"你亲手熬的药，又让我浪费不少。真是不应该。"

盛雪没想到他会突然转移话题，便没答话。

"昨夜你没睡好，今早又去给我煎药……咳咳……说来真是对不住你。你还是赶紧回房沐浴更衣，休息一番。等回头我看完账册便去寻你。"

"可你……"盛雪本想着说几句关怀的话语，可看着他的灼热目光，她忍住了。不能对他动情，也不能让他对她用情太深。否则今后会害了他和自己。疏远才是应该做的。想至此，她话锋一转，朝他微微感激地施了一礼，真诚且生疏地道："大爷，今日之恩，玉婷记下了。"

话末，不等华韵风再开口，便逃也似的掀开珠帘离开了。

看着她消失后，却仍然晃动的珠帘，华韵风深深叹了口气："你明知道，我要的岂是感激？难道你真的不觉得我们似曾相识吗？你何时才能明白，我所做的一切，皆不过是为了你！"

回过神，看着手中的账册，心不自觉地泛痛，可为了麻痹这种痛，他又振作精神来对算账册上的账目。

回到南苑沐浴更衣完毕，盛雪睡了半个时辰便再也睡不着了。

捏了捏眉心，整了整精神，盛雪觉得是时候将她院子的内鬼揪出来了。否则，等柳月回府，她的日子便难过得紧。

随即，她便起身，打开房门，朝正在给花卉浇水的翠红吩咐道："翠红，去把南苑所有的仆人给我叫过来。"

翠红闻言，诧异地放下浇花水壶，扭过头看向她，面露惊艳之色许久后才道："三姨娘，除了奴婢，其他人已经被大爷唤走了。"

明明大大见眼前女人，叮每次看她，都让翠红忍不住惊艳。

"什么时候的事？"盛雪微微有些诧异地问道。

"就在您睡着的时候，是徐伯来唤的，大爷还吩咐他，小声些，不得吵醒你。"翠红羡慕地说道。

说话间，更是走到她身边，四下看了一眼，见只有她们两个人在此，翠红不再恭敬，一把拉着盛雪坐到长廊凳子上，认真严肃地说道："雪儿姑娘，你来华府究竟是为了什么？"

　　"翠红，你怎么了？我之前不是和你说过吗？我只是替嫁过来的新娘嘛，等攒够了银两咱们就走的呀，你怎么好好的突然这么问？"盛雪看着翠红清秀的脸上绽出的怀疑之色，不禁柔声又道，"怎么，你怀疑我？"

　　翠红心事被她猜中，不自然地低下头，手紧紧捏住袖角，鼓足勇气才道："你如此美貌聪颖，怎会是一个婢女出身呢？今日官兵来的时候，可把我给吓坏了。你都不知道，他们挨个地把我们拉出来瞧，瞧完还问东问西的。跟查户簿似的……最后，他们竟在你床底下发现了毒炫花粉末……全玄武国，可只有大将军家有，你……你是从何得来的？"

　　难道，华老夫人真是你所害？当然后面的话，她终究没说出来。

　　"我还想知道那是从何而来！"盛雪无奈地叹了口气，拉住翠红的手，柔声道，"今日我差点被那药害死，柳丞相为了替柳月报仇，竟想到此法子陷害我。亏得大爷出手相救，否则，我早就进了大牢。"

　　翠红看着她，将信将疑地眨巴着大眼睛。

　　最后盛雪又问道："你这几日可看到有人进我屋子，行为鬼祟？"

　　闻言，翠红这才猛然一惊："呀！我想起来了，豆儿来过！当时她说是来送洗好的衣物的……"

　　话末，她已经全然相信盛雪了。

　　果然是她！只是，她是怎么得到毒炫花的粉末呢？

第六章　/揭开真相/

　　就在盛雪陷入沉思时，院外传来了渐行渐近的脚步声，听动静，人数颇多。

翠红和盛雪闻言，互望一眼，最后翠红立马站起身，谦卑地立在盛雪身旁。

随后，两人都将目光移向院门处。

只见一身白衣的华韵风，鲜少不用人扶地走向院来。他身后跟着两个丫鬟，一个是莲儿，一个是面生的丫鬟。那丫鬟长得不俊，却有一双明媚的大眼，看起来十分招人喜欢。

两个丫鬟身后是一个精瘦黝黑的老嬷嬷，黑白参半的头发，只简单地盘成南瓜形状的髻在头顶，用一支木头簪子别住。

她一进院子，就将头恭敬地垂下来，并不东张西望。可见，这个看似朴素的老嬷嬷定是个懂规矩的。

老嬷嬷后面便是一脸苍白的娟儿。此时，她直直将目光投向盛雪，大有求她哀怜之意。

自始至终，盛雪都没看到豆儿，不禁有些纳闷儿。

"婷儿，你用过午膳没？"华韵风一进院子，就将目光落在坐在长廊凳上的盛雪身上。

盛雪闻言，淡淡地看着走近的白衣俊男，只见他已经换了一套素白软丝的锦袍，袍子的边角处零星绣了几枝金丝梨花，梨花中的露珠皆是用上好的珍珠绣上去的。这刺绣加珠绣本就是个精湛活儿，平常的绣娘根本绣不出，只有手艺卓越的老绣娘才有这本事。故这件衣服，看起来简单清爽，却是平常百姓家三年收入都不一定买得起的。

由此可见，华韵风不愧是玄武国首富，随便一件衣裳，也是价格不菲的。

这件衣服穿在他修长的身体上，独有一种清新脱俗的卓越感，再加上他俊颜浮出的温文浅笑，只让人觉得眼前男子像是从天而降的仙人。

一时之间，盛雪看得呆了。

不仅是她，就连她身后的翠红都看得眼发了直。没想到，大爷换下寝袍穿上正装的样子，是如此的风姿绰约，全然没有半点病秧子颓废的影子。

"婷儿？"见盛雪没回答他，反而直直地盯着他看，华韵风眨了眨长睫俊目，伸出苍白的手在她眼前挥了挥道。

盛雪立马回过神，低下头，脸上一阵绯红散出。她怎么看他看得直了眼？真真丢死人！

华韵风看着眼下这张红若蟠桃的美颜，顿时心旷神怡地笑了笑："怎么，婷儿看我看得丢了魂？"

"谁丢魂了？我只是觉得你脸上气色不错，多看了几眼而已……"盛雪被他这一调侃，更是脸红得厉害，嘴里忙解释着。

可眼睛却心虚地不敢看他，只闻着他身上隐隐散发出来的杜衡交杂草药香味，心跳如鼓。

见她这难得的羞涩模样，华韵风一时忍不住，一个俯身，薄唇贴上了她光洁的额头，"吧唧"一声过后，在场众人，包括盛雪都惊呆了！

"你……"盛雪被额头柔软冰凉的触感惊了半晌之后，慌得不得了。他居然当众调戏她！她可是太后啊！要是被人知道她如此窝囊地被个病秧子商人调戏了，她太后威严何在？玄武国国体何在？

"怎么爱妾觉得不够？还想让夫君亲亲你的小嘴？"华韵风看着她抓狂却无可奈何的模样，着实有趣极了。随即，故意将嘴巴往下移了移，大有真亲她小嘴的意思。

这让盛雪惊得赶忙站起，想要躲开他的唇，哪知，她太过慌乱，忘了估计形势，她此番突然抬头起身，正巧将自己的唇瓣对上了他的薄唇！

顿时，现场众婢都倒吸一口气捂住脸，不好意思看大爷和三姨娘这暧昧的一幕。所谓非礼勿视的规矩她们懂。

盛雪这下真是跳进黄河也洗不清了！她真不是故意亲他的，天地可鉴啊！

她美目满是无辜地看向他温柔的俊目，希望通过眼神让他明白，她不是故意的！

可惜，对方并不这么认为，只觉得她在邀请他。于是乎，他毫不犹豫地在她准备离唇时，伸手一把托住她的后脑勺儿，发紫的薄唇一倾，吻住了这欲逃跑的滑嫩小嘴。舌头在她惊愕时，灵巧地滑进她的口中，品尝着她香滑小舌的甜蜜。

被他这么一吻，盛雪顿时大脑一片空白，呼吸困难。她貌似真的被调戏了！

莲儿看到这儿，气得双眼发了红，这个贱女人居然敢当众勾引大爷！气死她了！

许久过后，盛雪被吻得七荤八素的，随即软绵绵地要从长凳上滑下去，幸亏华韵风反应及时，一把抱住她的细腰，离开了她的唇，看着她红肿的唇瓣，温柔一笑："看你下次敢不回答我？"

盛雪真是欲哭无泪。她早知道看他一眼会酿成这样丢人现眼的后果，她宁可闭眼！

眼下被他吻也吻了，搂也搂了，她找他理论也没什么用了。索性就当刚才被狗啃了吧！

如是想着，她呼吸平稳不少，拉着他的胳膊，站好身子，朝他微恼道："大爷这身子骨好得真不是一点半点的了！也不知你来妾身这儿，所为何事啊？"

华韵风闻言，脸上的笑容更甚："当然是同爱妾一块儿用膳了。"

"就这事儿？"盛雪本来都够尴尬的了，还怎么和他一块儿用膳啊！想到上次和他在正院用膳被柳月和她奶娘刘嬷嬷一顿数落，心里就有些抗拒。

"难道爱妾还期待着点别的事？"华韵风又调侃道，"爱妾若是真想，今晚我们就圆房，以弥补新婚之夜的遗憾……"

之后的话，华韵风更是贴在她耳边轻声说的。

感觉到他温热的气息扑在脸上，盛雪没志气地又红了脸，随即伸出小手抚了抚脸颊，不敢再多言。所谓言多必失的道理，她今天算是真的体会到了。不管她说什么，华韵风这病秧子都能给她曲解了，真不是一般人所能为！

"爱妾？"

盛雪依旧不言，只别过头，看向一旁捂住脸，却从指缝里偷偷瞧这边的翠红道："翠红，还不快给大爷上茶！"

"上茶"二字，她咬得极重。让你们看好戏！

翠红显然没料到她会突然吩咐自己去泡茶，怔了半晌，才回过神，朝华韵风行了礼，匆匆跑去茶室沏茶了。就此，众婢子也都回过神，放下了捂脸的手。不过，目光仍暧昧地看向前方长廊站着的一对璧人。

看着翠红退下，华韵风也稍稍收了脸上的温柔之色，朝院内恭敬站着的众婢喊道："周嬷嬷、芳草儿，快来见过你们的新主子！"

"老奴见过三姨娘。"站在娟儿前方的老嬷嬷出列，小步走到盛雪和华韵风跟前，行了个半蹲礼道。

"奴婢见过三姨娘。"随后，和莲儿并排站着的大眼丫鬟也走上前来，行了礼，脆生生地道。

"这？"盛雪打量了她们半晌，依旧不明白华韵风是什么意思，故扭头带着询问的眼神看向他。

"这是我给你的人。前些日子我病得厉害，无暇顾及这些事。今日出了你被诬陷之事，便觉得你这后院不整不行了。于是，替你找来了两个忠心的人来。至于那个豆儿……咳咳……"说到这儿，华韵风语气冷了下来，"至于她，已经被我赶出华府了。她竟联合金枝设计在你的床下栽赃，这样的婢子，华府断然留她不得！"

盛雪闻言，这才恍然大悟，难怪豆儿会有毒炫花的毒了！原来是金枝送给她的！这柳政昀还真是费尽心思地想要除掉她这个小妾呢。

现下盛雪对华韵风很是感激，要知道，他不但欣然信任她，还替她细心清理门户。可见，他对她真有几分情意。只是，她却回应不了他的这份情意。

越是对她好，她越是愧疚。

"这周嬷嬷是府上老管家徐伯的妻子，做事兢兢业业。凡是院内大事，你不用吩咐，她都能替你妥善处理。至于芳草儿呢，她是我从庄子里挑出来的丫头，手脚灵巧，做事谨慎，有她在，我就不担心有人再陷害你了……咳咳……"一口气介绍完她们，华韵风有些累了，随即便挥手遣她们各忙各事去了。

盛雪见他咳得厉害，便扶着他走进屋子，躺在屋内的榻上休息。

正寻摸着要不要传膳时，只见刚被华韵风夸做事兢兢业业的周嬷嬷便领着两个四等丫鬟进来询问了："大爷、三姨娘，现下时辰不早了，可要老奴传膳？"

盛雪正有此意，便看了眼闭目养神的华韵风，见他不打算开口，她便道："有劳周嬷嬷了。记得多装些燕窝粥来，大爷这身子骨，不适合硬食。"

"是，老奴知道了。"随后，周嬷嬷便恭敬地行了礼，领着两个婢女下去了。

周嬷嬷一走，华韵风就微微睁开眼，看着盛雪，嘱咐道："我去青云寺这十日，你在府上一定要万事小心！"

"大爷你也是，我总觉得柳政昀让你去青云寺有些诡异。"盛雪蹙了蹙眉，担心道。

"无碍，我还不至于在自己的地方出事。"

看他好像心里有谱了，她也就不再提醒什么了。

随后，周嬷嬷让人摆好饭菜，盛雪和华韵风吃完饭。华韵风没有走的意思，盛雪又让翠红泡了茶，和他喝了一盏。

"玉婷，我有句话要问你，但怕你不真心回答我！"

"什么话？"盛雪放下手里的茶杯，疑惑地看向他。

只见他没说什么话，而是走到窗边，朝院子里站着的老管家徐伯道："把东西拿上来！"

不一会儿，徐伯走进来，只见他手里捧着一个托盘，盘子上放着一个锦盒。

盛雪很好奇，那锦盒里是什么？

在盛雪好奇的目光下，华韵风走过去，拿起锦盒，然后对徐伯吩咐道："命令所有人，退避二舍！"

"是！"徐伯得令，领着一干仆人们都退下了。

他们一走，华韵风关上窗，闩上门。走到盛雪面前，将锦盒递给她，认真地问道："里面的东西可是你的？"

盛雪好奇地从他手中接过锦盒，在他复杂的目光下，打开，随即看到了她之前让少林藏于房梁之上的玉玺来！

不禁惊得脸色煞白，可很快她合上锦盒，淡淡道："是的。正是哀家的！"

一听她自称"哀家"两个字，华韵风顿时步伐不稳，瘫软跌坐在梨木凳上："你果真是……"

"当朝太后，盛氏！"盛雪看向他，"你是怎么找到我的玉玺的？"

"太后如此聪颖，怎会不知呢？"华韵风垂下眸，掩饰眼里的落寞说道。

盛雪闻言，努力地回忆着，突然想起之前柳政昀来的时候，华韵风支走老管家徐伯的事情来。难不成……

"是你让老管家先来到我屋内，搜查东西的是不是？"

"是的，我一听说柳政昀过来，就知道他有可能要搜查你的屋子。我担忧他会借机陷害你，特意支走徐伯，让他先一步来你的屋子查看一番，看看是否有可疑之物……没想到，他们竟搜出这要紧的东西来。"

"可既然你先一步派徐伯来找，怎么单单找到这要紧的东西，而没有找到毒炫花的粉末来？"盛雪发出疑惑。

"豆儿放的毒炫花也被徐伯搜出来了，只可惜柳政昀狡诈，留了一手，让他的人在没搜到毒炫花时，偷偷又放了一包！"

"原来他们假搜查，实陷害！好狡猾的老贼！哀家真是眼拙，之前竟没看出来！"盛雪伸手气愤地往桌上一拍，震得桌上茶杯茶壶咔咔响。

华韵风见状，扫了桌上溢出的茶水一眼："玉婷……我还有一事不明，不敢随意确信你是太后！"

第七章 / 爱如既往 /

"何事？"

"你如果是当朝太后，怎么会不在宫中？"

174

"华韵风，你也不笨岂能不知？东岳王进宫被封九千岁，你觉得是正常之事？"盛雪平复了一下心情，傲然地看向华韵风。

华韵风想了想，不再犹豫，起身，一掀前袍，给她行礼："微臣已经明了！一定是东岳王暗自攻入宫中，您不得不逃离，然后……阴差阳错地成了微臣的妾……微臣见过太后，这段时日如有冒犯，还望太后原谅！"

"起来吧！"盛雪看华韵风给她行礼，她有点不习惯了，忙扶他起来，见他坐好，她接着道，"这件事，也是偶然，哀家那日逃出宫，被东岳王的人马追杀，正巧遇到薛玉婷逃婚脱下喜服，哀家危急之下，只能出此下策！好在，哀家出此计，才能保全性命，与其周旋！他暂时没有凤印玉玺在身，只怕是称不了帝的！"

"这东岳王好大的胆子啊！想要谋朝篡位，实乃天理不容！"华韵风气道。

盛雪看着他一脸愤慨的模样，对他更加信任。

"哀家看你肯将玉玺归还，可见，你对哀家和幼帝，还是一片衷心的。再加上，这段时日我与你……我知道，你不是坏人。如今，幼帝被东岳王软禁，已有一月之久，我怕再耽搁下去，不但华府保不住，就连玄武国也是不稳啊！"盛雪叹了口气，眼里浮上了水汽，看向对面而坐的华韵风，"你可曾记得，我说过帮你扫清华府安插的内鬼，找到幕后之人，护你性命。你也得回报我一事？"

"微臣记得。"

"本来，我还打算缓些时日，等将华府里的危机彻底解除，再谋打算。既然你已经提前知道哀家身份了，那么……哀家要你帮哀家做件事！"

"何事？"

"用你的财权，救出幼帝云雍，保住玄武国江山，赶东岳王这虎狼之师回封地！"

"太后，华某是个生意人，不可能做赔本买卖！东岳王可是拥有十几万精兵的战神，华某且不说身体不好，就是身强体壮，仅凭财力也根本不是他的对手，您凭什么指望华某能舍弃身家财产，豁出性命去帮您，完成这不可能完成的事情？"华韵风一改刚才恭敬的模样。

这让盛雪黛眉深蹙："你不愿帮哀家？"

"不是不愿帮，只是您开的价码太低了。华某想问，事成之后华某从中得到什么？"

原来，他也不过是个贪婪的俗人！

盛雪深吸一口气，忍住心痛的感觉，淡淡道："朝中官职，任凭你选！"

"好，那我就选太上皇！"

"什么？"

"华某要做幼帝的父亲，你的相公！可否？"

盛雪闻言，脸颊一红："荒唐！太上皇只能是退位的皇帝！而你，一个商人，怎可成为太上皇？"

"我的意思，你还不明白吗？我要的……不是什么位置，什么权力，我要的是你！只要你肯真正地成为我的妻子，我愿意豁出一切，帮你保住夏家王朝！"华韵风认真地说道。

说话间，更是伸手捉住她的柔荑："我不知你本名叫什么，我只想对眼前的你说，我华某，只要你！只要你肯拿自己当价码，我愿意付出性命和钱财，为你做任何事！"

"你可愿意？"

他手心的冰冷感觉，让盛雪不可思议地睁大双眼，看着他俊眸中自己惊慌失措的倒影，许久，她才道："我值得你这么做吗？"

"值得！别人要江山，我不要。我只要美人在怀，陪我共度余生即可！"华韵风说得情真意切。

盛雪不敢对视他的眼睛："可我心中早有他人！"

"神医梅夜？"

"你怎知？"

"谁人不知，神医梅夜，一生只收了一个徒弟，也只爱这一个女人。你既然是他的徒弟，自然就是他的所爱！"

"你既然知道，还愿意这么做？"

"愿意，且无怨无悔！"

盛雪愕然了："可我如果不是处子呢？你不是嫌恶吗？"

"傻瓜，我若真爱你，岂会在乎这些？你瞧瞧你，我问你愿意与否，你却问出我这么一大堆问题来，我这亏吃的怕是比你多多了！"

华韵风俊眸含满柔情和宠溺地看着她。

盛雪脑子很乱，不知道自己该不该答应他。低下头，目光落在了装玉玺的锦盒上，突然，她想起了先帝临终托孤给她，让她好好辅佐云雍，保住夏家皇权的画面来。

一时之间，她深深吸了一口气，冷静下来："好，为了玄武国百年基业，我答应你！愿意以自己作为筹码，换你助我雍儿化险为夷！"

华韵风一听这话，薄唇微扬，放松一笑："终于……我等到了这一天！"

"嗯？"盛雪不知道他为什么说出"终于"两个字，好像他等这一天很久似的。

"今日，我们便圆房吧！不，是现下我们……"华韵风不等盛雪反应过来，就抱起她来，往榻边行去。

盛雪急道："你这病秧子，好不知羞，哀家只是答应你，可没说现在就！"

不等她的话说完，华韵风已经低头吻住她的唇，将她的话语堵在了喉咙里。

盛雪伸手去推他，哪知这病秧子看起来虚弱，实则力气大的如牛，不但没有被她推开，反倒是将她欺身压倒在榻上，随之而来，他的吻霸道地夺去了她口里的气息，让她毫无力气反抗了，只能任凭他摆布。

"雪儿，我等你等了好久……"就在盛雪迷离之际，他的唇移到她的耳边，轻声地说道。

雪儿？他知道她的名字？！

不对，为何听到他喊她雪儿，她会感到如此熟悉呢？

不等她细想，华韵风已经扯开了她的衣带，慢慢地解开了她的衣裳。

这一刻，她回过神，欲要捂住身体，却听他道："雪儿，我们已爱得无路可退！梅林之誓，你可曾记得？"

"梅林？"盛雪陡然睁大眼睛，可她话音刚落，他已经进入她的身体，与她融合在一起！

剧烈的撕裂之痛，让她轻吟出声。

华韵风更是惊愕地带着颤音道："雪儿你……你不曾将自己交给夏淳吗？"

夏淳是先帝的名讳！

盛雪这会儿痛得冷汗直冒，无法开口，只摇摇头。

华韵风笑了，只是，笑着笑着，两滴泪便顺着他完美的下巴滴落到她的脸颊上："原来，你不曾违背当年的誓言！雪儿，我爱你一如既往！"

盛雪看着他，忍住痛，不可思议地看向他。

华韵风俯身吻住她的唇，轻轻地缓缓地动作着，占有着她。

一场旖旎持续到了天色渐暮，盛雪初经雨露，身子承受不住，一结束，就昏倒在华韵风的怀中。

华韵风伸手抚摸着她的脸，轻声道："雪儿，不要着急，我会一步步让你回到我身边。让你，认识面具之下的我！雪儿，我所做的一切，皆不过是为了一个你呀！"

话末，又吻上了她的唇。

第八章 / 夺位之争 /

次日盛雪醒来之时，华韵风已然不在。

猛地起身，看着榻上空了一处的地方，伸手抚摸，却从软枕上，捡起了几根属于他的青丝。

凑于鼻尖，她便闻到了属于他身上的草药香味，泪水便从美目溢出："华韵风你究竟是不是我师傅……梅林之誓……师傅，原来，你没有死……你也并非是个面目全非的人对不对？我误入华府嫁给你为妾，究竟是巧合，

178

还是你一手策划的？为何你不说清楚？"

起身，穿好衣物，她便拉开房门，问守在院外的周嬷嬷："老爷呢？"

如今老夫人已故，所以，华韵风在华府的称呼也就改了。

"回三姨娘，老爷一大早就去了青云寺！他留下话来，让您多加保重，另外，留下两本账簿和银契给您，让您做安排。"周嬷嬷躬身答道。

"走了？"盛雪落寞了一下，随即，紧紧将手中属于他的青丝捏住，"看来，还是等他回来，才好问他！"

柳月本可以上午就回来，结果，她却等到了晚上才回府。

她一回府，便惊动了华府内所有的人。现下，正室东苑内，柳月正端坐在金枝搬出来放在厅外门口处的圈椅上，细细品着茶，无视跪满院子的众华府主仆们。

盛雪当然也在其列。她和宋茜并肩跪在最前方，此时因为跪得久，膝盖已经隐隐泛痛。可饶是如此，她也丝毫没发出任何声音。而她身旁的宋茜却忍不住了，抬起头，恨恨地瞪向前方坐在圈椅上消瘦一圈的柳月道："姓柳的，你刚当上主母，就要折磨人吗？真真恶毒得紧！啊，好烫！"

话还没说完，就见柳月突然目光一寒，将手中的茶杯杯盖一掀，猛地将茶水泼到了跪在自己一步之遥的宋茜身上："哼，主母没开口，你这个贱妾倒是会越轨抢先发话了！"

盛雪本在宋茜一开口的时候，就知道她要遭殃，果不其然。这宋茜真真是个沉不住气的。

宋茜一边伸手抹着脸上的茶叶、茶水，一边怒道："你……柳月，你敢泼我……看我不撕了你！"

说话间，宋茜顾不得膝盖疼痛，爬起来就冲上前欲拽住柳月的头发。哪知刚伸出手，就被金枝捉住，随后，金枝还利索地从头上取下一根银钗，直往她的手臂上扎去。顿时，疼得宋茜惊叫连连。

盛雪看到这儿，暗自摇了摇头。这个柳月，真是歹毒极了。如此行径，也不怕逼得华府众人反扑她。

"三姨娘，你摇什么头，觉得本夫人处置越轨的妾室不妥吗？"柳月这才从宋茜这儿出了气，就迫不及待地将火头引向了盛雪。

盛雪闻言，无辜地眨了眨眼反问柳月道："啊？妾身摇头了吗？妾身怎么不知啊？况且，妾身觉得大夫人身为主母，就算让我们跪死在此也是应该，二姨娘对您出口反驳，就是不对。您教训得极是。妾身万不会质疑的。您继续……"

她此话一出，柳月先是愣了片刻，随即，眸一眯，并未说话，而是看向宋茜，挑拨道："二妹妹，你看见没，有人觉得我做得很对，那么，我就不客气了！金枝，给我死死地扎！"

柳月本盼着她替宋茜求情，这样的话，自己就可以以干涉主母决断，而一起处罚她。哪知，这狡猾的女人一番话说得毫无漏处，让她不得不将肚子里的怒气再次憋了下去。

柳月的话音一落，就见金枝目露寒光地举起银钗，使劲地往宋茜的胳膊上扎去。宋茜本是娇生惯养的小姐，她的力气哪儿能敌得过金枝，使出好几次力，也没能拽出自己被扎得血肉模糊的胳膊。这会儿她一边痛苦呻吟着，一边还不忘朝盛雪骂道："啊……薛玉婷……你这个贱人……不替我求情就罢了，还来落井下石……啊……我和你势不两立！"

盛雪看着宋茜那狼狈的模样，心想，她还能再笨点吗？笨到居然连是谁害她都不知道吗？她当主母时，可不曾对她如此恶毒吧？

院内跪着的二房众下人见状，皆是敢怒不敢言。领头的翡翠见二姨娘被打，只无奈地低下头，一句求情的话也不敢向柳月说。

看她这模样，盛雪便知道她是个极其聪明的奴婢了。知道柳月不出完气，是不会善罢甘休的。就算她求情，也是无功而返，反而有可能遭到毒打。

宋茜养尊处优惯了，太不经打。金枝还没扎几下，她便疼得昏了过去。

看着倒在自己脚边的宋茜，柳月紧蹙的眉头才稍稍平了些，转而目露阴狠地看向跪在院子里的众人，一副傲然之姿道："你们现在知道，谁才是华府正经的主子了吧？以后做起事来，你们可得有分寸些，莫学二姨娘这样的无规矩。

"所谓无规矩不成方圆。一会儿，本夫人就让银枝将华府家规重述一遍。

让你们都明白做事，不要像现在这番散漫！"

柳月说到最后"散漫"二字时，不忘意有所指地看向盛雪。

那意思分明是说盛雪不会当主母，短短几日就将华府众仆带得散漫了。

盛雪不动声色，依旧恭敬地跪地，低下头。长长的刘海便顺着低头之势，挡住了她的脸，让人看不清她的表情。

越是看不清她的表情，柳月就越是气愤难耐，最后想到一会儿将实行的计划，她才将怒气又憋进肚子里，化作一声冷哼："银枝，将家规读一遍。"

柳月话一出，银枝便从袖中取出一根卷轴，打开后，傲然地扫了一圈跪地众人，便开始读起来："一国之基在于法，一家之本在于规。华府自玄武国开国建都之时，便始立于都城，家规修改删减数百回，方定制于此卷之中。定此家规，只为华府生存之本，管束后院之依据，若有触犯家规者，就按家规所记处罚。凡是卖进华府奴仆抑或嫁入华府之妻妾，均按华府家规行事。华府家规第一篇，第一则，奴仆不得明里对峙主子，暗里议论主子。不得聚众赌博，不得游手好闲，不得……"

本来就已经跪得膝盖发麻了，这会儿柳月居然还让银枝读那么长的一篇家规。饶是几个粗使婆子那番健壮之人，都已经受不了，开始暗自呻吟，还不时地用袖子擦着额头冒出来的冷汗。盛雪本就在宫中养尊处优多年，怎能受得住此等痛苦？

此时，她终于咬着唇抬起头，看向了银枝手中那三尺长的绸缎卷轴，只觉得自己眼睛发花。见她抬起头，脸色苍白，额头渗汗。柳月嘴角微微一扬，凤眼骨碌碌一转，便开口打断了银枝的话："银枝，一会儿你读完之后，别忘了解释一遍。这里有许多仆人可不识字，有些内容，她们并不懂。"

"是！"银枝闻言，会意地朝柳月点点头。随即，又开始读了起来。只是这次她读得越发慢了。

盛雪闻言，和所有跪地众人一样，皆不可思议加怨恨地看向高高坐在圈椅上的柳月。

她们岂能不知柳月是在借机折磨她们？而她们又敢怒不敢言。毕竟，主母上位宣读家规，并无错处。这个时候谁开口反驳她，谁就等于自投罗网等着被她罚。所有人，包括跪在盛雪后方的莲儿都暗恨柳月其心可诛。

银枝又读了一会儿，盛雪感觉自己膝盖以下，都已经没了知觉，并且头晕眼花，呼吸困难。她几次想倒，可是又怕柳月借机处罚她，故，伸出手，紧紧用指甲抠进大腿处的肉中，直到疼痛刺激她清醒过来……

如此反复数十下，她终于熬到银枝读完也解释完了卷轴上的家规。

柳月坐着都觉得腰酸了，还没见盛雪的呻吟声，不禁一口怒气冲上了头顶，猛地站起身子，推开银枝，朝跪地咬唇的盛雪道："三姨娘，众人当中，你位分最高，又曾当过几日主母。那么本夫人就考考你。华府家规第十二篇第八则是什么内容？"

柳月这话一出，所有人的目光都移到了盛雪的身上，一些心眼儿好的家仆们都暗自替她捏了把汗，心想这大夫人摆明是在为难三姨娘嘛！跪在地上这么久，谁有心思记得那么许多？就算要背家规，至少也要背个十天半个月的才能熟透吧？现下，都同情起三姨娘来。只盼望一会儿她背不出来，大夫人轻些罚她。

闻言，盛雪艰难地抬起头，看着柳月那张可恶的嘴脸，一会儿清晰一会儿模糊，最后，她虚弱开口道："大夫人……妾身跪地许久……怕是……怕是无力说出那番长的家规。"

柳月看着盛雪夕阳映照下的那张明艳不可方物的美颜，只觉得刺眼异常，哪还觉得她有半点虚弱之态？

"这就无力了？想来你是在华府内好吃好喝惯了，没受过荒宅之苦！要是你在荒宅住个几天，恐怕跪起来就不会抱怨无力了！"柳月想到这几日因眼下这个女人而被赶进荒宅所受的苦，她恨不得现下就撕了她这张妖媚惑人的脸。可是，想归想，她不能冲动。若不然，大爷回府，她可就不好交代了。所以，她一定要忍，要冷静地找出她的错处，顺理成章地处罚她！

"三姨娘，莫不是你根本回答不出来？故意假借跪地无力为借口，想要敷衍大夫人的问题？"金枝早就想报那几日被关进仓库受兰儿毒打之仇了。这会儿，自然是借机打压她。

盛雪无力地扫了眼金枝，不禁目露寒光道："且先不说家规第十二篇第八则是什么，我倒是想问问金枝，你知道华府家规第一篇第一则是什么？"

"大夫人明明问的是你，你怎么反问起我来了？"金枝闻言，刚开口反驳她，就突然发现自己着了道，赶忙朝柳月跪下请罪，"大夫人恕罪，奴婢一时口误，犯了家规。"

"三姨娘，金枝不知道，奴婢可知道。华府家规第一篇第一则，说的是奴仆皆不能对峙主子。而且第三篇第二则还说了，奴仆必须在主子面前自称'奴婢或奴才'以示身份。方才金枝可是连破两道家规，按照家规，她可是要受杖责四十的处罚！"跪在盛雪身后的芳草儿不等柳月发话，语出惊人地道。话末，还眨着清澈的大眼，无邪地看向柳月。

一听到芳草儿的声音，柳月就移过目光看向她，当这声音的主人真的与记忆中那个小丫头的相貌重合时，柳月怔了半晌才道："芳草儿？你是何时进的华府？"

"启禀大夫人，奴婢是今日刚进府，被大爷分到三姨娘院内的。"芳草儿不卑不亢地回答道。

柳月显然又吃了一惊："什么？你被分给了薛玉婷！"凭什么？你可是大爷身边的人啊！

"大夫人，奴婢确实分给了三姨娘。"芳草儿话音洪亮，一点也没有久跪之后的虚弱之感。随即，她在盛雪转头看向她时，朝盛雪嘿嘿一笑，露出一排整齐的白牙。

柳月见状，袖内的手紧紧捏拳，半晌气得说不出话来。

"大夫人，您是主母，不会偏袒自己的婢女吧？"芳草儿又是语出惊人地道。

金枝闻言，吓得汗流浃背，随即跪走过去，抱住大夫人的腿，哭喊道："奴婢知罪，望大夫人看在奴婢侍候您多年的分儿上，放过奴婢吧？"

柳月看着满眼是泪的金枝，半晌不发一言，心中却在计较着，如果她放了金枝，一会儿薛玉婷回答不出来自己的问题，她就不好处罚她了！若真将金枝杖责四十大棍，无疑，她会像刘嬷嬷一样，活活被打死……到底是报仇重要，还是一个贱婢的命重要？

"来人，将金枝拉下去，依照家规杖责四十以儆效尤！"别过头，不再看闻言一脸震惊的金枝，柳月朝跪在最后方的几个粗使婆子命令道。

粗使婆子闻言，如获大赦地起身，揉了揉发麻发痛的膝盖，步履蹒跚地走过去，将金枝给拖了下去。

"原来，三姨娘说得对，奴婢也终究会落得个和兰儿一样的下场……"金枝在被拉下去的那一刻，抬头看向柳月的侧颜，最终果断地放开了她的腿。她早该知道，大夫人根本不将她们这些为她出生入死的奴婢当作人。求她，也只会更让她厌恶……

金枝闭上眼，流出最后两行泪，便被粗使婆子架着胳膊拉下去行刑了。

等她一走，柳月眼中就浮上了雾气。她不是不心疼，只是，和报仇比起来，贱婢的命就显得微不足道了。恨只恨，薛玉婷这个贱人太狡猾，一不小心又着了她的道！

盛雪则看着被拉下去的金枝目露同情，可同情归同情她觉得金枝还是罪有应得，若不是她替柳月净干一些害人的勾当，岂会有此结果？

"薛玉婷，你现下该回答本夫人了吧？"就在盛雪暗自感叹时，柳月突然朝她怒道。

盛雪回过神，强忍膝盖处的麻木刺痛，半晌才故意装出一副为难的样子道："大夫人，十二篇第八则是……"

"是什么？"柳月见状，得逞地阴笑看向她。

看着柳月那张消瘦许多的清丽面颊上浮出的笑意，盛雪嘲讽地一笑，低下头，心想你就这番想我死吗？那你恐怕要失望了，我盛雪可是因过目不忘的本领而名震玄武国的！

"是……"盛雪故意卖个关子，见柳月面露不耐之时，她才不疾不徐道，"是妻妾均遵夫之令。夫为大，妻为次……"

盛雪一字不落地将家规的第十二篇第八则背下来之后，满院皆静。最后，是鸟儿传来的啼叫声让柳月回过神，她气得脸上青一阵白一阵的，颜色变换得煞是有趣。

"好耶！三姨娘可真是厉害！"芳草儿一回过神，就拍手鼓起掌来。她这一鼓掌，又是惊了众人。

柳月瞪了眼芳草儿，可芳草儿却朝她吐了吐舌头，一副你能奈我何的嚣张模样，看得盛雪是一阵唏嘘。

本以为柳月会处罚芳草儿，然而，柳月却突然深深吸了口气，然后挥手朝一众跪地之人道："除了三姨娘滞留以外，其他人都各回各职吧。"

众仆得令，赶忙迫不及待地起身，二姨娘屋内的丫鬟则将宋茜抬走了。现场片刻便只剩下三姨娘和她院内的人滞留在此。

芳草儿和翠红站稳后，伸手来扶她们的主子三姨娘，却被柳月厉声打断："住手！"

面对柳月的命令声，翠红吓得手一抖，本扶着盛雪胳膊的手下意识地缩了回去。只有芳草儿从容不迫地将盛雪搀起来，扶她站好后，朝柳月问道："大夫人，不知你还有何吩咐三姨娘？"

盛雪总觉得芳草儿胆子颇大，难道只因她是跟着华韵风的原因？

"芳草儿别以为你是大爷庄子里选出来的人，本夫人就惧你！"柳月看着芳草儿屡次顶撞她，火气不禁冒上了头顶，上前一步，伸出食指，指着她芳草儿的面门道，"本夫人现下可是主母，你若敢对本夫人不敬，可别怪本夫人处罚你！"

"大夫人，奴婢何时顶撞你了，只是你一直在为难三姨娘，奴婢身为她的婢女，怎么可能不替她平反？"芳草儿一脸无邪地道。

"你！"柳月气得食指发颤。

"大夫人，有话就直接说吧，为何偏偏留下妾身？"盛雪不想芳草儿因为护她而受罚。看模样，芳草儿很是直率，只可惜，少了几分沉稳。

"哼。"柳月闻言，收回食指，鼻哼一声，暂时将目光移向盛雪道，"三妹妹，你是揣着明白装糊涂呢，还是真的蠢笨至此？居然不知道主动将账本交给当家主母，还要本夫人亲自讨去吗？！"

原来如此，盛雪淡然一笑，风华绝代："原来是这样，这账本就在妾身书房内，既然大夫人着急，那么妾身这就回房拿给你……"

"不必了，本夫人已经派四喜去了。"柳月傲然地白了她一眼后，就又重新坐回椅子上，好整以暇地喝着茶水。

看她这模样，盛雪只蹙了蹙眉。

芳草儿却不满地嘟起嘴，欲开口说话。却见自己的主子三姨娘都没说什么，她也不好说，于是，暗自忍下心中的怒气。

当柳月喝完第二杯茶水时，她房内的二等丫鬟，长得像四喜丸子那般胖鼓鼓的四喜气喘吁吁地跑过来，跪地禀报道："大夫人……不好了……不好了……三姨娘屋内的娟儿死活不让奴婢取账本，现下抱着账本往后院清河跑去了。奴婢拦都拦不住……"

"什么？"柳月闻言，猛地合上杯盖，将茶杯往身旁的银枝手中一送，站起身子走到四喜身边，怒道，"那你喊人捉她没？"

"奴婢喊了，现下正追她去了，奴婢怕您等急了，就先回来禀报您……"

"哼，三妹妹，你院子里的丫鬟可是各个铮铮铁骨啊！"柳月从四喜身上收回目光，看向同样和她一样素衣加身的盛雪嘲讽道，"难道还以为她的主子当主母不成？"

盛雪抬起头，淡淡地扫了眼柳月，并未开口。只是心中却纳闷儿娟儿为何平白无故地做这件事，要知道，她可是婢女当中最胆小的一个了……

"本夫人倒要亲自去看看她能跑到哪儿去！"柳月不等盛雪开口，就自顾自地整了整衣裙，被银枝和四喜簇拥着离开了院子。

看着她们离开后，芳草儿挠挠头，朝盛雪纳闷儿道："三姨娘，你不觉得娟儿很怪吗？她为何不让四喜拿走账本？"

"对啊。"翠红在一旁附和地点点头。

盛雪想了想，最终决定道："既然都疑惑，那么我们便去看看！"

话末，转身也领着翠红和芳草儿离开了。

第九章　/蓄谋已久/

华府后院隔了一条道的清河是护城河的支流，是都城居民除井水以外的另一处生活用水之处。此时，天已渐晚，夜色如墨般一层层泼罩而下。

河边华府家丁举起了火把，火把橙黄色的光晕将站在河沿边的婢女脸上惊恐的表情，映照得更加清晰。

只见她双手环抱两本账簿，深喘着粗气，警惕地看向举火把的众人。

"娟儿，快点将东西交出来，还能留你一命，否则……"柳月赶到后，拂开众人，挤到娟儿两步之遥的位置威胁道。

"不，这次奴婢不会上你的当了！"娟儿闻言，表情更加畏惧，可随后，想到什么似的，坚定地将账本又紧紧抱在怀中。

盛雪赶来时，正好看到这一幕。不禁疑惑更重，随即看着娟儿被逼到河沿上的身影，目露担忧。她身后的翠红见状，气喘吁吁地看向娟儿，喊道："娟儿，你犯什么傻呀，大夫人已经是主母了，你就将东西给她就是。"

"不，就因为她当上了主母，这东西才不能给她，否则三姨娘和我们都得死！"娟儿说着，就看向站在两个家丁身后的白色身影上，眼中含满绝望的泪水。

听着她的声音伴随着火把燃烧发出的噼啪声一起弥散四处，盛雪的心猛地跳得极快。娟儿是怎么了，两本账本而已，至于让她惧怕成这样？

"娟儿，不过是账本而已，大夫人是主母，理应管理账册，你不必担心。"家丁看到了盛雪过来，自动地让开道，让她走向娟儿。

"账本？"娟儿闻言，显然吃了一惊，随即看向柳月身后的四喜，"怎会这样……"

"你们还愣着做什么，赶紧给本夫人将账簿夺回来！"柳月不等娟儿将话说完，就一伸手，抓住身边最近的一个举火把的家丁吼道。

家丁得令，赶忙上前欲捉娟儿的胳膊。

"啊……"娟儿见状，惊呼一声，便向后一退，这才发现踩了空，身子猛地向后一倒，即将坠落下去！

"娟儿！"盛雪惊呼一声时，只觉得身后一阵风起，原本站在她身后的芳草儿猛地一个箭步冲上前，抓住了娟儿的胳膊。

盛雪至此松了口气，刚准备去帮忙拉回娟儿，却猛地感到后背被人一推，自己的身子便毫无阻挡地跌下河中。在入水的一瞬间，她看到了芳草儿惊愕加懊恼的眼神看向她，而她的手中还拽着惊魂未定的娟儿。

"扑通……"一声过后，她感觉到了周身被寒冷包裹，水挡住了她的视线，可她的眼角余光却看到了柳月得逞的笑意。

这一刻她才明白，这一切都是柳月的奸计！是她故意设计骗她来到了河边，然后借机将她推下河！

"救命！"她很想爬上去，可是脚底却被人死死拽住往下拉。至此，她敢肯定，柳月在水中安插了杀手！

难道今夜她就要命丧于此了吗？她不甘心！

"三姨娘！"就在盛雪被人拉住脚往河底拽时，耳边隔着水声响起了芳草儿的呼唤声。随即又传来"扑通"声，似乎是芳草儿跳下了河。

盛雪至此在心中暗叹她傻，就算她跳下来，也只是白白送掉性命而已。

盛雪挣扎了好几下，可都没能挣脱出脚下的桎梏。她知道，柳月只是想要溺死她，这样华韵风回府看到了，便只是她意外落水而亡。柳月便脱离干系了。盛雪推算，拉她进河底的杀手，并不会对她用刀什么的造成皮外伤……

至此，她灵机一动，赶忙假装抽搐了几下后，便停止挣扎，假死过去。

果然，少顷，抓她脚的人松了手。

而这时，河面有人游动的水声，还有呼唤声："三姨娘……你在哪儿啊？

三姨娘……"

"芳草儿，你还真是护主心切。反正你武艺高强，由着你下水救三妹妹，本夫人也就放心了……来人，押着胆敢偷走账本的贱婢回府！"

"可三姨娘，我们三姨娘她不会水……芳草儿一个人怎么可能救出她来？"翠红颤颤巍巍地道。

"那你就跟着一起下去救！"柳月阴狠的声音刚落，就听见"扑通"一声，随着翠红"啊"的惊恐声一起传进水中。

翠红一落下水，就惊恐地喊着救命。芳草儿这时找不到三姨娘，又见翠红落水，急得呼喊声音都充满了无奈："三姨娘……"

最后，她只得拖着翠红往岸上先游去。

水中的盛雪闻声，却不敢乱动。她知道这个时候，她不能露出一丝一毫的异样，因为她知道隐藏在水中的杀手并未走远。

她努力地在水中憋着气，直到四周都安静下来。水面的火把光线也消失时，她才在黑暗的水中慢慢移动出来，努力地吸了一大口气："呃……"

呼吸了好几口气，她才有些力气往岸边游去。其实，她会水，当然，这些都是师傅教的。师傅总说，多一项技能多一条生路。这句话，在今夜又证明了是正确的。

她爬上岸后，全身酸软无力，倒在河边的柳树下，看着天空中细细点点的微量光线，才发现，今夜除了没有月亮，天空还是有几颗星光点缀的，可刚才的那一刻，她却觉得黑暗至极。

一阵风吹过，她回过神，坐起身子，搂了搂自己的胳膊，才想着该去哪里！

扶着柳树站起身子，只觉得更冷了。水滴答滴答地落在地上，居然听得很是清晰。可见四周有多寂静了。

由于天黑的缘故，她根本不知道眼前两条几乎差不多的巷子，该走哪条。显然，华韵风回华府之前，她是不能待在华府的。否则，只会成为柳月的刀下亡魂。可都城现下到处是东岳王的人马在找她，她更是不能投客栈住的。

本以为柳政昀让华韵风去青云寺十天，是想对他不利。现在看来，她估计错误了，他和他的女儿根本就是想借机除掉她！

她步步为营，终究算漏一步，害自己差点丧命！痛心得很，她着实为自己之前没有除掉柳政昀这样的奸佞之臣而后悔。

突然，她想到了少林！对，她可以去西街找少林！前几天他还假装送菜的菜农和她见过面，说他已经在西街安顿下来，也按照她的指示，养了一群乞丐。

看样子，现在正是她投靠的好时机！这么一想，她就照着少林给的地址，往西街方向去了。

大约跑了半个时辰，她才躲过巡逻士兵的追查，跑进西街小巷，才发现黑漆漆的小巷尽头有抹亮点，看起来，似乎是某家院落后门处的灯笼光线。

看到那点亮光上赫然印着的"雪"字，盛雪精神为之一振，就是这里了！

走到门口处，她看着紧闭的朱红色大门，举起手，拿起门上的铁环，犹豫了许久，终于一咬牙，伸手叩响了门。

不一会儿，一个驼背的老者打开门，当看到外面的盛雪时，明显地惊了一下，随即，蹙起稀疏的眉头问道："你是谁？"

他的话音沙哑，还带着几分凌厉。

这让盛雪莫名地一颤，随即，快速冷静下来，暗自打量了老者一圈。这驼背老者大概是少林请的某个乞丐，看着他头戴一顶时兴的四角帽，帽檐拉得很低，几乎将眉毛遮掉。眉毛下，是一双三角眼。因为他驼背，个儿头上矮盛雪很多。所以，现下三角眼内的眼珠，正上翻着盯向盛雪，那眼神凌厉得很。

"你们家主人可在？！"

"主人？你是何人？我凭什么要告诉你这些？"老者态度不善。

"你且通传你主人，就说，一位姓盛的妇人找他，他自会出来相见！"盛雪摆起太后的冷冽架势出来，一副命令的口吻说道。

"姓盛？"那驼背老头一听，顿时，面色一诧，重新打量了盛雪一眼，随即，阴恻恻地一笑，"我家主人有所交代，只要有位姓盛的女子来找，定要请进屋！"

不等盛雪反应，那驼背老头居然伸出骨瘦如柴的手，一把抓住她的手腕，就往门内拽去。

盛雪立马觉得不对劲，大喊道："住手！"

然而，这个老者并非像她想象中那么无力，而是力气很大，一把就将她拽进院子里，再砰的一声关上门，大喊道："主人，妖妇已到！"

一听这话，盛雪惊慌失措："敢问，这是何人府上？"

会不会她记错了？闯到别人的府邸了？

"哈哈……盛雪，这可不是你的护卫林都尉的府邸吗？你放心，你没找错地儿！本千岁可是等你多时了呢！"

本千岁？

一听到这邪魅的男音，盛雪脑中就炸开一般，目光呆滞地看向出声处，不自觉地喊出一个名字："紫玉？！"

盛雪一看到那个紫影，便不可思议地轻唤出声。她感觉自己一定是眼花了，要不怎么会看到紫玉梳着男士发髻，穿着男士衣袍呢？关键是，刚才的那些话，是"她"发出来的，还是他身后的士兵发出来的？此时，她真的糊涂了。

紫衣男子却比她镇定多了，他不但不惊讶，反倒是嘴角露出一抹魅惑至极的邪笑："原来是你！妖妇，原来那晚闯入华府禁院的果然是你！只是没想到，你这相貌倒是比我想象中美艳多了！害得本千岁都不舍得杀你了！"

说话间，他也慢慢朝她走近。他身后的士兵就拥了上来，将盛雪团团围住。

盛雪其实刚才被驼背老头拽进来的时候，一不小心撞到了院内的一棵枣树，这会儿正背靠枣树，目光警惕地看着走过来的东岳王！

眼前这个男人，绝美妖艳，一双斜长凤目，正半眯着看着她，他的肌肤白皙到令女子都要自叹不如，阴柔的五官，怎么看怎么像个妖娆的女子，用倾国倾城来形容他都不为过。这样一个魅惑至极的人，居然是男子！还是她最痛恨的逆臣东岳王。

真是冤家路窄啊！她那日竟把他和紫玉弄颠倒了。那个叫紫玉的花魁才是逃跑的那一个！而她救的是东岳王！

"东岳王夏尧！果然名不虚传的妖媚至极！"盛雪在他靠近时，恨恨地说道，"你把哀家的侍卫怎么样了？"

"你是说那个蠢笨的刀疤脸？"东岳王说到这儿，掩嘴一笑，"本千岁算是知道，你为什么会败在本千岁的手里了，有这么个蠢侍卫，你不是找死吗？竟然拿着本千岁的夜明珠去黑市，好笑得很，那黑市可是本千岁的地界！本千岁啊，就派人跟着他，见他收买乞丐，本千岁自然就让手下人装成乞丐，隐藏在他府内。前几日，见他装成菜农，去了华府给你送地址，本千岁才知，你就在华府……本千岁就设计玩了一出守株待兔！果不然，柳月一设计，你就乖乖来找本千岁了！哈哈哈……真是踏破铁鞋无觅处得来全不费功夫！"

"夏尧，你没有玉玺和凤印授位，是称不了帝的！"盛雪气道。

看样子，她和雍儿气数已尽！

不，她还有华韵风，不知道他会不会来救她！

"哈哈哈……"东岳王笑得更甚了，头戴的束带流苏，都跟着颤动起来。

"你笑什么？"盛雪好想伸手撕碎他这张邪魅的笑颜，可是，她残存的理智告诉她，现在只要伤他一下，她立马就会死无全尸！

"我笑你蠢啊！凤印一直在华韵风的手里，你不会不知道吧？"

"在他的手里？"

"惊讶吗？哼，你的林都尉是被他劫持了，也是他夺得了凤印，当然他就是你那个戴面具的师傅梅夜了！盛雪……你好大的胆子，竟然替你的姐姐当了皇后，还杀了满后宫的嫔妃，就连本千岁的亲妹妹，昭阳公主你都不放过！你太残忍了……要不是你如此狠毒，本千岁也不会冒着骂名来逼宫！"东岳王一把捏住盛雪的下巴，怒了。

刚才还在笑，这会儿又在怒目相向，真是个喜怒无常的人！

盛雪被他捏住下巴，不疼，但却感到羞辱至极："夏尧，那些人不是我杀的！是先皇！先皇说，后宫嫔妃皆狡诈阴狠，他怕他死后，我和雍儿被陷害，替我们杀了那些嫔妃……可是，我一直在内疚，当时没能阻止先皇！令妹昭阳公主的死，我比你还痛心……因为，她是唯一知道我真实身份、暗中保护我的人……"

盛雪说到伤心处，留下了两行泪来。

东岳王看着她眼中的真诚之色，许久才松开她的下巴，不屑道："盛雪，你以为，我会信你？！"

东岳王没有自称本千岁，而是用了"我"自称。

这一点，盛雪洞察到了，随即，柔声道："我说的句句属实，不信，你大可去宫中问一些老宫人！"

"不必了，我问过了。确如你所说，是先皇所为。"东岳王说到这儿又笑了，"可是，这已经不重要了！重要的是，本千岁将成为新帝！将本属于本千岁的皇位夺回来！"

"你的皇位？"盛雪诧异地看着他。

东岳王伸手将了将自己的鬓角，傲然道："不错，就是本千岁的皇位！夏淳是篡改了遗诏，夺了本属于本千岁的皇位。那时，本千岁正在对战，并无时间与他争夺皇位，想着，等打败外番，再来和他一决雌雄。结果，他居然勾结外番，不惜割地，让本千岁落入圈套被擒，要不是几位忠心将领拼死相救，本千岁早就客死异乡了！本千岁隐匿了一段时间，为的……为的就是今日！"

话末，他逼视着盛雪。

盛雪也不知是冻得还是吓得，居然开始瑟瑟发抖起来。

东岳王见状，眸中一闪而过复杂的神色，随即，扭过头不去看她了："只要你肯交出玉玺，我倒是可以放过华韵风！"

第十章 / 两难之举 /

"你什么意思？华韵风被你捉住了？"

"当然，否则，本千岁怎么会得到凤印？！"

盛雪一听到华韵风被捉，就再也保持不了冷静了。只见她伸手一把揪住东岳王的衣领，怒道："这件事，与他无关！放了他！"

"你对他不会真的动心了吧？哦，也对，他曾是你师傅！"她一把揪住东岳王的衣领时，一个护卫伸手就来抓她的胳膊，想要拉开她，反被东岳王一手挥开，并用眼神警告在场的士兵，让他们退后。

见士兵都退下了，东岳王才又看向盛雪。

盛雪此时伸出葱段玉手揪住他的衣领，泪水模糊了她的眼睛，让她看不清他脸上复杂的表情了，她知道，这一刻，她败了……

"对，我是对他动了心！无论他的身份是我师傅，还是华府的病秧子，我都爱上了……可惜，我害了他……第一次，我离开他时，他身受重伤。可我没得选，家族的数千人命，我抵不过去……现下……我能选择吗？如果，我要是真的交给你玉玺，你就可以放了他吗？"

东岳王回答道："当然，本千岁可是最讲信用的了……呃……"

只是他的话还没说完，就感到脖间一阵冰冷，只听盛雪的声音陡然响起："夏尧，我可不信你！你妹妹昭阳公主对我说过，在宫中想要活得久，那么必定不要轻易信任别人！"

盛雪眨了眨眼，赶走眼中的泪水，仰头看着东岳王那张妖媚惑人的脸庞，接着又道："连你妹妹都知道的道理，你居然不知道！我现在手里拿的可是银针，这银针所指的位置正是你的死穴，若你敢轻举妄动，我必定和你同归于尽！"

说话间，她将银针又往他肉里戳了几分，疼得东岳王皱了皱眉头："盛雪，本千岁真是小瞧了你！你说吧，怎么做才能放了本千岁？"

"很简单，第一，命令你的精兵，退出京都；第二，交出凤印；第三，放了华韵风和林都尉；第四，答应永不进都城！"

"你的情郎，原来在你的心目中，只排第三啊……还和一个都尉排在一起，你也真是够薄情的了！"

盛雪怎么听他这话，酸溜溜的呢？

还有，现在他关心的是这个问题？难道不是他的生死吗？

这东岳王果然是个奇怪之人！

"这四点你同不同意？"

"除了第三条，其他本千岁都可以答应。"东岳王不但不慌张，反而好整以暇地睨着她笑。

盛雪被他这笑惊得毛骨悚然："为何不答应第三条？"

在她的眼中，第三条，才是东岳王最会妥协的一条。没想到，他居然唯独不同意这条。

"没有为何，本千岁就是不同意第三条！你奈我何？"

"你……你不同意，我就杀了你！"盛雪急了。

"杀吧。当不了皇帝，反正我活着也无趣了！"

"你……"盛雪咬了咬唇瓣，瞪着他的眸，突然，就觉得他眸光里浮上的戏谑之色，怎么看怎么熟悉，但仔细想想又不知在哪儿见过了。

"你是要和我同归于尽呢，还是要华韵风死，保住你的玄武国基业？"东岳王这话问出来时，面容上就有了紧张之色。

盛雪无疑被这句话问得心痛不已，一边是江山社稷，一边是挚爱，她无论怎么选，都会是痛苦的结局！

眼前浮上华韵风那张俊颜，再浮上师傅戴着面具的面庞，她眼中一酸涩，就流出了两行泪。捏银针的手，也开始颤颤发抖……

如何选？

"盛雪，挚爱和江山，就如同鱼和熊掌，你不可兼得！你要如何选？本千岁很期待……如果，你把玉玺交给本千岁，本千岁会考虑放了你的挚爱，让他和你安稳度过余生，或许，你们不会富有，不会有权，但至少你们生活安然……"

"闭嘴！我们生活安然……那黎民百姓呢？夏尧，你少来诱导我，我不会那么做的！相信……相信师傅能明白我的用意！"

"难道，你第二次，还想弃他不顾吗？"东岳王瞬间就怒了，呼吸都变得不稳。

感受到他的鼻息打在她的脸上，她抬起头，觉得，这感觉也似曾相识……

"盛雪，最毒妇人心，说的怕就是你吧？！"

可不等她多想，东岳王的怒喝声，就让她回过神。

只见她重整精神，将银针又戳进他脖间的穴道，只听他痛苦地低吟了一声。

顿时，围观的士兵们忙惊呼："千岁小心！"

他们声音过大，盛雪吓了一跳，手就抖了一下，偏了穴位。

而不等她调整过来，就感到面门一阵香风袭来，紧接着她的颈后遭了一击手刀重击，就眼前一黑昏死了过去。

然而，她不知，在她身子瘫软倒地的那一刻，东岳王急忙伸手将她抱紧，看着怀中紧闭双眸的她，他唇瓣贴在她的额头上，亲吻了一口："我好傻，居然对你还不死心……"

盛雪醒来时，发现自己居然躺在皇宫的凤栖殿里！

陡然坐起身子，带着惊讶的表情，环视着凤栖殿的环境。

雕梁画栋，帷幔轻纱，玉石摆件……无一不熟悉到让她闭眼都能找到它们的位置！

看来，她真的在凤栖殿，她没做梦！

"来人……来人！"她慌了，起身下了凤榻，正打算往殿外走去。可一下榻，她才发现，她身上寸缕未着！

"这……"

还不等她惊呼出声，她身上就披了一件温热的毯子。只听，她身后传来一抹熟悉又陌生的男音："别喊了，只有本千岁喊她们，她们才会进殿侍候！"

本千岁……

盛雪身子一僵，泪水顺着眼眶就滑落出来："你……你为何在这儿？"

她可是寸缕未着啊！

她不敢回头看，她怕，怕自己看到他也如此……

"本千岁以为，你会问你怎么在这儿？没想到，你居然问，本千岁怎么在这儿！"东岳王戏谑的声音又传了过来。

"你和我为什么都在这儿？"盛雪伸手拽住披在身上的毯子，紧紧捏住，将自己的身子裹得严严实实。

"傻瓜，当然是一同就寝啊！"

一同就寝……

轰的一声，盛雪的脑子里什么东西炸开了一般，让她惊得身子发抖："不……你对我做了什么？"

忽然转过身，她就伸手要去掐背后那人的脖子，可一看到他光溜溜地站在那儿，她又闭上了眼，住了手。泪水，便从眼眶涌了出来，止都止不住。

眼前更是浮上华韵风的脸，她愧疚得想死！

"当然是要了你！你现在可是本千岁的女人，本千岁后院佳丽数不胜数，可不曾有哪一个如同你这样，身段长相都绝美到让本千岁一见倾心的……本千岁自然不会浪费，好好享受一番了！"

即使盛雪闭上眼，可东岳王那不堪入耳的声音，还是传入了她的耳朵中，让她彻底地绝望倒地："你卑鄙……"

承欢在仇人的身下，她想想都恶心得要吐！

"我是卑鄙，可不卑鄙的话，到现在我还在封地，遥遥无期地仰望着你……做人，还是卑鄙好，这一卑鄙，我就不再仰望你，而是，将你……"说话间，他一把捉住盛雪的胳膊，将她拉进他的怀里，"将你搂入怀中，俯视于你！"

盛雪被他这么一拉，毯子掉地，身子暴露在外，又和他的肌肤相贴，片刻，他身上的温热体温就让她感受到了，她又惊又羞，只伸手要推开他，可她的力气太小，而他的手掌又紧紧搂在她的细腰上，她根本就挣脱不了。

她推不开，只变成了捶打："禽兽……放开我！"

"盛雪，你乖乖承欢在本千岁的身下，本千岁会考虑不杀夏云雍那个幼帝，也不会这么快称帝！你还不知道吧？本千岁已经在华府搜到了玉玺，现在，有了凤印和玉玺，本千岁随时都可以称帝！"东岳王被盛雪这么一捶打，丹凤美目中，覆满了情欲。

盛雪听到这话，下意识地止住捶打他胸膛的手，愕然地看向他："你得到了玉玺？"

"是的。"

"那……那华韵风呢？你把他怎么样了？"盛雪惊恐地看着他，眼里还含着泪。

东岳王那张俊美惑人的脸上，渐渐浮上一抹温和的浅笑："玉玺都得到了，你觉得……我还会留着他吗？"

"你！"盛雪一听这话，身子一软，就要倒地。

而他却伸手一搂，抱住了她，她便脸贴到了他胸口的位置上。听着他稳健的心跳声，盛雪才从痛心疾首中回过神，恨恨地拿手指甲划着他的后背："我恨你……你杀了我！杀了我吧！"

"我还没玩够你，如何能舍得杀了你？再说，华韵风那个病秧子，值得你为他去死？"

第十一章 / 情深如顾 /

"你这种狠毒之人，岂能懂得何为情……"盛雪说话间，泪水又从眼眶溢出，滑至她的唇瓣之处，她咬了咬唇，泪水便进入她的口中，苦涩得让她的身子都发颤了。

"我狠毒？不懂情？"夏尧猛地将她一把推倒在偌大的凤榻上，朝她怒道，"盛雪，但凡你用点心，你也知道无情的是你自己！"

盛雪被他这么一推，光溜溜地倒在榻上，极其羞辱。

她拽起被子裹住身子，愤恨地看向他那张妖媚惑人的脸，刻意忽略他赤条条的身子："夏尧，你杀了我吧！否则，我也会随华韵风一同入地府！"

"你那般爱他？"

"我爱他与否，和你有什么干系？请赐我一死！"盛雪绝望道。

夏尧却抓起凤榻架上的蟒袍披在身上，冷声道："看样子，你是不同意承欢于本千岁身下了，那么本千岁这就去杀了夏云雍，自称为帝！"

盛雪一听到雍儿的名字，她捏着被角仰头痛苦起来："不……不要杀他！"

她曾答应过先皇，要好好保护雍儿的，更要舍命保住夏家皇朝，可如今……

"本千岁给你一炷香的时间考虑，若你同意承欢在本千岁的身下，本千岁暂且饶过夏云雍。若，你执意要随华韵风去死的话，那么，夏云雍必定随你一起！"夏尧扔下这句话后，就穿上靴子离开了。

他一走，盛雪就哭瘫在榻上，想着华韵风的种种，想着师傅梅夜对她的种种好，她心好痛。

"师傅，华韵风你们既然是同一人，为何不早告诉我……难怪，华韵风你会杀了夜魅……原来你是师傅啊！难怪你会对我说，你什么都不要，只要我……难怪我总觉得你熟悉……

"可是没等我弄明白，没等我对你说句抱歉……你就被夏尧这虎狼之人害死……对不起，师傅我害了你！

"我辜负了你一次，不会再辜负你第二次！我必定会去黄泉找你，你等我！"

抬起头，盛雪擦了擦眼泪，去衣柜里找了一套素色的凤裙穿上，连头发也不曾梳理，就赤脚走出了凤栖殿。

来到殿外时，只见，外面跪了黑压压一片的宫人。

东岳王正坐在一张紫檀玉面椅子上，喝着宫人递来的茶水。见她走出来，他捋了捋发，指着身旁一个捧着玉鼎的少年道："太后出来了，皇上快去接迎你母后。"

听他这话，盛雪忙看向抱鼎的少年，当看到他消瘦的五官后，她心疼不已："雍儿。"

她没想到，堂堂的皇上，居然沦落到做下人活计的地步。抱着鼎，鼎里有一炷燃到一半的香。看来，东岳王夏尧，是真的说到做到。

"母后！皇儿无能，让您……让您受辱了！"夏云雍这会儿抱着鼎，哭得满脸是泪，目光却不敢看向盛雪。

盛雪见状，步伐缓慢地朝他一步一步走过去："雍儿，这都不是你的错，是我的错。雍儿，其实，我不是你的母后，我是你姨母！你母后，五年前中毒突薨，先皇密旨，以我全族数千名无辜族人性命相要挟，我不得不从。随后，我便放弃挚爱，进宫代替你母后，辅佐你……只可惜，我愧对先皇的信任，终是没能保住你的皇位。"

东岳王听到她这话，手里的茶杯被他捏得咔咔响，也不知是不是怒了。

盛雪也顾不了那么多了，她现在一心想死。所以无惧！

她走到雍儿身边，看着他惊呆的模样，她伸出玉手，擦了擦他脸上的泪痕，怜惜道："雍儿，姨母辜负了他一次，不想再辜负他第二次了！黄泉路上，我也要与他相伴，不离不弃！所以，姨母怕是这次不能为了你而背叛他……承欢于杀他的凶手之下！望你能原谅姨母的自私！"

话说到这儿，她接过雍儿手里的鼎，重重地摔在廊台之上。

随着"哐当"一声巨响，吓得宫人们噤若寒蝉，更是吓得夏云雍回过神来。他看着姨母单薄的侧影，许久，才扑通跪地："姨母……雍儿也有要话要说。其实，雍儿知道你不是我亲生母后！五年前……其实，我母后的死，是父皇一手策划的！那时我还小，躲在衣柜里，看到父皇逼我母后喝了鸩酒……我母后问他，'为何如此？'父皇说，'想要雍儿坐稳皇位，只有盛雪成了他的母后才可！所以，你必须死……'我当时就知，你将代替母后进宫了。"

"什么？"盛雪闻言,惊愕地看向跪地的夏云雍,"他为什么要这么做？"

盛雪不理解了,这会儿脑子乱了。

夏云雍却抬起头看向一旁椅子上坐着的夏尧,许久才道:"姨母……你难道还看不穿吗？父皇是拿你牵制东岳王啊！"

盛雪闻言,心怦怦跳得好快,随即,顺着夏云雍的目光,移向稳坐在椅子上的东岳王,仔仔细细地将他看了数遍不止,最后,与他凤目相对时,她看到了他眸中复杂的情愫……

泪水顺着眼眶滚滚而落……

脑海里浮上大雪纷飞的梅花林中,她拿着一枝雪莲,好奇地看着他,他则淡漠地看着她,只是,彼时他戴着黄金面具,她问:"你叫什么？"

"我叫梅夜！"他隔着面具的声音沙哑低沉,她听不出他真音。

"你就是神医梅夜？"

"是！"

"你很丑？"

"是的,丑不堪言,所以,必须用面具遮面！"

"原来如此！"她佩服他的坦诚,于是,将手里的雪莲递给他道,"既然你是医者,要这朵雪莲,必定是有大用途,而我,便拱手让给你！"

"这雪莲可是你刚才费尽力气爬上山顶采到的,你真的肯给我？"

"你是医者,你会救人啊！"她嘿嘿一笑。

他却鼻哼一声:"蠢,你就不怕我骗你？"

"不怕。"

"为何？"

"我信你！"

"为何信？"

"信了就信了,还需要理由？"

后来,他成了她的师傅,他还在梅林建了一座小别院,那时他们朝夕相对,日久生情。

一日黄昏,他从身后搂住她的腰,问道:"雪儿,你为何喜欢我？我如此丑陋！"

她伸手摸了摸他脸上的面具，笑道："喜欢就是喜欢了，还需要理由吗？"

彼时，她记得，他第一次吻住了她，吻完对她说："这辈子，我有你足矣！"

她不知道他的样貌如何，但她记得那双眸！

记忆与眼前的凤目渐渐重合，她惊得呼吸都困顿了："你……你是梅夜！你是师傅！你是华韵风！"

东岳王看着她蹙眉哭泣的模样，着实再也装不下去了，猛地起身，将她抱进怀中："傻瓜，不是我，又是谁呢？先皇夏淳为了拿你牵制我，秘密将你二姐毒死，让你进宫来为后，就是料定我不会动手杀了你，不会从你手中夺皇权。可他却不知，我怎能忍受得了，没有你的日日夜夜？"

"可你，可你的相貌？"

"为师教会你医术，却没教你易容术，我就是怕你学会了，哪天易容成别人，我就真的找不到你了！"

"难怪你之前假扮华韵风时，面色总是那么苍白了！"盛雪又惊又喜，又怒又气，心情复杂不已，却并没有挣脱他的怀抱。

"雪儿，对不起，五年来，我试了很多种方法，想要进宫见你，可是，都不能如愿。我最后，只得利用华韵风这个身份，积攒财富，招兵买马，攻入皇宫。为的就是将你搂在怀中……可惜，你好狡猾，居然跑了！不过上天还是眷顾我，让你替嫁进了华府。你都不知道，当我以华韵风的身份，看到你的那一瞬间，我有多激动……可我怕你忘了我，故而，我一次次试探你，然后，又设计让你重新爱上我……看模样，我成功了！"

"那昭阳公主屡次帮我，都是你的原因了？"盛雪闻言这才发现，原本想不通的地方都想通了！

比如进宫后，有个昭阳公主整天帮助她，还总是说一些意味深长的话！再就是那年雪灾，朝中无多余的银两赈灾，都是华韵风捐款救助的……原来，都是他所为！

"是了。只可惜，被夏淳发现，连她和那些我安插的嫔妃们一起杀了！夏淳夺了我的帝位还不够，还想以你来牵制我！还好，他死得早，否则，我要何时才能与你再见?"夏尧伸手摸着她的脸颊,情真意切地说道。

盛雪想到自己被先皇利用了,也是恨得牙根痒痒,可是,她转念又担心起雍儿来。于是,伸手捉住夏尧抚摸她脸颊的手,担忧地问道:"师傅,你真的要夺回帝位吗?"

夏尧反捏住她的手,不答反问:"你认为呢?"

盛雪扭过头,看向已经起身的夏云雍,一时心情复杂,不好决断。

夏云雍却主动道:"姨母,其实雍儿当不当这个皇帝也无所谓。从前,劳累您辅佐,今后,您可以不必费心了,将皇位给了皇叔,将来,只要国泰民安,谁做皇帝又有什么要紧?"

他这话一出,盛雪就看向夏尧:"师傅,这皇位本就是你的,你若继位,我可以替你下诏书!"

东岳王闻言,却笑了:"雪儿,我做的一切皆不过为了一个你!我又岂会真的要皇位?我要的,只是和你闲看庭前花开花落,共度一生!我可以给夏云雍做辅政亲王,但不会要这皇位!"

盛雪听到这儿,轻轻地将脸贴在他的怀中,感动得泣不成声。

而他,如以往每次一样,伸手宠溺地抚摸着她泼墨如山的秀发,恍如五年前一样。她不曾离开他,他不曾失去过她……

一年后,蜀山梅花林的别院内,盛雪拉着夏尧的手,直央求:"相公,你就教我易容术吧!我保证,绝不易容骗你还不成?"

夏尧本正在作画,被她这么一拉,笔一偏,画的红梅就毁了。可他也不生气,只无奈地放下狼毫笔,转过身,捏了捏她的脸蛋儿,邪邪一笑:"好啊!"

"相公!我就知道你总有一天会教我易容术!"到时候她也就可以报复他之前骗她了!

"不过,你得先答应,今晚你要主动伺候为夫,为夫才会答应教你!"

"夏尧!"

"娘子,为夫在!"

"哼!你今晚别想碰我!"

"哦，为夫遵命！"夏尧说话间，忽然打横将盛雪抱起来，往榻边走去。

　　盛雪惊羞地挣扎道："你做什么？"

　　"不是娘子说今晚不可碰你，那么为夫只好白日碰了！"夏尧俊美的脸上，挂着坏坏的狡黠笑容说道。

　　盛雪闻言，红了脸："夏尧你无赖……"

　　"对自己的娘子，还是无赖点好，要不然，何时才能抱上儿子？"